# Les petites reines

## DU MÊME AUTEUR

*La Pouilleuse*, Éditions Sarbacane, 2012.

*Comme des images*, Éditions Sarbacane,
coll. « Exprim' », 2014.

*Songe à la douceur*, Éditions Sarbacane,
coll. « Exprim' », 2016 ; Points, 2018.

*Brexit romance*, Éditions Sarbacane,
coll. « Exprim' », 2018.

# CLÉMENTINE BEAUVAIS

Les petites reines

---
ROMAN

© Éditions Sarbacane, coll. « EXPRIM' », 2015.

Le Code de la propriété intellectuelle interdit les copies ou reproductions destinées à une utilisation collective. Toute représentation ou reproduction intégrale ou partielle faite par quelque procédé que ce soit, sans le consentement de l'auteur ou de ses ayants droit ou ayants cause, est illicite et constitue une contrefaçon sanctionnée par les articles L335-2 et suivants du Code de la propriété intellectuelle.

*À mes Burgiens et Burgiennes préféré/es,
qui font ici de furtives apparitions.*

# Bande-son

- ELEPHANZ, *Time for a Change*
- STROMAE, *Papaoutai*
- JANE BIRKIN, *Être ou ne pas naître*
- INDOCHINE, *3 nuits par semaine*
- JONI MITCHELL, *All I Want*
- FRANÇOISE HARDY, *Soleil*
- LISA LEBLANC, *Y fait chaud*
- WE WERE EVERGREEN, *Penguins and Moonboots*
- M, *Les Triplettes de Belleville*
- INDOCHINE, *L'Aventurier*
- MUSE, *Invincible*
- THE TURTLES, *Happy Together*
- NANCY SINATRA, *These Boots Are Made for Walking*
- LOUIS ARMSTRONG, *What a Wonderful World*

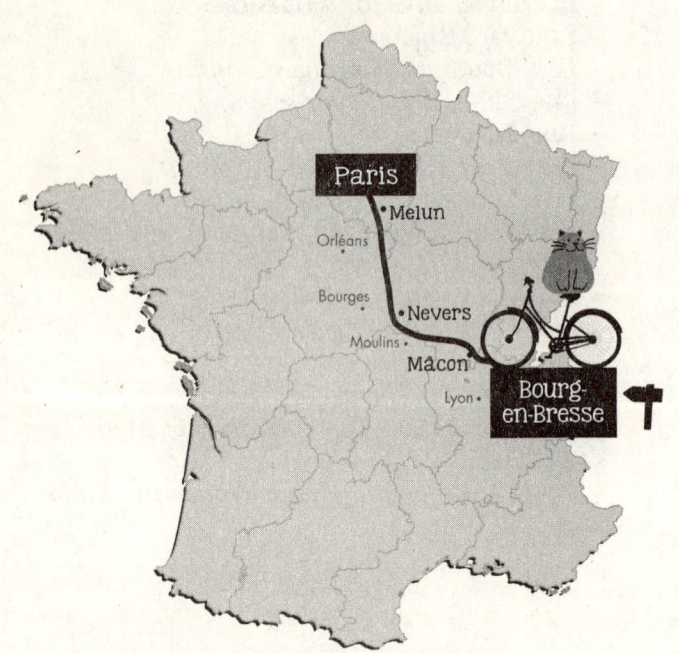

# Première partie

# BOURG-EN-BRESSE

# 1

Ça y est, les résultats sont tombés sur Facebook : je suis Boudin de Bronze.

Perplexité. Après deux ans à être élue Boudin d'Or, moi qui me croyais indéboulonnable, j'avais tort.

J'ai regardé qui a remporté le titre suprême. C'est une nouvelle, en seconde B ; je ne la connais pas. Elle s'appelle Astrid Blomvall. Elle a des cheveux blonds, beaucoup de boutons, elle louche tellement qu'une seule moitié de sa pupille gauche est visible, le reste se cache en permanence dans la paupière. On comprend tout à fait le choix du jury.

Le Boudin d'Argent a été décerné à une petite de cinquième, Hakima Idriss. C'est vrai qu'elle est bien laide aussi, avec sa moustache noire et son triple menton ; on dirait un brochet.

Notre cher ami Malo a posté des commentaires sous les photos des dix-huit filles en lice. Il m'a rendu hommage :

*La compétition a été rude, mais Mireille Laplanche, quoi qu'il arrive, reste pour moi la reine absolue des Boudins. Ses grosses fesses gélatineuses, ses seins qui tombent, son menton en forme de patate et ses petits yeux de cochon resteront gravés dans nos mémoires pour l'éternité.*

Il y avait déjà plein de *J'aime* (78).
J'ai ajouté le mien (79).
Ensuite, je suis descendue dans la salle à manger et j'ai annoncé à Maman :
— Je suis Boudin de Bronze, cette année !
— Ah. Et alors, il faut peut-être que je t'adresse mes félicitations ?
— Ben, je sais pas. T'aurais préféré que je garde mon titre de Boudin d'Or ?
— J'aurais préféré que tu ne sois pas du tout élue boudin, jamais.
— T'avais qu'à pas coucher avec un vieux mec tout moche, aussi.
— Ne dis pas de mal de ton père.
— Si ça se trouve, il serait fier de moi !
— Il ne serait pas fier.
— Je vais lui envoyer une lettre.
— Ne lui envoie pas de lettre.
— « *Cher Papa chéri, en cette jolie fin d'année scolaire, ta fille adorée a été élue Boudin de Bronze du collège-lycée Marie-Darrieussecq de Bourg-en-Bresse. C'est une heureuse déception, car elle est habituellement Boudin d'Or.* »
— Mireille, tu m'agaces.
Maman regarde le plafond, et dit à la lampe Habitat :
— Les ados, je déteste.

Mon père est franco-allemand. Pour préserver son anonymat, surnommons-le Klaus Von Strudel. Professeur à la Sorbonne, à Paris, Klaus écrit des livres de philosophie. Il fut aussi le directeur de thèse de ma mère, et il l'a fort bien dirigée, apparemment, puisqu'elle s'est retrouvée enceinte de ma personne. Hélas, leur relation était vouée à rester clandestine ! Car Klaus était à l'époque – et il l'est d'ailleurs toujours – le mari d'une personne dotée d'un énorme potentiel. La preuve, cette personne est depuis deux ans présidente de la République de notre beau pays la France. Nous l'appellerons pour simplifier Barack Obamette.

Ensemble, Barack Obamette et Klaus Von Strudel ont eu trois fils qui sont donc mes demi-frères et qui portent des noms à la con de héros grecs, mais afin de s'y retrouver je les désignerai plutôt par les pseudonymes de Joël, Noël et Citroën.

Pour des raisons qui m'échappent, Maman a quitté Paris quand elle a appris qu'elle était enceinte ; elle a choisi de devenir prof de philo en lycée à Bourg-en-Bresse, qui est le chef-lieu de l'Ain (numéro de département 01). Elle a épousé un M. Philippe Dumont qui est exactement tel que son nom l'indique.

Nous vivons tous les trois dans un pavillon coquet agrémenté d'un jardin, en compagnie du chien Chatounet et du chat Babyboule.

Suis-je en contact avec Klaus ? Non, car il n'a jamais répondu à aucune de mes lettres. Au lieu de répondre à sa fille cachée, il donne des interviews dans *Philosophie Magazine*. Il pond aussi, tous les trois ans à peu près, un traité de métaphysique. Maman les achète, les lit, et moi aussi. Elle dit *Tu ne comprendras rien, Mireille, c'est compliqué*, mais je les lis quand même et je comprends parfois.

Klaus écrit des choses comme :

« Le réalisme spéculatif a aidé à *lubrifier le passage* vers une métaphysique dékantisée... »

« La pensée de Quentin Meillassoux retourne la métaphysique contemporaine et lui impose de *jouissives secousses*... »

« Je refuse cependant l'avènement d'une philosophie *castrée* de Platon et de Descartes... »

Moi :
— C'est un gros dégueulasse en fait, Klaus.
Maman :
— Arrête enfin, mais arrête ! D'abord il ne s'appelle pas Klaus, et puis tu n'y comprends rien, sa pensée est révolutionnaire mais ça tu ne comprends pas, tu ne peux pas comprendre.
— Maman, il compare Platon et Descartes à une paire de couilles.
— Quinze ans ! éructe ma mère. Quinze ans... c'est vraiment l'âge le plus idiot du monde !
— Quinze ans et demi, s'il vous plaît.

C'est à l'âge de huit ans que j'ai envoyé ma première lettre à Klaus :

*Bonjour Monsieur,*
*Ma maman (Patricia Laplanche) m'a dis que vous êtes mon père. J'aimerai vous rencontrer à*

*Paris et voir [Joël et Noël]*. Je suis à l'école primaire Laurent-Gerra, j'ai des bonnes notes et j'ai appris a lire à quatres ans.*
*Au revoir,*
*Mireille Laplanche*

La deuxième, j'avais douze ans :

*Cher Monsieur,*
*Vous n'avez pas répondu à ma lettre d'avant. Pourtant ça aurait été sympa. Je suis en cinquième au collège Marie-Darrieussecq. Je suis la première de ma classe. J'aimerais toujours bien vous rencontrer, à Paris ou ailleurs. Mon numéro de portable est le [...].*
*Cordialement,*
*Mireille.*

La troisième, je l'ai écrite il y a trois mois.

*[Klaus],*
*Tu es mon père. Tu le sais, car tu as parfaitement reçu mes deux premières lettres. Je te vois à la télé avec [Barack Obamette], [Joël, Noël] et [Citroën] ; et je te trouve carrément gonflé de ne pas me répondre. J'ai quinze ans, je ne suis pas débile. Si c'est ça qui t'inquiète, ma mère n'est pas « derrière » tout ça. J'ai lu tous tes livres. Appelle-moi.*
*Mireille.*

Re-re-bide. Maman est tout à fait au courant pour la dernière lettre, vu que j'avais laissé traîner

---

\* (À l'époque, [Citroën] n'était pas encore né.)

17

l'enveloppe bien en évidence sur la table avant de la poster.

**[Klaus Von Strudel]**
**Palais de l'Élysée**
**Paris**
**Petit facteur, presse le pas,**
**la paternité n'attend pas !**

— Très drôle, a dit Maman en voyant ça, très drôle, mais que tu es drôle, mon enfant ! J'en pleure de rire.
— Tu crois qu'il faut la laisser l'envoyer ? a demandé Philippe Dumont, l'air inquiet (= lèvre retroussée + tripotage de boutons de manchette).
— Il faut la laisser faire ce qu'elle veut, c'est sa manière de faire de la provoc', a répliqué Maman. Il ne lui répondra pas, de toute façon, ça n'a donc aucune importance.

Philippe Dumont a toujours été profondément triste de ne pas remplir la béance qu'a creusée Klaus Von Strudel dans ma vie. Il m'emmène au cinéma, au musée et au bowling. Il m'autorise à manger de la crème de marrons directement dans le pot. Il dit : *Vois-moi comme ton père, Mireille, je suis ton père !* Moi je mets les mains devant ma bouche et je fais : *Rhôôôôph... Rhôôôôph... je suis ton pèèère !* Ensuite il vitupère : *C'est ma maison ici, Mireille ! C'est mon sofa ici ! Tu vis chez moi, je te ferais dire.* Cela n'est vrai qu'à moitié, Maman possédant la moitié de la maison, sauf qu'elle n'a pas fini de rembourser sa partie de l'emprunt (à cause de son salaire de prof bien nul) alors que Philippe est notaire et Rotarien, ce qui veut dire qu'il fait partie du Rotary.

— C'est quoi, le Rotary, Maman ?

— C'est un club de gens comme Philippe, de gens qui ont des métiers divers, et ils se rencontrent, ils échangent sur des sujets, ils se présentent leurs enfants.

Philippe m'emmène pour essayer de me présenter.

— Je vous présente la fille de Patricia, Mireille.

Les Rotariens sont en-chan-tés de serrer la main à Quasimodo au-dessus d'un canapé aux œufs de saumon à la fête de Noël. Un jour, je devais avoir neuf ans, quelqu'un d'extraordinairement perspicace a fait remarquer :

— Cette petite ressemble étonnamment au philosophe, vous savez, euh ?

Là, j'ai eu comme un éclair d'espoir ; j'ai regardé cet homme glabre et couperosé et je me suis répété de toutes mes forces : *Allez dis-le, dis-le que je ressemble à Klaus Von Strudel, sème le doute, laisse les gens recouper les dates... Peut-être que si tout Bourg-en-Bresse signe une pétition à Klaus il reconnaîtra que je suis sa fille !*

Mais au lieu de ça, une dame a répondu :

— Jean-Paul Sartre ?

Et l'homme a hoché la tête :

— Oui, exactement ! Jean-Paul Sartre !

— Ce n'est pas vraiment un compliment ! s'est esclaffée la dame.

— Non, a admis le monsieur non sans franchise.

Google -> Jean-Paul Sartre -> vieillard bigleux d'une laideur abominable. Presque encore plus moche que Klaus.

J'ai déclaré à Maman, le lendemain matin :

— Toi, je parie que si t'avais rencontré Jean-Paul Sartre, t'aurais terminé dans son lit.

— Tu veux une claque ?

— Je dis juste qu'il avait l'air bien dans ton genre ! Un philosophe, révolutionnaire machin grande théorie et tout et tout... C'est un compliment, Mamounette ! Pourquoi tu prends tout mal ?

— Arrête de me manquer de respect. Je ne passe pas mon temps à coucher à gauche et à droite, avec des philosophes ou non.

— Toute façon je t'annonce qu'il est mort, j'ai dit. Il est mort en 1980, Jean-Paul Sartre. Et moi je suis née des dizaines de milliers d'années après, donc aucun doute, ça pouvait pas être mon père.

— Je te le confirme, a grincé ma mère.

Ensuite, j'ai chanté la *Marche funèbre* (*tam-tam tadam-taaam-tadam-tadam-tadam*) pendant un très long moment, afin de rendre hommage à la mémoire de Jean-Paul Sartre. Ça a fini par agacer Maman, *Tais-toi, Mireille, tu nous casses les oreilles, enfin !* Là, j'ai sorti un truc qu'il fallait pas :

— Tu sais ce qu'on a appris en histoire-géo, Mamounette ? Après la Seconde Guerre mondiale, on a tondu toutes les Françaises qui avaient couché avec des Allemands. Alors tu imagines, à quelques années près...

Elle m'a dévisagée, on aurait juré qu'elle se repassait mentalement ce que je venais de dire

sans y croire. Ça m'a fait un peu peur mais j'ai quand même ajouté, pour rire :
— *Couic* ta touffe !
*Splaf* la baffe.
— Monte dans ta chambre. Je ne veux plus te voir.

Je ne sais pas pourquoi j'aime à ce point exténuer ma mère. Je ne sais pas pourquoi j'ai jeté dans les toilettes tout le flacon de parfum *Flower By Kenzo*, que Philippe Dumont m'avait gentiment offert pour mon anniversaire – *Dis donc Mireille tu as remercié Philippe pour le parfum qu'il t'a gentiment offert pour ton anniversaire* –, et sans tirer la chasse, histoire de bien lui faire comprendre que ses 54 euros de fragrance avaient fini dans les égouts.
Je ne sais pas pourquoi, mais c'est comme ça.

# 2

*Chassieux/euse : adjectif.* Atteint de chassie.
Un œil chassieux.
Un œil chassieux, c'est un œil entartré de cette crotte blanche et gluante que les yeux sécrètent. C'est un œil comme englué dans sa propre diarrhée oculaire.
Un œil de cette nature me regarde à travers la vitre brune de la cuisine.
— Qu'est-ce que c'est que ce truc ?
Ce truc toque à la vitre – j'en fais tomber le rouleau de Sopalin, il se déroule jusqu'à la porte-fenêtre de la cuisine qui donne sur le jardin, comme un tapis rouge (mais blanc). Je suis le chemin qu'il me dessine pour aller ouvrir la porte-fenêtre.
C'est la Boudin d'Or : Astrid Blomvall. Elle se balance d'un pied sur l'autre, dans mon jardin, dans l'obscurité, en me fixant avec ses yeux chassieux (surtout le gauche). Elle porte un jean bleu sombre, beaucoup trop serré, et un tee-shirt noir avec écrit *INDOCHINE* et des mecs qui font la gueule sur une photo qui s'émiette, et elle a deux gros bras qui dépassent du tee-shirt, roses

et mous et boutonneux, et un gros visage rose, et des cheveux blonds comme des ficelles à rôti, ligotés en queue-de-cheval, et une fossette sur la joue gauche, une fossette qui ma foi est un peu la rédemption de ce flasque visage, une fossette dans laquelle vient immédiatement, tandis qu'Astrid Blomvall me sourit, se nicher mon affection.

Juste après m'avoir souri, comme si elle regrettait d'avoir dévoilé son appareil dentaire, Astrid Blomvall regarde ses pieds (qui sont sanglés dans des sandales à scratch).

— Salut, marmonne-t-elle. Escuse-moi mais je me demandais si par hasard t'étais Mireille Laplanche, escuse-moi de te déranger je sais qu'il est tard j'ai trouvé ton adresse sur PagesBlanches.fr.

— Alors Astrid, on va tout de suite mettre les choses au clair, dis-je en la faisant entrer sur le tapis rouge qui est blanc. Tu n'as pas à t'escuser de quoi que ce soit. Tu m'as volé ma place de Boudin d'Or, soit ! Mais je ne t'en veux absolument pas. Je pense qu'on a tous droit à un peu de compétition dans la vie. Je pense qu'il faut donner sa chance à tout le monde.

Elle plante ses yeux sur moi, enfin juste un seul, l'autre s'est planqué dans sa paupière.

Hum. Visiblement, elle ne comprend pas que je blague ; les gens ont souvent du mal à comprendre que je blague.

Et merde, elle pleure. Alerte inondations ! Sortez les sacs de sable, montez les digues !

— Pleure pas, Astrid Blomvall. M'entends-tu, gente demoiselle ? Pleure pas ou c'est la déshydratation assurée ! Tiens, tiens, mouche-toi.

Je m'agenouille pour arracher quelques carrés de mon tapis rouge qui est blanc, et je les lui donne comme on offre une bague de fiançailles. Elle se mouche abondamment. Je l'assieds sur un tabouret Ikea qui crisse impoliment sous son poids. Le chat Babyboule, pensant que c'est moi qui m'assois (puisque le tabouret me réserve d'habitude ce même crissement impoli), se précipite dans la cuisine et bondit sur les genoux d'Astrid Blomvall. Distraitement, elle se met à lui gratouiller le dos, ce qui encourage Babyboule à lever la queue et les fesses en lui montrant son tout petit trou du cul marron clair ; ensuite, il se retourne pour lécher les larmes qui coulent sur le visage d'Astrid. C'est un acte empreint de générosité, mais aussi quelque peu désagréable, parce qu'il a une langue comme un petit morceau de Velcro.

— Mon chat Babyboule, je dis pour les présenter. Astrid Blomvall. Pourquoi tu pleures, Astrid Blomvall ?

— Ben, j'ai été élue Boudin d'Or, pleure Astrid, c'est quand même une raison de pleurer ! Ça fait à peine un an que je suis en France, j'arrive à peine à Bourg-en-Bresse, on m'élit déjà Boudin d'Or.

— Tu étais où, avant ?

— En Suisse, chez les sœurs.

— Les sœurs quoi ?

— Les sœurs, chez les sœurs, dans une école catholique, tu vois.

— Ouh làààà ! je grimace – et j'agite les mains pour montrer que je n'approuve que modérément ce choix éducatif de ses parents.

Mais que font ses parents, justement ? m'enquiers-je.

— Ma mère elle fait des poteries artisanales, mon père il est suédois.

— C'est une bonne situation, ça, suédois ?

— Enfin, il vit en Suède. Il fait des trucs et des choses, je ne sais pas exactement.

— J'espère qu'il n'a pas conçu ce tabouret Ikea, dis-je en désignant l'objet d'un doigt sévère. Il est trop petit pour une seule de mes fesses et me le fait savoir à chaque fois.

— T'es marrante, répond obscurément Astrid, songeuse.

Comme je suis non seulement marrante mais en outre généreuse, je lui offre un Fanta. Puis un reste de jambon à l'os. Puis un morceau de tiramisu – que j'ai fait moi-même, avec mes petites mains. Je le lui annonce, elle me répond que je suis bonne cuisinière.

— C'est parce que mes grands-parents tiennent un restaurant. Je suis tombée dedans quand j'étais petite. Comme Obélix. D'où, peut-être, un indice de masse corporelle assez proche...

— Moi, chouine Astrid, je suis nulle en cuisine, mais je fais de la très bonne compote de pommes.

Et puis :

— Mais comment tu peux avaler ça, toi, d'être élue Boudin du lycée Marie-Darrieussecq ? C'est dur... C'est vraiment dur, quand même.

— Oh, je dispose d'une capacité de détachement surhumaine. Je sais que ma vie sera bien meilleure quand j'aurai vingt-cinq ans ; donc, j'attends. J'ai beaucoup de patience.

— C'est triste de devoir attendre d'aller mieux.

J'ai envie de lui répondre, *Oh, seulement les trois premières années. Après, on s'y fait*. Mais il est clair que la pauvre Astrid, chez les sœurs, n'a pas eu le même entraînement que moi : on n'a pas dû lui répéter assez souvent qu'elle était grossémoche. Alors que moi, c'est arrivé tellement de fois que désormais je m'en gausse. Ça glisse comme de l'eau sur des feuilles de lotus.

Bon, sauf quand je suis un peu crevée, ou que j'ai mes règles, ou un rhume ; dans ces moments-là, OK, il peut arriver que je perde de mon imperméabilité. Mais pas ce soir. Ce soir, ça va, et la Boudin d'Or a besoin de moi.

Astrid tripote son tee-shirt. Ses petits mecs tristes en photo s'émiettent encore plus.

Je déclare :

— Ça risque de ne pas te faire plaisir, mais je pense que ton tee-shirt vit ses derniers instants.

— C'est parce que je le porte tout le temps.

Bizarre, ce ton amoureux, subitement... et cette fameuse fossette qui se creuse dans la pâte de son visage comme d'un petit coup de cuillère à café...

— Pourquoi ?

— Parce que c'est toute ma vie, Indochine... Toute ma vie. Ce soir encore, je les ai écoutés avant de venir te voir, c'est eux qui m'ont donné la force de venir.

— Ah ? Et en imaginant que je ne sache pas qui est Indochine ?

Elle me regarde comme si je venais de dire que je ne sais pas qui est Barack Obamette, alors je tente :

— C'est un boys' band ?

— Non ! Non, c'est un groupe de pop, c'est... Mais enfin, tu sais pas ? C'est... c'est le meilleur groupe de tous les temps !!! (Là, elle se met à chanter :) « *Et trois nuits par semaine bon Dieu qu'elle est beeeelle* »... Non ?

— Non, désolée. Ma mère n'écoute pas de musique et Philippe Dumont non plus, et moi j'écoute seulement... Ben, pas grand-chose en fait.

Je n'ai pas l'oreille musicale. Mes oreilles sont trop petites, moches et compliquées pour attraper les mélodies – j'imagine que pour aimer la musique, il faut avoir de très grandes rouflaquettes oscillant aux vents, qui entraînent les notes vers le creux d'une vaste oreille en forme d'huître...

— C'est qui, Philippe Dumont ?

— C'est un père de substitution et un mari de synthèse, bel homme aux tempes grisonnantes, bien connu de la bourgeoisie environnante et amateur de voyages à Venise d'où il rapporte des vases de Murano qui contiennent des sortes de dégueulis de pâte de verre multicolore.

J'en désigne un specimen posé sur l'appui de la fenêtre, qui abrite un grand arum tirant la langue.

— Cool, lâche Astrid sans conviction. Mais dis, Mireille, t'as fait quoi, la première fois que t'as été élue Boudin d'Or ? T'as fermé ton compte Facebook ?

— Oh, là ! Certainement pas, malheureuse ! Non, j'ai simplement commandé une pizza hawaïenne, que j'ai mangée en lisant *La Métamorphose* de Kafka parce qu'on avait un contrôle dessus le lendemain.

Cela... est un mensonge – je ne suis certainement pas du genre à ne lire un livre que la veille d'un contrôle. Mais je ne peux pas dire la vérité à cette pauvre Astrid ; que ce soir-là, il y a trois ans, m'étant découverte Boudin d'Or, j'ai mangé une pizza hawaïenne avec suppléments morve & larmes en regardant pendant trois heures, sur YouTube, des vidéos de chats en train de se promener sur des robots-aspirateurs.

— C'est qui ce mec, Malo machin ?

— Un abruti fini qui s'en sortira très bien dans la vie.

— Mais pourquoi... pourquoi...

— Pourquoi est-il si méchant ?

— Oui. Pourquoi il fait ça ?

— Parce qu'il est très bête. Probablement à cause d'un problème à la naissance. Tu vois, on est nés le même jour dans la même clinique de Bourg-en-Bresse, donc je pense que toutes les infirmières étaient trop occupées à s'exclamer que j'étais le plus moche bébé du monde, et du coup elles ne se sont pas aperçues que bébé Malo, dans la chambre à côté, manquait d'oxygène ou de je ne sais quel gaz qui rend les gens intelligents et gentils.

Cela... est encore un mensonge. En maternelle, Malo était mon meilleur ami. À l'époque il n'était ni bête ni méchant. On rigolait bien. On se fabriquait des crottes de nez en pâte à modeler. On s'invitait à jouer chez l'un, chez l'autre. On prenait des bains ensemble, on faisait des batailles d'eau et on se donnait des claques de gant de toilette. Ensuite on s'est retrouvés dans la même primaire, et on a continué à venir goûter chez l'un ou chez l'autre et à jouer à *Mario Kart*. C'est le CM2 qui nous a un peu séparés. Il a trouvé des potes qui lui ont dit, *Tain, Malo, ta copine Mireille, c'est un gros thon. Elle est moche comme un cul*. Peu à peu, il s'est dit, *Tain mais c'est la vérité, j'ai pris des bains avec un gros thon. J'ai donné des claques de gant de toilette à une fille moche comme un cul*. Et au collège, c'était plié. Premier jour de sixième, je me suis approchée de lui :

— Hello Malo !

Il était avec un groupe de mecs qui sentaient effroyablement le gel-douche Axe, celui où dans la pub on voit des filles à poil en train de se frotter de manière érotique avec des bouteilles dudit gel-douche Axe, alors que chacun sait que ça pique atrocement les parties génitales de se mettre du savon direct dessus.

Il a répondu :

— Ouais, quoi. Queskiya.

Moi :

— Ben rien, juste hello ! Ça roule ? J'ai pas eu ma carte postale habituelle, cet été. T'es pas allé en Bretagne ?

Lui :

— Mais kestumparles, espèce de grosse vache.

Moi :
— Meuuuuuuuuh !

Et je suis partie en galopant, après lui avoir tiré la langue.

Cela est – encore – un mensonge.

Je n'ai pas du tout fait « Meuuuuuuuuh », je ne suis pas partie drapée d'humour et de détachement, je suis juste restée plantée là, à écarquiller les yeux jusqu'à ce que mes globes oculaires tombent à l'intérieur de ma boîte crânienne, d'ailleurs je les ai bel et bien entendus rouler de ci, de là, comme des boules de billard, et trois heures plus tard, quand l'infirmière scolaire les a récupérés avec des pinces à escargot et les a remis dans mes orbites, j'ai retrouvé la vue dans un monde où j'étais devenue une grosse vache.

La grosse vache portait un tee-shirt trop serré, un jean trop serré, des chaussures trop serrées, elle débordait de ses fringues et du monde.

Bref : je ne révèle évidemment rien de tout ça à Astrid, pour la bonne raison qu'elle est très occupée à pleurer, la pauvrette, sur ce tabouret Ikea qui lui crie qu'elle est trop lourde, et après tout elle a bien le droit, moi aussi j'en ai versé plusieurs douzaines de larmes, à l'époque, mais maintenant je m'en fous, c'était il y a longtemps, j'étais petite.

— Ah, non, Babyboule ! Tu vomis pas sur Astrid !

Je jarte *in extremis* des genoux de la demi-Suédoise le chat dont la petite cage thoracique commençait à se contracter ; à peine tombé par terre, il régurgite joyeusement une boule informe composée de poils, de croquettes digérées et de grandes herbes vertes, et cette vision le fait s'échapper à toute vitesse.

— Désolée, dis-je à Astrid, en essuyant la petite vomissure bosselée avec le reste du tapis rouge qui est blanc. Rassure-toi, je sais qu'il était en train de te lécher la face mais ça n'a rien à voir avec toi. Il est comme ça, il se bourre d'herbes du jardin comme s'il n'avait pas compris que la nature l'a voulu carnivore.

— Mais à qui est-ce que tu parles, Mireille ?

Voilà Maman qui entre dans la cuisine. Astrid lève les yeux vers elle, me regarde, puis regarde à nouveau Maman, puis moi. Elle se demande sans doute, comme tout le monde, par quelle terrible méprise un gnome de mon acabit a pu sortir de l'avatar de Catherine Deneuve qu'est ma mère.

— B-bonsoir, madame, bafouille Astrid.

— Maman, Astrid, Astrid, Maman. Astrid, Maman, est le Boudin d'Or de cette année. Elle m'a ravi ma place. Elle a été élevée chez les sœurs et elle est fan d'Indochine. Tu connais Indochine ?

— Bien sûr, soupire Maman. Je suis désolée, Astrid ; c'est un concours absolument détestable. J'ai essayé de le faire interdire, mais le lycée ne peut rien faire, étant donné qu'il a lieu sur Internet. Un vrai scandale. J'espère que tu n'es pas trop… choquée.

— Merci, madame, murmure Astrid. C'est horrible parce que je suis là depuis moins d'un an. Je connais à peine les gens et la ville. Je pensais qu'on serait gentil, ici.

— Il y a des gens gentils dans cette ville, dit Maman. Comme Mireille. Reste avec Mireille, elle est gentille. Elle est forte, aussi.

Moi :

— Ne l'écoute pas, Astrid : ce ne sont que mensongeries et billevesées ! Elle se plaint à longueur de journée qu'elle aurait dû feindre une migraine carabinée le soir funeste de ma conception !

— C'était un matin, dit Maman.

Elle ressort de la cuisine et je la suis du regard en veillant bien à faire la fille pas du tout émue d'avoir intercepté un compliment, chose fort rare, de la part de son intraitable mère. Et cependant, qui sait si ce n'est pas grâce à ce compliment que je m'écrie d'un coup :

— J'ai une idée ! Si on allait trouver l'autre Boudin ? À mon avis, elle est toute tristounette, elle aussi. En plus, c'est une minuscule cinquième qui a toutes les chances de manquer de maturité et de distance critique.

— Il est tard, fait observer Astrid.

— Oui, mais si elle a vu les résultats, ça m'étonnerait qu'elle dorme.

On s'en va googler son nom de famille. *Idriss*. Il n'y a qu'une seule adresse à ce nom-là à Bourg-en-Bresse, c'est dans le quartier des Vennes, de l'autre côté de la ville. Puis on s'en va expliquer aux parents qu'il faut qu'on y aille tout de suite bien qu'il soit tard, pour le bien-être de notre jeune co-winneuse. Ils acceptent.

Philippe Dumont :

— Vous voulez que je vous dépose en voiture ?

Moi :
— Non merci, Papounet chéri adoré, meilleur papa du monde, père par excellence et roi de la vraie paternité réelle. On a encore l'odeur du vomi de Babyboule, donc ta BMW refuserait sans doute de nous prendre à bord.

Et de toute façon, on préfère marcher dans la nuit, marcher dans la nuit de Bourg-en-Bresse, marcher et faire plus ample connaissance, Astrid Blomvall et moi.

# 3

C'est une de ces nuits où la lune est petite, verte et dure comme une pistache. Bourg-en-Bresse, sous ce ciel marron foncé, n'est pas à son avantage, et c'est dommage.

Vous connaissez Bourg-en-Bresse ? Ça se prononce *Bourkenbresse*, à propos, pas *Bourre-en-Bresse*. Bourg – *Bourk* – pour les intimes.

C'est une jolie ville, Bourg-en-Bresse, une jolie petite ville de province avec tout ce qu'on trouve dans les villes de province. Deux librairies, une Maison de la Presse avec des présentoirs rotatifs bourrés de marque-pages en hologrammes (dauphins, chatons et poneys). Des cafés, des restaurants, des joailliers qui vendent des émaux bressans ; des petits magasins avec en vitrine de gigantesques soutiens-gorge, des salons de coiffure dont on éjecte d'un grand coup de balai les monticules de cheveux coupés, *brouf* comme ça sur les rues piétonnes. De belles maisons anciennes, barrées de poutres brunes, et des immeubles nouveaux bardés de grands rectangles de carton :

*À VENDRE.* Peu de gens achètent – ils partent pour Lyon ou Paris, ou s'échappent hors de la ville pour aller vivre dans des pavillons de plain-pied. D'autres immeubles sont vides, et on a cloué de grandes plaques de bois contre les fenêtres des magasins fermés. *CHERCHE REPRENEUR.* Des petits parcs où des gens très vieux froissent le gravier sablonneux ; où des enfants se suspendent à des barres en métal ; où des lycéens fument et regardent leurs téléphones.

Moi j'aime Bourg-en-Bresse, ma ville, ma belle cantinière. C'est une ville qui nourrit bien ses habitants. Il y a des boulangeries où l'on trouve des tartes au sucre grandes comme des roues de vélo, toutes globuleuses de pralines roses. Il y a Le Français, la vaste brasserie tellement tapissée de miroirs et de dorures qu'on a les yeux qui piquent en mangeant son filet Pierre, un coussin de viande de bœuf crue qui se coupe à la fourchette comme une énorme fraise. Il y a le restaurant de mes grands-parents, le Georges & Georgette, deux étoiles au Michelin, en face de l'église de Brou blanchie par un récent récurage. On y sert des grenouilles entières clapotant dans des flaques de beurre persillé, des coquelons de fonte où se recroquevillent des escargots fumants, des quenelles énormes et boursouflées d'où s'échappent des fumerolles, des pâtés en croûte logés dans une gelée vitreuse...

Et de ces plateaux de fromages ! Bresse bleu pommelé de moisissure, morbier strié de cendre, mimolette extra-vieille rouge comme la brique ;

et des faisselles pleines de caillots, qu'on saupoudre de ciboulette et qu'on recouvre de crème épaisse...

Et des hémisphères de vin dans les verres – et puis, à l'heure du café, d'innombrables boîtes de chocolats...

Et des fougasses, des brioches et des tourtes, des pains de toutes les formes et de toutes les tailles, fourrés aux olives vertes, aux poivrons, aux figues, aux oignons, aux noix et au saucisson, des pains chauds et spongieux, qui collent aux dents, qui boivent le beurre et la cire jaune du foie gras...

Alors oui, pas étonnant que je sois un poil plus dodue que la mannequin rousse en vitrine de chez SANDY COIFFURE, pas étonnant que je boude le *Sandwich & Sans Reproche* de la cantine (deux Krisprolls et un morceau de poulet 100 % bio, 0 % matière grasse, 1,2 % sucre). Et pas étonnant, Malo, toi qui mâchonnes à longueur de journée des Freedent grisâtres, que tu sois maigre et méchant, dans cette ville de sucre et de fromage...

On marche dans la nuit de Bourg-en-Bresse, Astrid Blomvall et moi, et elle se rassérène à mesure qu'on avance. Elle a déjà commencé à comprendre, je crois, que ce n'est pas si dramatique que ça d'être élue Boudin d'Or, du moins quand on a des passions dans la vie. Or elle en a, et ça ne se limite pas à Indochine.

— Je joue aux jeux vidéo.
— Ah bon ? Lesquels ?

— Surtout des jeux vidéo de management, de stratégie et de gestion.

— C'est quoi ?

— Par exemple, *Airport Manager*. Tu connais *Airport Manager* ? Non ? (Là, elle s'enflamme, c'est clairement son truc.) *Airport Manager*, tu joues à être un directeur d'aéroport. Un gros aéroport, genre aéroport international. Et donc tu dois tout gérer – *tout* : les vols, les passagers pas contents, les magasins... Parfois il y a des avions qui s'écrasent sur le tarmac... Parfois il y a des gens, ils refilent la malaria à tout le monde. Parfois il y a des terroristes.

— Ça m'a l'air putain de stressant ! Pourquoi tu joues à ce truc ?

— Ben oui, c'est stressant mais c'est génial. Il faut équilibrer les comptes, gagner plein d'argent mais surtout le dépenser intelligemment, et si par exemple tu perds les bagages d'un passager, ou si t'as laissé entrer des paparazzis alors qu'il y a une star qui débarque dans son jet privé, hé ben, bim ! tu dois payer des dommages et intérêts, ça te grève ton budget.

— Ça a l'air hyper prise de tête, ce truc.

— Pas autant que *Kitchen Rush*. Dans *Kitchen Rush*, t'es le directeur d'une grande chaîne de fast-food – ou alors d'un restaurant hyper luxe (c'est au choix). Et tu dois gérer tout ! Il peut y avoir des salmonelles dans la nourriture si les cuisines ne sont pas propres – la galère, je te dis pas. Y a des gens qui te postent des commentaires pourris sur les sites de consommateurs, même si t'es génial. Et l'inspection du travail vient vérifier que tu ne sous-paies pas tes employés. Et si jamais un serveur renverse un plat sur la tête d'un client...

— OK, je crois que j'ai compris le principe. C'est chelou comme passe-temps, mais j'ai compris.

— Et toi, tu fais quoi quand t'es pas au bahut ?
— Je...

[*Vraies réponses, par ordre de fréquence :*
1) Je fais des câlins à Babyboule.
2) Je lis des livres de philosophie écrits par *mein Vater*, et d'autres livres écrits par d'autres gens.
3) Je réalise des recettes trouvées sur Internet.
4) Je trouve des recettes sur Internet.
5) J'écris des choses, genre des histoires. Sauf que ça, c'est tellement secret que t'oublies que je t'ai dit ça maintenant, là, tout de suite. Allez.]

*Réponse donnée à Astrid :*
— Oh, des trucs.

Ben oui, je ne suis pas une fille facile, moi. Je ne confie pas ma vie à des étrangères aux yeux chassieux qui pourraient la répéter à tout le monde.

(Je l'ai fait, une fois, avec une fille qui s'appelait Aude et qui m'aimait tellement que toutes ses photos sur les réseaux sociaux étaient des photos d'elle et moi ensemble. Vu qu'elle était gentille, je lui faisais ses devoirs et je la laissais copier sur moi en contrôle. Je lui confiais également le récit détaillé de ma lourde rancœur envers Malo, car c'était l'époque où je ne m'en fichais pas vu que j'étais encore petite et immature. Malheureusement, mon amitié avec Aude a fini, eh bien... en aude-boudin, quand il m'est apparu, d'une part, que c'était justement *parce que* j'étais un boudin qu'elle me mettait sur ses photos de profil – pour le contraste, qui il faut bien l'avouer, était saisissant : à côté de moi, elle ressemblait à une top-modèle – et, d'autre part, quand j'ai découvert qu'elle se gaussait abondamment de mes malheurs Maloesques avec ses vraies amies pendant que je lui faisais ses rédactions en perm.)

(Depuis, je me méfie.)

Ah : on est arrivées aux Vennes. Les tours, petites et carrées, sont trouées de rectangles jaunes où passent parfois des ombres.

— Euh, il est pas un peu tard pour aller taper à la porte de quelqu'un qu'on connaît pas ? demande Astrid.

Il est certes 22 h 10. Mais dans l'immeuble où logent les Idriss, presque toutes les lumières sont allumées. On lève les yeux vers l'interphone ; ils habitent au troisième étage. On lève les yeux : une rangée de fenêtres jaunes comme une ligne gagnante à Puissance 4.

*Bzzzzzzzzzzzz !*

— Oui ? grésille une voix chaude et profonde dans l'étoile de trous crasseux.

— Bonjour, monsieur, on est des amies d'Hakima. Elle est là ?

— Des *amies* d'Hakima ?

La révélation réduit un instant M. Voix Chaude et Profonde à un silence incrédule. On entend ensuite :

— Hakima ! T'as des amies !

(Il se pourrait que ce point d'exclamation soit en réalité d'interrogation.)

Une voix pointue crépite alors en arrière-plan :

— *Hein ?*
— T'as des amies qui sont là.
— *Qui ça ?*
— Qui ça ? nous demande l'homme au timbre enjôleur.

Je réponds, énigmatique :

— Deux Boudins.

Il répète à l'intention d'Hakima.

Silence.

Un *clic*, et la porte s'ouvre.

— Troisième étage gauche.

On zappe l'ascenseur pour grimper une cage d'escalier sans lumière, une cage d'escalier qui au rez-de-chaussée sent le gratin dauphinois, la pizza au premier étage, au deuxième étage le poulet au curry, et enfin, au troisième étage, le gâteau au chocolat.

*Grzzz !* fait la sonnette quand je presse le petit disque de plastique qui ponctue une bandelette de papier intitulée *FAMILLE IDRISS*.

La porte s'ouvre. D'abord, je crois qu'il n'y a personne en face de nous. Puis je baisse les yeux, et je m'aperçois que c'est un dieu qui a ouvert la porte.

# 4

Enfin, je dis un dieu, mais il ne faut pas que vous imaginiez un vieux mec tout laid à barbe blanche. Je ne parle évidemment pas du dieu de la Bible (qui n'a aucun intérêt). Non, je veux dire le dieu de la nature, le dieu du vent, le dieu des ours, des chats et des cerises, le dieu qui a conçu le monde en tirant du bout des doigts les pointes des plus hautes montagnes et en creusant du talon les vertigineux canyons. Le dieu du soleil, qui tous les matins traîne l'astre du jour derrière son gigantesque char afin que les herbes poussent !

Non ; même pas le dieu du soleil ; le Soleil lui-même.

Un Soleil aveuglant.

Et figurez-vous que de voir le Soleil, là, comme ça, sur le pas de la porte, ça m'a – attention mauvaise blague – coupé les jambes !

Pourquoi, mauvaise blague ? Parce qu'il se trouve que le jeune homme qui nous a ouvert la porte, mes chers enfants, n'a pas de jambes.

Pourquoi il n'en a pas, ça, je ne l'ai pas su tout de suite. J'étais paralysée de stupeur et d'amour.

Bref : le Soleil nous adresse un bonsoir sérieux, et il nous laisse entrer, repoussant son char, enfin, sa chaise roulante, vers l'arrière, d'un petit coup de paume.

Astrid me pousse un peu et je pénètre dans l'appartement, en reprenant mon souffle, vu que je viens quand même de tomber amoureuse de l'astre du jour.

Dans l'appartement, clair et tendu de tissus chauds, ça sent le gâteau au chocolat à en tomber. Hakima l'apporte justement tout fumant sur un plateau, elle venait de le sortir du four quand on a sonné.

La voilà donc, notre troisième Boudin. Elle est plus petite que je ne le pensais, et timide comme un moineau. D'un geste, elle nous invite à nous asseoir autour de la table basse pour manger avec eux. Je note qu'elle n'a pas les yeux rouges, contrairement à Astrid. Au lieu de ça, elle a des cernes. N'a-t-elle donc pas pleuré ? Pourquoi est-elle si fatiguée ?

— Du gâteau ? murmure-t-elle.

— Oh ! Puisqu'il est là, dis-je poliment.

— Ce n'est pas raisonnable, souffle Astrid comme si elle venait de décider d'entamer un régime. Mais bon, d'accord.

De toute façon, elle n'aurait pas tenu longtemps : c'est un de ces gâteaux mous comme un camembert. Autour de la table sont disposés de petits poufs en cuir brun aux joues poudrées par la lumière jaune d'une lampe avoisinante. Y sont assis Hakima, son père, sa mère, et l'on déplore une éclipse de son frère le Soleil, puisque celui-ci a disparu quelque part dans les tréfonds de l'appartement. La télé est en silencieux sur LCI.

On se présente maladroitement : Astrid Blomvall, Mireille Laplanche.

— Vous n'êtes pas en cinquième, fait remarquer Mme Idriss.

— Non, dit Astrid.

— Mais vous êtes amies avec Hakima ?

— On est liées par notre infortune, expliqué-je. C'est cette histoire de boudins.

Là, je comprends que j'ai encore perdu une occasion de me taire (expression récurrente de Maman).

— Comment ça, de boudins ? demandent les parents, incrédules, et puis ils se retournent vers leur fille.

Hakima leur raconte tout un tas de choses en arabe. J'invente une traduction dans ma tête : « *Mais non, Papa, je n'ai pas mangé de boudin, juré ; c'est juste ces imbéciles de l'école qui m'ont élue boudin, ça veut dire une fille moche, c'est une insulte.* » Ils ont l'air triste, quand elle s'arrête de parler. Astrid pose la main sur l'épaule d'Hakima, sans vraiment oser mais en osant quand même.

Puis Hakima s'adresse à nous :

— Je m'en fous pas d'être un boudin, si vous voulez savoir. Mais ce soir, il y a pire. Ce soir, c'est l'anniversaire de Kader. *[Le Soleil s'appelle Kader, le Soleil s'appelle Kader !...]* Il a vingt-six ans, c'est pour ça que j'ai fait un gâteau. Mais juste quand on allait mettre les bougies, on a vu les infos, et maintenant on n'a plus envie de mettre les bougies, on n'a plus envie de rien fêter.

— Pourquoi ? Qu'est-ce qu'ils ont dit, aux infos ?

— Chut, me coupe Hakima, regardez.

Elle attrape la télécommande, et le jingle dramatique du JT de 22h30 retentit violemment. Tout le monde regarde.

Inondations en Lorraine : un homme sauve une vieille dame tombée à l'eau. Interview exclusive, et en attendant, on filme un petit chat qui miaule sur une valise qui flotte.

Un bébé est né avec trois bras à Montauban, mais on est parvenu à en couper un afin qu'il n'en reste plus que deux. Les parents expriment leur soulagement.

Et enfin, le gros titre qu'Hakima et sa famille attendent, le gros titre qui a ruiné l'anniversaire de Kader...

*— Le programme de la garden-party du 14-Juillet de l'Élysée a été annoncé ce soir, ainsi que la liste des personnalités qui seront décorées, à cette occasion, de la Légion d'honneur par la présidente de la République. Parmi elles, la chanteuse franco-canadienne Vanilla Jones, le couturier Jacques Pacôme, et le héros de guerre, le général...*

Pour les besoins du récit, je propose que nous nommions ce général *Sassin*, de son prénom Auguste, Auguste Sassin, A. Sassin pour les intimes ; un général célèbre pour ses exploits durant la guerre en un pays sablonneux que nous appellerons *Galéristan*. En entendant le nom de ce général précédé de l'expression *héros de guerre*, les parents d'Hakima se mettent tout simplement à pleurer. Quant à Hakima, elle mâche sa tranche de gâteau au chocolat comme si c'était la joue gauche du général Sassin. Sur l'écran défilent des photographies des personnalités citées, ainsi que des images d'archives de l'Élysée, de Barack Obamette – et aussi, forcément, de mon géniteur en chair et en os, Klaus Von Strudel, accompagné de Joël, Noël et Citroën qui font des grands signes dans le vague pour dire bonjour au peuple.

— *La garden-party de l'Élysée sera placée sous le signe de la pop-rock française, avec un concert de fin de soirée où jouera, pour la première fois depuis plusieurs années, le groupe Indochine !*

Tiens donc ! Indochine en personne(s). À ces mots notre Astrid ne se sent plus de joie, et se lance même, sur les deux mesures qui suivent, dans une sorte de mini-danse, assez discrètement pour ne pas se faire remarquer de ceux qui pleurent.

Quelques minutes plus tard – après la mini-danse discrète et la fin des larmes –, Hakima et ses parents nous expliquent pourquoi ces nouvelles les chamboulent. C'est qu'elles sont liées à la raison pour laquelle le Soleil, alias Kader, n'a plus de jambes.

Le Soleil n'a plus de jambes parce qu'il les a perdues dans un désert.

Il se trouvait dans un désert parce qu'il était soldat au [Galéristan], où le prédécesseur de Barack Obamette avait envoyé des militaires enfouir les

47

gens du désert sous des tas de sable pour éviter que des gens du désert ne viennent faire sauter la tour Eiffel avec des bombes cachées dans des faux ventres de femmes enceintes.

Pour cette mission, le Soleil avait été promu à la tête d'une troupe de soldats kaki. Ils venaient de rendre visite à des habitants de maisons carrées pour vérifier qu'ils ne cachaient pas des armes entre deux casseroles, et le Soleil devait maintenant guider la troupe entre des montagnes aussi aiguisées que des sabres, afin de rejoindre une base militaire cachée au milieu des gros rochers bruns coincés entre les montagnes comme des morceaux de chocolat cassés par un géant.

Le ciel était si blanc ce jour-là qu'il avait éclaté en myriades de petites billes de lumière. Sous son casque, le Soleil plissait les yeux. Soudain, il a entendu un petit *ping*, pointu comme l'impact d'un gravillon sur un pare-brise. Il ne s'en est pas inquiété tout de suite. Il s'en est inquiété seulement quand son ami Laurent, à côté de lui, s'est effondré face contre terre.

Il y a eu un autre *ping*, puis un autre ; et puis une rafale beaucoup plus bruyante. Il semblait au Soleil que sa vision s'était rétrécie : tout était noir, à part un petit disque lumineux qui dévoilait des montagnes blanches très rapprochées, curieuses. Ses jambes se sont alors mises en pilote automatique.

Le Soleil s'est demandé, en laissant ses jambes courir, comment les gens du désert avaient pu savoir qu'ils allaient passer par là alors que le général chargé de leur mission, M. le général

Sassin, avait *promis* que la voie serait libre, que le seul danger serait la chaleur et les morceaux de rochers fracassés dans les vallons.

Le général Sassin n'était pas là ; il se trouvait dans l'autre base militaire, celle d'où la troupe était partie la nuit d'avant.

Le Soleil s'est senti triste à l'idée d'avoir gâché ses dernières minutes à penser au général Sassin, alors que les tirs ricochaient autour de lui. Finalement, deux ou trois d'entre eux ont fini par le toucher et il s'est écroulé dans le sable comme Laurent et tous les autres. Il a employé ses dernières secondes à penser à ses parents et à sa petite sœur.

Sauf que ce n'étaient pas ses dernières secondes, en fin de compte. Il reverrait ses parents et sa petite sœur. Mais pas ses jambes.

Maintenant que j'y repense, oui, je me souviens vaguement de cette histoire – les gros titres : *Dix soldats tués dans une embuscade au [Galéristan] ; un miraculé.* Je n'avais pas fait attention, c'était une histoire de politique et de guerre, je m'en fichais comme de la première BMW de Philippe Dumont. Si j'avais fait attention, j'aurais découvert que le miraculé habitait à Bourg-en-Bresse, dans le quartier des Vennes, avec sa chaise roulante et sa tristesse, et qu'il avait une voix chaude et profonde et une sœur bien partie dans la course pour les Boudins d'Or de l'année prochaine.

— Et maintenant, s'écrie la mère d'Hakima, cette ordure de Sassin va se pavaner dans les couloirs de l'Élysée... Il va continuer à recevoir des récompenses alors qu'il est responsable de la mort de tant de gens et que l'enquête interne n'a même pas encore abouti !

— Et pendant ce temps, Kader est oublié de tous, ajoute le père. C'est l'insulte ultime. L'insulte *ultime*.

Hakima hoche la tête, puis se tourne vers nous :
— Alors vous voyez, je m'en fous d'être élue Boudin, moi. Mais *ça* – ça, je m'en fous pas.

Soudain, une éclaircie : le Soleil réapparaît dans l'encadrement de la porte. Il se joint finalement à nous, boulotte sans conviction un morceau de gâteau. Je regarde son grand front sévère, ses yeux de terre, ses lèvres brunes. Je ne sais pas si j'ai déjà vu quelqu'un d'aussi princier et d'aussi minéral. Il finit par intercepter mon regard, me demande sobrement :
— Comment tu t'appelles ?
— Mireille.

(Mireille rouge groseille.)

— Mireille, tu es jolie comme un cœur, dit le Soleil. Tu n'es pas un boudin. Ma sœur non plus. Et toi non plus, ajoute-t-il à l'intention d'Astrid.

— Merci, vous non plus, réponds-je en balbutiant un peu. Vous aussi, joli comme un cœur. Pas l'ombre d'un boudin.

Il finit son gâteau au chocolat. J'ose enfin reprendre :
— Mais quand même, tout ce chagrin... c'est pas une raison pour ne pas fêter les anniversaires.

— C'est vrai, répond faiblement la mère du Soleil. Joyeux anniversaire, Kader.

— Joyeux anniversaire, Kader !

On s'embrasse tous. On se lève pour embrasser le Soleil. Le Soleil m'embrasse, le Soleil m'embrase et je me rassois toute tintinnabulante, comme si j'avais pris un coup de marteau sur la cloche qui me sert de tête.

Hakima soupire :

— Si seulement on pouvait y aller, à cette garden-party, et crier la vérité sur Sassin, la crier à tous les journalistes, et les forcer à regarder la vérité en face...

— Hakima ! grogne le Soleil.

Mais au même moment, Astrid a murmuré pour elle-même :

— Voir Indochine en concert...

De sorte que je me suis mise à chuchoter :

— Moi aussi, j'aurais une raison d'aller là-bas. Une *très* bonne raison.

Étrange, cette coïncidence.

Ces raisons disparates mais... *conjointes* d'aller là-bas, le 14 juillet ; d'aller interrompre leur petite fiesta annuelle et, oui, pourquoi pas, d'aller leur *rappeler notre présence*.

Et puis tiens, tant qu'on y est, de le faire avec éclat, avec panache. C'est toujours mieux, non ?

Alors voilà.

L'idée est née comme ça dans mon esprit, un soir de concours de Boudins.

Prendre la route pour Paris...

Arriver pile le 14 juillet...

Et gate-crasher la garden-party de l'Élysée.

# 5

Souvent, la nuit, quand je descends à la cuisine me chercher une tasse de tisane au fenouil dans le vague espoir de réussir à m'endormir, j'entends Maman et Philippe Dumont qui discutent, ou se disputent, ou se réconcilient sur l'oreiller (horreur). Ce soir, heureusement, ils discutent.

De moi, comme il se doit.

— Cette enfant n'est pas heureuse, marmonne Maman. Je sens qu'elle souffre.

— C'est normal, Patricia, c'est une ado.

— Elle écrit, je sais qu'elle écrit. Elle écrit des textes qu'elle ne veut pas me montrer.

— Il faut bien qu'elle ait ses petites histoires. Elle a le droit d'avoir une vie en dehors de la nôtre, non ? Tu devrais un peu lui lâcher la bride.

— Elle ne sort pas avec ses amis. Elle n'a pas d'amis. Elle reste confinée dans sa chambre, elle ne veut pas aller à la piscine, je vois bien que c'est parce qu'elle complexe à cause de son corps. Elle refuse les jolis vêtements... et même, elle cherche à tout prix à s'enlaidir !

— Patricia, elle a quinze ans et demi. À quinze ans et demi, j'étais comme elle, complexé et timide. Et puis cette absence de repères lui pèse, avec son père qui ne veut pas la reconnaître, ça joue forcément un rôle.

— Tu parles, dit Maman. Ça, c'est ce qu'elle a inventé pour me culpabiliser. Elle s'en fiche, de son père !

Bon, allez, ça suffit ; histoire d'écourter leur petite conversation, je me mets moi aussi à bavarder – avec la première créature qui me passe sous la main :

— Oh, Babyboule chéri ! Tu sais, je suis tellement inquiète pour Maman !

Je prends ensuite une voix suraiguë pour Babyboule, une voix qui ressemble un peu à celle des deux siamois dans *La Belle et le Clochard* :

— *Pourqurrrôoi, Mireille ? Pourqurrrrôoi tu t'inquiètes ?*

— Parce qu'elle écrit, elle écrit des choses qu'elle ne montre à personne, pas même à Philippe Dumont ! Je l'ai vue cacher un gros manuscrit dans son bureau l'autre jour !

— *Il faut lui laisser vivre sa vie, Miaaaaoureille ! Elle a le droit d'avoir ses petites histrrrrôoires...*

La porte s'ouvre, déroulant dans le couloir un paillasson de lumière. Ma mère, en chemise de nuit bleu pâle, tétons apparents sous de fines volutes de dentelle :

— Très drôle, Mireille, très drôle.

— Quoi ? Je papote avec mon chat. Dis bonsoir à Mamie, Babyboule !

— *Brrrônsoir, Mamie !* (Je me baisse pour lui faire faire coucou avec la papatte.)

— Je n'arrive pas à croire que tu aies fouillé dans mes tiroirs.

— Moi, fouiller ? Pas besoin d'être spéléologue de haut niveau pour découvrir ton énorme pavé juste à côté du rouleau de scotch. *L'Être et l'étonnement*, par Patricia Laplanche. *Pour une philosophie de l'inattendu*. Ça sonne bien, comme titre ! Ça parle de quoiii ?

— Il est l'heure de dormir, Mireille.

— Tu l'as envoyé à des éditeurs ?

Ah, ce soupir ! Soupir qui veut dire *Ma fille est tellement ! Ma fille est ! Oh ! Elle est tellement !* Soupiiiiir !

— Pour l'instant, si ça t'intéresse, je l'ai envoyé à un seul éditeur. Qui l'a refusé.

— Pourquoi ? Il est con comme un balai, cet éditeur ! C'est qui ? C'est Gallimard ?

— Qu'est-ce que ça peut te faire ?

— Si c'est lui, c'est un loser de première. Franchement : du concentré de Patricia Laplanche en 300 pages, ta bobine sur la couverture et hop ! le Grand Prix de l'Essai Intello de l'année ! Et peut-être un bandeau... *La Catherine Deneuve de la pensée* ?

— Merci, ma fille, je suivrai tes conseils extraordinairement avisés. Je suis certaine qu'étant allée deux fois à Paris dans ta vie, dont une dans mon ventre, tu connais tout des éditeurs parisiens, surtout ceux qui se spécialisent dans la publication d'essais de phénoménologie.

— De phénomé-NA-logie, Mamounette adorée... car tu es PHÉNOMÉNALE ! Il faut bien le dire. (Voix grave :) *La semaine, elle se coltine des lycéens boutonneux. Le week-end, elle écrit des essais de phénoménalogie. Bientôt sur vos écrans : Patricia Laplanche, dans « Phénoménale ».*

— C'est ça, oui. En attendant, ils ont surtout l'air de penser qu'étant prof dans un lycée de province et non d'université parisienne, je ne suis pas phénoménale du tout.

— Hé ben, ils sont profondément arriérés. Tu vas l'envoyer à d'autres éditeurs ?

— Ça n'a pas d'importance, Mireille.

Babyboule s'interpose et agite la papatte :

— *Allez, dis-mrrrôi, Mamie ! dis-mrrrrôi !*

— Dors, Mireille. Il est tard, là, allez, dors.

— Atten-ten-tends, je te raconte un truc, Mamounette, faut que je te dise un truc de fou, ce soir je suis tombée amoureuse du Soleil, et en plus j'ai deux nouvelles amies, non seulement ça mais en plus on va aller s'incruster à la garden-party de l'Élysée du 14-Juillet, c'est prévu, on est en train de finaliser les détails pour organiser ça bien proprement à cause du fait qu'il y aura là-bas le général Sassin qui a niqué les jambes au Soleil qui est le frère de ma nouvelle pote (enfin, une des deux), et puis Indochine le groupe culte de l'autre nouvelle pote et du coup faut que j'écoute les chansons, et puis Klaus *mein Vater* à qui je compte bien dire que c'est mon père et qu'il a intérêt à assumer son accident de préservatif ! Alors alors, tu me conseilles quoi Maman, à moi et aux deux autres Boudins, pour monter sur

Paris et gate-crasher la garden-party de l'Élysée
– gate-crasher ça veut dire taper l'incruste –,
hein ? Tu nous conseilles quoi ?

— Allez-y à vélo, ça vous musclera les mollets.
Et *slam* la porte.

Philippe : Qu'est-ce qu'elle t'a raconté ? J'ai rien compris. Elle a pris un coup de soleil ?
*[Oh ! si tu savais, Philippe Dumont ! Y a-t-il seulement une Biafine spéciale brûlures du cœur qui pourrait me sauver ?]*
Maman : (Soupir.) Qui sait ce qui se passe dans la tête de cette enfant.
Philippe : Mais... c'est vrai que tu as écrit un livre, ma chérie ? Un essai de philosophie ?
Maman : Oh, Philippe, je t'en prie.
Philippe : Non, attends, écoute, c'est formidable, ça fait des années que...
Maman : Je n'ai pas envie d'en parler, et de toute façon ça n'a aucune importance. J'ai sommeil.
Philippe : Mais tu l'as envoyé à un...
Maman : Philippe ! Laisse-moi dormir.
*Clic* de lumière éteinte.
*Zmoutch* de bisou pas hyper motivé pour embrayer sur une nuit de passion.
*Splouf-plaf* du chien Chatounet qui vient s'étaler sur leur couette, rendant désormais complètement impossible la moindre velléité d'envisager ladite nuit de passion.
De mon côté, j'expédie un texto à Hakima et Astrid :

« *Boudinettes adorées, ma mère m'a donné l'idée du siècle. On va y aller à vélo. Rendez-vous samedi à 13 h 14 dans mon garage.* »

# 6

Il y a dans notre garage trois vélos. Ils sont tous les trois à moi. L'un m'a été offert par Philippe Dumont, l'autre par mes grands-parents, le troisième par ma mère. Et tous trois prennent gentiment la poussière ; d'innombrables et gracieuses toiles d'araignée semblent les suspendre au plafond par le guidon.

L'un s'appelle GIANT et il est rouge et or – les couleurs de Gryffondor. Il a la selle aussi haute que les freins, il faut donc le piloter le cul en l'air, avec les jambes rasées et un casque aérodynamique sur le crâne (tout ce que j'aime). C'est celui que Philippe Dumont m'a acheté pour compenser l'énorme manque dans sa vie, ne jamais avoir eu de fils à qui apprendre à allumer un barbecue et se boxer pour de faux en s'appelant « Fiston » et « P'pa ».

Celui que m'ont offert Papi Georges et Mamie Georgette n'a pas de nom, il est beige et guindé, le cadre incurvé comme une pipe en ivoire ; il s'y croit à fond, il se dandine. Il a un petit panier à l'avant et une sonnette qui fait *de-rrring, de-rrring !*

Le troisième vélo, c'est Maman qui me l'a offert. Il s'appelle BICICOOL. Simple, bleu nuit, confortable, une sonnette qui fait juste *ting-ting !* et un porte-bagages sur lequel il faut bien se garder d'accrocher des bagages sinon il ploie, racle la roue et là t'es mal.

Là, abandonnés de tous, entre les pelles, les skis, les meubles en kit démontés, les bottes en caoutchouc, la mort-aux-rats et les sacs de combustible pour poêle d'intérieur, ces trois vélos tels des squelettes attendent qu'une main téméraire essaie de les déloger pour hurler qu'ils ne veulent pas, non non non, hors de question.

— Ils sont un peu rouillés, observé-je en levant légèrement la roue avant du vélo beige. T'approche pas, Hakima, tu vas attraper le tétanos.

Hakima recule dans l'ombre, horrifiée. Astrid :

— Et moi, tu t'en fous que j'attrape le tétanos ?

— T'as vécu trois ans de plus qu'Hakima, ce serait nettement moins injuste. Tiens, aide-moi à sortir le Giant rouge, là. Il faut relever la béquille… [*PLOC*]. Bon, plus de béquille. Attends, fais glisser la roue arrière du bleu… [*GLING*]. OK, de toute façon on n'allait pas se servir de ce porte-bagages. Tu me tiens le rouge deux secondes ? [*PSSSHIIIT*]. Ah oui, va falloir qu'on regonfle les pneus. Et qu'on répare les trous. Et… apparemment, qu'on change la roue de celui-là, vu qu'elle est tordue.

— Tu sais changer une roue de vélo, toi ?

— Astrid, Astrid, ne sois pas une telle noircisseuse de vie en rose. Toujours des questions qui impliquent qu'on ne sait pas faire ceci ou cela !

Je sais très bien comment changer une roue ! Il faut remplir une bassine d'eau, ensuite on met la roue dedans, et quand ça fait des bulles, hop c'est prêt.

— Tu confonds avec la recette des pâtes.

— Non non, je te jure qu'il y a une histoire de bulles.

— Oui, pour mettre des rustines sur un pneu, pas pour changer une roue. Bon, heureusement que j'ai été scoute et que *moi*, je sais faire.

J'en titube d'étonnement :

— T'as été scoute, Astrid ?

— Bien sûr. Dans les montagnes suisses, avec les sœurs. Et on faisait du vélo tout le temps. On allait en randonnée, on marchait dans les collines. Il y avait des précipices partout. Une fois, on a vu un mouton se péter la gueule : il s'est écrasé au fond avec un bruit de crayons dans une trousse.

Hakima fait un petit « *Han !* » d'effroi. Je hoche la tête, appréciatrice :

— Moi qui pensais que tu ne faisais que jouer à *Chicken Run* et écouter Indochine.

— C'est *Kitchen Rush*, pas *Chicken Run*. Passe-moi la boîte à outils de ton père.

— C'est pas mon père, c'est Philippe Dumont.

La boîte à outils de Philippe Dumont est exactement à l'image des ambitions bricolagières de Philippe Dumont : immenses mais à jamais irréalisées. Il ne l'a ouverte qu'une seule fois, pour soupeser les différents outils. Ceux-ci sont donc toujours très bien rangés dans leurs encoches respectives, comme un assortiment de biscuits : une perceuse électrique qui ressemble à un mini sèche-cheveux ; un tournevis malin à embouts détachables ; un marteau viril, à gros manche ; un marteau mignon, à petit manche ; une pince-monseigneur orange fluo ; et puis des tas de tiroirs magiques bourrés de clous et de vis et de crochets.

Ça rappelle quelque chose à Hakima :

— L'autre jour en SVT, on a appris que si on sortait tout le fer qu'on a dans le corps, on aurait juste de quoi faire un petit clou.

— Waouh, je m'exclame. J'arrive pas à décider si c'est trop ou pas assez.

— C'est juste bien, réplique Hakima. Juste un petit clou, pas plus.

Astrid intervient :

— Popeye, il doit en avoir plus. Au moins un gros clou, voire deux.

— Ben non : on a appris que Popeye, le truc des épinards, c'est pas vrai en fait. Y a pas beaucoup de fer dans les épinards, par contre y en a plein dans les brocolis et les lentilles.

— Ah bon ? Donc Popeye il a quoi, du coup ? Une punaise ? Une épingle ?

(Moi :) Bon, les filles, on se concentre. Il faut changer cette roue. Astrid, tu nous montres ?

Elle nous montre, et on la regarde faire. Elle dévisse la roue, la fait glisser, la redresse en la bourrant de coups de marteau, la remet en place, ça a l'air de passer. Elle va remplir une bassine d'eau...

(Moi :) Ha haaa, je savais qu'il y avait une histoire de bassine d'eau !

... y plonge le pneu crevé, des bulles apparaissent...

(Moi :) Il y a des bulles ! C'est prêt !

... puis elle ressort le pneu, colle des rustines comme une experte, regonfle la chambre à air à coups de pompe. Hakima et moi, on observe, médusées mais tranquilles, vu que c'est Astrid qui se tape tout le boulot en suant et en soufflant dans la torpeur du garage.

Ensuite elle huile les chaînes des vélos. Ses mains blanches se couvrent de graisse noire, les dérailleurs cliquettent, les maillons s'enclenchent. C'est un peu comme si les engins se réveillaient après seize ans de sommeil dans le palais de la Belle au bois dormant, figés entre les ronces par le grand sortilège de la Légendaire Paresse de Mireille...

Au bout d'un moment, Astrid s'aperçoit quand même qu'on est légèrement en train de l'arnaquer, à la mater comme ça sans rien faire, alors elle nous donne des tâches : toi, tu revisses ça ; toi, tu dévisses ça ; toi, tu graisses ça ; toi, tu gonfles ça. Ses ordres sont clairs, précis et découpés en tranches parfaitement à notre portée. Ça se voit que c'est une manageuse dans l'âme, grâce à ses jeux vidéo tout à fait étranges.

Il est bientôt 15 h 47, et les vélos sont réparés. On les sort dans le jardin.

— Va falloir les essayer, maintenant, annonce Astrid.

Une vague de stupeur nous prend d'un coup. Parce que l'autre jour, on blaguait, avec cette histoire de garden-party, avec cette histoire de vélos ! On faisait semblant de vouloir y aller, un peu !...

Mais maintenant... les vélos sont là, ils étincellent dans la lumière blonde ; ils disent : *Et pourquoi pas, après tout ?* Ils attendent qu'on les enfourche, et qu'on les emmène jusqu'à Paris. Ils frémissent déjà d'impatience et d'excitation. Le Giant rouge et or veut filer comme une flèche sur les routes qui mènent à la capitale, et remonter les Champs-Élysées comme ses potes du Tour de France. Le vélo beige minaude, avec ses courbes parfaites et sa sonnette *de-rring de-rring*, il attend qu'on l'emmène voir les ruelles pavées des beaux quartiers. Et le petit bleu espère tranquille qu'on sollicite ses services pour longer les rivières, pour s'ensabler dans les petits chemins, pour refroidir gentiment après une chaude journée, accroché à un arbre près d'une tente à Boudins.

— Oui, on... on peut toujours les essayer, dit Hakima.

— Ça n'engage à rien, réponds-je.

— À rien de plus qu'une petite balade, confirme Astrid.

Le plus naturellement du monde, Hakima opte pour le Giant. Elle s'y trouve perchée comme une tourterelle, trop petite pour toucher le sol, mais cet équilibre précaire ne semble pas lui poser de problème. Astrid Blomvall, pas peu fière de son bricolage, s'octroie la bicyclette beige frimeuse. Et moi, très bien, il me reste le vélo de Maman, le petit bleu, celui qui fait pile ma taille – le vélo de Boucle d'Or, si Boucle d'Or avait été une grosse petite meuf aux cheveux raides et châtains.

Allez, roule galette ! On s'en va faire un tour.

Quand on sort, Maman est dans le jardin, elle lit un gros bouquin dans une chaise longue, la jupe retroussée, les cuisses en pleine caramélisation et des lunettes mouche sur le nez. Philippe Dumont a tout juste fini de tondre la pelouse, qui est si verte et si lustrée qu'on dirait qu'il vient d'y passer l'aspirateur. Tous deux nous regardent passer, émerveillés, comme des gens qui de bon matin ont rencontré le train de trois grandes reines qui partaient en voyage.

— Mireille fait du *vélo* ?
— Mireille a *réparé* les vélos ?

Maman se lève pour nous regarder partir – sa jupe tulipe, jaune paille, oscille dans la brise ; Philippe la prend par la taille. Je les espionne nonchalamment du coin de l'œil, tout en descendant l'allée : ils sont beaux comme des Américains, devant leur maison couleur de glace à la vanille, dans leur jardin planté de bosquets ronds comme des choux de Bruxelles.

Le chien Chatounet, tout agaillardi par le bruit des vélos, s'élance vers nous en remuant la queue, mais il échoue à nous lécher les mollets – il comprend vite qu'on est des as du guidon et qu'il n'a aucune chance de nous rattraper (et qu'il est asthmatique). On est déjà loin. On file vers le centre-ville de Bourg-en-Bresse, nous les Boudins, nous les gate-crasheuses, sur nos tout beaux vélos qui hurlent de lumière.

*
**

Je ne sais pas si vous avez fait du vélo, récemment ?

Peut-être que vous faites souvent du vélo. Dans ce cas-là, vous avez peut-être trop l'habitude pour continuer à remarquer.

À remarquer la *magie*.

La magie d'un vélo, c'est que c'est un balai ; un balai volant qui perce les paquets d'air, obéissant à la moindre pensée ; il répond aux doigts, aux pieds, au bassin, on n'a pas besoin de dire à un vélo où il doit aller, il le sait : c'est un balai volant.

La magie d'un vélo, c'est que c'est aussi un cheval... oui, un cheval fier et athlétique – qui a parfois des problèmes de sabots, qui halète et qui grince des dents quand il heurte un nid-de-poule ; alors il faut caresser son vélo et lui parler, c'est important : c'est un cheval.

La magie d'un vélo, c'est que c'est une machine cliquetante et métallique, un miracle de mécanique ; il faut s'émerveiller de ses rouages.

Et quand on se rend compte de la magie d'un vélo, toutes ces choses qu'il est se mêlent à nous, et on sent à la fois l'air qui éclate sur son passage, la route dans toutes ses craquelures, les sursauts du plus infime de ses engrenages, et le sang à l'intérieur de nous, pompé à chaque coup de pédale. Et soudain, c'est un miracle d'amalgame, une seule et même chose, rapide et bouillonnante, et on est dans l'univers comme si on l'avait créé nous-mêmes.

# 7

Jour de marché à Bourg-en-Bresse. Toutes transpirantes – Astrid et moi couleur poivron, Hakima couleur tomate cœur-de-bœuf –, on laisse nos fières montures attachées ensemble à un poteau. J'informe mes boudinettes :

— La dernière fois que j'ai filé aussi vite, c'est sûrement il y a environ quinze ans, pendant un certain matin câlin, quand je suis sortie de Klaus Von Strudel pour aller squatter le ventre de ma mère.

— Euh, oui mais en fait c'est pas vraiment comme ça que ça se passe, explique Hakima. Parce qu'on a appris en cours de SVT qu'en fait, le spermatozoïde il est pas, enfin, un humain quoi, il est juste la moitié, et c'est juste quand il arrive dans l'ovule que ben il devient des cellules, mais donc en fait c'est faux quand on pense que le bébé a gagné la course contre les autres spermatozoïdes.

— D'accord. On fait un tour de marché ?

Le problème de cette idée, c'est qu'au bout de quelques petits pas, on se met à ressentir des petites courbatures... et quelques petits mètres plus loin, on se tient les unes aux autres comme un gang de poivrotes à la sortie d'un bar. En même temps, c'est rigolo – on oscille dans la foule en couinant *ouille ouille ouille* dès qu'on appuie sur un muscle massacré par nos vingt minutes de vélo, et ça surprend les gens qui soupèsent des melons et goûtent des morceaux de tomme de chèvre.

— Hé ben, Mireille, qu'est-ce qui t'arrive ? me lance Raymond, le fromager-charcutier, à qui j'achète tous les week-ends des grappes de saucissons suintants de graisse et des crottins de Chavignol délicieusement crayeux.

*Nota bene :* si vous devez savoir une seule chose à mon sujet, c'est que le crottin de Chavignol est mon fromage préféré.

— On a mal partout, Raymond. On a fait du vélo au moins dix-huit minutes et demie !

— Mais pourquoi vous vous imposez ça ? Allez, venez reprendre des forces.

Aujourd'hui, il a un roquefort Papillon dont tu me diras des nouvelles, une mortadelle si verte et rose qu'on dirait qu'elle a été colorisée sur Photoshop, et des boutons de culotte comme blanchis à la chaux. Il nous en tend trois dans ses gros doigts bruns, on les engloutit avec un merci. Hakima refuse poliment le cadeau suivant, des petites tranches de figatelle rôtie, mais accepte le troisième : un gobelet plein de jus de pomme de Normandie, douloureusement glacé.

Alors qu'on se frotte la gorge avec fièvre pour tenter de se dégivrer l'œsophage, Raymond déballe pour une cliente un énorme plat de...

— Boudins ! Les voilà. De la meilleure qualité, madame. Noir ou blanc ? Il vous faut des pommes aussi ? Je vous envoie chez Flavia, là-bas, elle a des pommes à cuire, on en fait un diabète tellement elles sont sucrées !

Je souris de la coïncidence, un peu...

... mais pas longtemps, parce qu'une voix derrière nous se met à chantonner :

— *Tiens, voilà des boudins, voilà des boudins...*

On se retourne, l'œsophage encore en cours de cryogénisation.

— Les Trois Boudins, ensemble ! Si c'est pas mignon ! Allez, selfie : o-bli-gé !

Malo. Il se penche vers nous, et *clic*, photo : sa tête de winner devant, nos tronches en arrière-plan, prises sur le vif, les babines pleines de fromage, le front luisant de sueur, les joues pommelées de rouge. Sans le moindre doute, ce selfie va se retrouver sur Facebook, ou sur Twitter, ou sur Tumblr. #3boudins.

À mes côtés, Astrid et Hakima, figées comme des lapins dans les phares d'un camion, attendent visiblement que j'intervienne.

J'interviens.

— Alors, chères amies... Ce paparazzi à la blonde houppette se prénomme Malo. C'est grâce à lui que chaque année, Marie-Darrieussecq élit ses meilleurs trois Boudins. Il a eu l'idée de génie d'organiser ce concours tout à fait original il y a trois ans, alors qu'il s'ennuyait en cours de musique, entre deux morceaux de flûte à bec. Ça a commencé par un groupe Facebook, et ensuite tout est allé très vite. Et ce n'est même pas par appât du gain, notez bien, qu'il s'est lancé dans cette entreprise ; c'est par pure passion.

Notre brave organisateur de concours crache par terre une espèce de filet de bave minable, qui atterrit près d'un fox-terrier assis.

— Marrant de vous retrouver ici... vous vous sentez des affinités avec les gros boudins comme vous, hein ?

*Pitié*, me dis-je, *pitié les filles, ne vous mettez surtout pas à grommeler que c'est vraiment pas sympa de dire ça. Pitié, pitié, n'allez surtout pas chouiner que vous ne comprenez pas comment on peut dire des choses pareilles.*

— C'est vraiment pas sympa de dire ça, grommelle Astrid.

— Je comprends pas comment on peut dire des choses pareilles, chouine Hakima.

Patatras. Malo attrape les somptueuses perches qu'elles lui tendent, s'en fait des échasses et répète ces deux phrases avec une voix idiote. Aussitôt, les yeux de mes boudinettes s'embuent. Les miens, non – j'ai de meilleurs essuie-glaces. Pour détourner l'attention, je lance :

— Quand je pense, mon petit Malo, qu'on s'était mariés pour de vrai quand on était en maternelle, et qu'on avait dit qu'on dirait qu'on était amoureux. Que reste-t-il de nos serments ?

Il se marre :

— T'as raison, grosse ! Continue de rêver.

Et là-dessus, il se penche sur le côté et attrape par la taille (qu'elle a de guêpe) une jeune demoiselle parée de fort jolies toilettes, comme dit ma grand-mère, ce qui signifie non pas qu'elle se trimbale un W-C portatif sur l'épaule, mais qu'elle est ceinte de vêtements parfaitement seyants. Faut dire qu'elle a le corps qu'il faut, ayant le haut comme ci – V – et les jambes comme ça – ||.

— Regarde, princesse, dit Malo. C'est les trois meufs qui ont gagné les Boudins.

— Mais *putain* ! éructe Princesse, les yeux rivés sur son téléphone portable. Mais *nan*, quoi ! T'as Pablo il me répond maintenant, genre c'est juste un truc de fou ! *Genre* il a eu mon texto que maintenant ! Mais ce connard, mais *nan*, quoi !

Et aussitôt, tacatac, tacatac, elle tape à toute vitesse un texto sur son iPhone serti de splendides pierres précieuses autocollantes dont l'éclat acide gratouille les rétines de tout un chacun aux alentours. Ses longs ongles incurvés cliquettent sur son téléphone, et les paumes de sa main sont striées de lignes très brunâtres, sans doute à cause d'un résidu d'autobronzant post-application.

Hakima et Astrid sont pétrifiées. Astrid n'a sûrement jamais vu quelqu'un comme Princesse chez les sœurs, et l'étonnement d'Hakima confirme que le Soleil n'a jamais ramené à la maison ce genre de fille (*ouf*, me dis-je). Malo, un brin attristé que Princesse compose tout un roman téléphonique à Pablo au lieu de lui répondre, reprend l'assaut :

— Bon, Raymond arrive à vendre des boudins, il vous apprendra peut-être comment attirer le client.

— *Mais c'te pouffiasse !* brame Princesse derrière lui, le regard toujours englué à son écran.

— Oh, tu sais, on a quelques connaissances en matière de vente de boudin, réponds-je obligeamment. Il paraît qu'il faut les vendre avec un kilo de pommes. Un boudin nageant dans une compote de pommes, ça fait saliver.

— T'as raison, tiens : va nager dans de la compote. Sur YouPorn, y a des vidéos de naines et de meufs poilues, y a des mecs ça les exc...

— Mais *NAN* ?! s'exclame Princesse, avant de se mettre à...

... hurler de rire (*ouf*, se dit sans doute Malo).

— Bébé ! Mate ça !

Bébé Malo mate ça sur l'écran du téléphone avec le rire du mec qui trouve pas ça drôle mais qui essaie de faire croire que si.

— Nan mais t'as vu ? Nan mais c'te *pouffiasse* ! s'esclaffe Princesse.

— C'te pouffiasse, confirme Bébé Malo.

Un tintement, Princesse checke ses mails – et change d'écran, redevient grave :

— Tain on se tire, y a Pablo il me prend trop la tête.

Je profite de l'interstice pour glisser, avec une petite révérence :

— Ravie de t'avoir rencontrée, Princesse !

Princesse lève le nez, écarquille des yeux maquillés telle une déesse égyptienne :

— Meuf, putain ! *Meuf !* Mais putain, quoi !

Sur ce elle décampe, rempochant son téléphone, et Malo la suit en lui jappant *T'as vu comme elles sont cheum, elles sont trop cheum non ?*, sauf que ça n'intéresse Princesse que très moyennement, sans doute parce que c'te pouffiasse a encore posté un truc qui fait trop mais trop triper.

— Avant que j'oublie – tenez ! nous crie Malo en nous jetant quelque chose, qu'Hakima attrape par réflexe.

Moi, tandis que le Malotru s'éloigne, je houspille les filles :

— Bon, mes boudinettes chéries, il va falloir vous muscler un poil le sens de la répartie, s'il vous plaît. On compte tout de même gate-crasher la garden-party de l'Élysée, je vous rappelle ; or, le but est de faire ça de manière scandaleuse et impertinente. Ça ne va pas marcher si je suis accompagnée de deux paralysées de la langue.

Je me retourne vers Raymond pour lui acheter des tranches de jambon et des rocamadours, mais Astrid me tapote l'épaule. Tapoti, tapota. Trois secondes, Astrid. C'est urgent, Mireille. Tapoti, tapota. Trois secondes, je paie. Bon, grouille alors. Oui, c'est bon, y a pas le feu au lac ! Là, qu'est-ce qui est urgent ?

Le quelque chose que Malo a jeté à Hakima, c'est le journal : le *Progrès* de l'Ain. Je connais bien l'éditeur en chef, qui est un ami-Rotary de Philippe Dumont. Je ne connais pas, en revanche, la journaliste Hélène Veyrat, qui signe la une de l'édition d'aujourd'hui.

### Faut-il bouder le concours de Boudins ?

Ingrid, Fatima, Marielle*. Trois adolescentes comme les autres, en seconde et cinquième du collège-lycée Marie-Darrieussecq de Bourg-en-Bresse. Trois adolescentes dont, désormais, tout le monde dans la cour de récréation connaît le nom. Car un groupe Facebook les a élues mercredi dernier « Boudins » de l'année, c'est-à-dire grandes gagnantes d'un concours de laideur. [SUITE P.3]

*Flip-flap-flip,* on tourne la page.

[SUITE DE L'ARTICLE EN UNE] À mots couverts, les ados de Marie-Darrieussecq nous font comprendre que ce « concours de Boudins » en est déjà à sa troisième édition, et que personne n'a vraiment à cœur de l'arrêter. « Bien sûr, c'est pas hyper sympa pour elles, confie Nathan*, 13 ans, en cinquième, mais personne n'en meurt. C'est juste pour rigoler ! » Alessia* et Oriane* ne sont pas du même avis : « C'est stressant. On fait toutes de très gros efforts pour ne pas être nominées. Être nominées, ce serait horrible. La honte. »

Interrogée, la principale du collège-lycée, Mme Moisneau, déplore l'existence de ce concours mais déclare ne rien pouvoir faire : « À partir du moment où tout se passe sur Internet, ce n'est pas de la responsabilité de l'établissement. Nous avons déjà convoqué l'élève responsable, mais on doit hélas se contenter d'effectuer un rappel des règles du vivre-ensemble. »

Justement, qui est-il, cet élève qui a lancé, il y a trois ans, le concours de Boudins à Marie-Darrieussecq ? Beau garçon, sûr de lui, Marco* est en seconde, et il affirme que ce concours est bel et bien… une chance, pour les nominées : « Si ça peut aider des filles à prendre conscience qu'elles doivent faire plus attention à elles, tant mieux. » Il soutient également que les « gagnantes »

---

\* les prénoms ont été modifiés.

des années précédentes se sont nettement « améliorées » depuis leur nomination : « À part l'une d'elles, qui a encore eu un prix cette année, les autres ont perdu du poids et fait beaucoup d'efforts. Je pense que ce concours leur a permis de voir qu'elles s'étaient trop laissées aller. »

Par l'intermédiaire de Marco, nous rencontrons Cathy\*, qui fut il y a deux ans « Boudin d'Argent » du concours. Maintenant en seconde, cette brunette semble confirmer que le concours a agi comme un véritable révélateur : « J'ai vu ce que je refusais de voir : j'étais repoussante. En quelques mois, j'ai fait du sport, je me suis affinée, j'ai essayé de me documenter sur la mode et les styles de coiffure. Je ne dis pas que le concours est une bonne chose, mais sans lui, je serais peut-être toujours un boudin. »

— C'est qui, « Cathy » ? demande Astrid en se gratouillant le menton.

— Chloé Ragondin, réponds-je. Elle a effectivement beaucoup changé depuis qu'elle a eu son prix. Elle a arrêté de manger des gâteaux, ensuite elle a arrêté de manger de la viande, et ensuite elle a arrêté de manger. Ça lui fait des économies, c'est bien.

— Elle aurait pu nous interviewer, la journaliste..., murmure Hakima. C'est quand même nous qui est au cœur de l'histoire !

— Qui sommes, corrigé-je.

— Qui sommes.

Astrid se tourne vers Hakima, un peu étonnée.

— T'aurais répondu à l'interview, toi ? Moi, jamais. J'aurais pas su quoi dire.

— Non, moi non plus, souffle la petite brune, mais on aurait envoyé Mireille, parce que Mireille elle a toujours des trucs à dire.

Je saute sur l'occasion :

— Au fait, parlons-en ! Vous vous êtes effacées comme des gommes devant Malo et Princesse ! J'avais l'impression d'être entourée de la Petite Sirène et du mime Marceau !

— Arrête, Mireille, proteste mollement Astrid. Tu sais qu'on n'est pas comme toi, nous. Nous, on dit rien.

— On a l'esprit de l'escalier, pipe Hakima. On a appris ce que c'est en cours de français, c'est quand t'as une idée de bonne réponse qui fait *bim !* sauf que *boum !* c'est trop tard, la personne à qui tu réponds, elle est déjà partie.

— Quel rapport avec les escaliers ?

— Hmmm, je me souviens plus. C'est peut-être un truc genre, t'es trop dégoûtée que la réponse arrive trop tard alors tu te jettes dans les escaliers ?

On la regarde, un peu intriguées.

— Pour te suicider, précise-t-elle.

Entrecroisement de regards entre la blonde Astrid et moi-même. Puis, j'entoure de mes gros petits bras mes deux petites grosses comparses.

— Alors on va clarifier les choses, chères amies. Personne ne va se jeter dans les escaliers au nom de quelque esprit que ce soit. On a des vélos, on a des mollets, on a une garden-party à gate-crasher. On a un grand méchant Malo qui s'appelle désormais Bébé et sa copine couleur citrouille qui s'appelle Princesse. Ça s'appelle des *munitions*, et ça devrait vous suffire pour oser l'ouvrir. Et maintenant, on a encore mieux : on a une couverture médiatique. Et on va en profiter.

— Une quoi ? demande Hakima.

— Écoute, Hakima, faut suivre. C'était ton idée, je te ferais dire.

— Mon idée ? De quoi ? J'ai jamais parlé de couverture maladie !

— Médiatique. Ça veut dire, être dans les journaux, à la télé, à la radio. Faire le buzz.

Je les entraîne vers la sortie du marché couvert, souriant aux Burgiens et Burgiennes qui empilent légumes, fruits, poissons, fromages et pots en verre dans leurs paniers à emplettes.

— On va contacter cette Hélène Veyrat, et elle écrira un autre article. Vraiment sur nous, cette fois.

# 8

— Philippin Papounet chéri, Dumontesque Papa adoré ?

En m'entendant s'adresser ainsi à sa personne alors qu'il mélange vigoureusement un saladier de farce à lasagnes, Philippe Dumont semble étrangement soupçonneux. Maman fait mine de ne pas avoir entendu, se concentre sur sa machine à pâtes fraîches.

— Oui, qu'est-ce que tu as derrière la tête ?
— Connaîtrais-tu quelqu'un du nom d'Hélène Veyrat, toi qui as tous les amis du monde dans ta poche et à ta botte ?

Sur ce, je replante ma cuillère dans la crème de marrons, laquelle s'enroule docilement autour du manche. Philippe Dumont et Maman échangent des regards effrayés – et dans le fond de la pièce, Hakima et Astrid, qui font semblant de jouer à se faire griffer par Babyboule sur le canapé, continuent à faire semblant, mais en moins naturel.

— Tu as vu l'article, dit Philippe Dumont.
— Oui-oui. Et on voudrait rencontrer la journaliste.

— Pour... quoi faire ?

Froncement de sourcils à tous les étages. Je réponds avec un grand sourire :

— L'assommer à coups de couvercle de poubelle et la jeter dans une ruelle. Mais non ! On voudrait juste qu'elle nous fasse de la pub gratuite pour notre voyage à Paris.

— Votre *quoi* ?

Cette fois, c'était Maman. Elle arrête de tourner la manivelle du rouleau à pâtes fraîches et aussitôt, la grande feuille de lasagne qu'elle s'affairait à compresser s'affaisse piteusement sur la table de la cuisine. Philippe Dumont, qui œuvrait à la préparation de la farce, les mains couvertes de viande hachée et de petits éclats d'oignons, interrompt également son pétrissage. Histoire de les réveiller un peu, je reprends :

— Oh, flûte de zut ! Tu n'as pas oublié, Maman ? Je te l'ai dit l'autre soir ! Mais si, voyons, quand tu portais ta chemise de nuit bleue à tétons apparents ! Astrid, Hakima et moi, on part pour Paris.

— Ah oui ? dit Maman, dont les narines s'élargissent (mais élégamment). Et quand ça ?

— Début juillet. Quand les cours seront finis.

— Ah oui ? Et comment ?

— Maman, Maman... c'est toi qui me l'as suggéré l'autre soir : en vélo !

— On dit « à vélo », intervient Hakima. Parce qu'on est pas *dans* le vélo, mais *sur* le vélo. On dirait pas « en cheval » ou « à train », eh ben c'est pareil.

Maman approuve Hakima d'un hochement de tête, puis recommence à tourner la manivelle – mais très très vite, comme si elle voulait que l'objet se transforme en hélicoptère. Philippe Dumont se remet à pétrir sa farce, laquelle émet des bruits de succion parfaitement obscènes.

— Intéressant, siffle Maman. Et ça va vous prendre combien de jours ?

— Il faut qu'on voie ça sur une carte. Ou sur Internet. Ça doit bien exister, un site qui te dit comment aller à vélo de Bourg-en-Bresse à Paris, non ?

— Et vous dormirez où ?

— À la belle étoile, ou dans des granges qui grincent, ou chez des âmes charitables qu'on rencontrera en chemin.

— De mieux en mieux. Et qu'est-ce que vous comptez faire, là-bas ?

La feuille de lasagne se dévide toujours de la machine ; si ça continue, elle fera la taille d'un rideau de douche dans deux minutes. Je lui souris :

— À Paris, tu veux dire, Mamounette-choupinette ?

— Oui, à Paris, je veux dire.

— Oh ! Se balader. Traîner dans les bars, prendre des cafés minuscules et très chers en terrasse, manger des macarons, tout ça.

— Excellent. Et avec quel argent ?

Ah.

Là, il faut bien admettre que je n'ai pas de réponse immédiate. En désespoir de cause, je me tourne vers Hakima et Astrid, qui sont en train de se faire lacérer par un Babyboule tout hystérisé.

— Astrid ! Laisse ce chat et dis-leur avec quel argent on va faire notre virée parisienne.

Panique intense. Astrid balbutie :

— Mais avec l'argent de... Enfin, l'argent qu'on va...

— L'argent qu'on va gagner ! propose Hakima en levant le doigt.

C'est un début.

— Mais oui, voilà ! rebondis-je donc. L'argent qu'on va gagner.

— Et en faisant quoi, au juste ? demande Maman, sarcastique.

— En faisant quoi ? Ha ha, mais c'est justement ça le plus beau ! Hé bien, dis-leur, Hakima.

— En faisant le... Enfin, en faisant la...

Je le redoutais : deux bonnes réponses par jour, cela fait un peu trop pour notre Boudin d'Argent. Aussi, je m'apprête à tenter quelque chose, quand...

— En vendant ! déclare Astrid dans un éclair de génie.

— En vendant..., répète Maman *(ça y est, elle a remarqué la feuille de lasagne et la rattrape au passage)*. Très intéressant. Et en vendant quoi, exactement ?

— Mais voyons, Maman ! En vendant des...

Et là je prononce le premier mot qui me vient à l'esprit, celui qui me hante depuis plusieurs jours sinon plusieurs années :

— ... boudins !

Philippe Dumont et Maman, les bras ballants, ont un peu oublié qu'ils étaient en mission lasagnes ce soir.

— Des boudins, répète Maman.

— Oui ! s'écrie Astrid. On va vendre des boudins sur la route !

— Boudin noir, boudin blanc, je précise.

— Et boudin végétarien pour ceux qui mangent pas de porc, crépite Hakima. Parce que sinon, c'est de la récrimination !

— De la discrimination. Oui, tout à fait, Hakima, et on ne veut pas de ça dans notre magasin.

— Trois Boudins, trois sauces, s'enthousiasme Astrid d'un air aussi gourmand qu'expert. Boudin aux pommes, à la moutarde, aux oignons. Une formule : *boudin au choix + sauce au choix, 3 euros*.

— 5 euros, rectifié-je. Plus une boisson, 6 euros.

— Ah non, on va pas emmener de boissons, ça sera trop lourd, dit Hakima. Il faut prendre le minimum syndical.

— D'accord.

— C'est vrai, ça fera trop lourd dans le pick-up, ajoute Astrid, qu'on n'arrête plus.

— Le pick-up ? grince Maman.

— Le pick-up de ma mère, madame. Celui qu'elle utilise pour trimbaler ses poteries. Tu sais bien, Mireille... Celui qui s'attache derrière une moto.

— Ah, vous y allez en moto, maintenant ?

(Hakima : *À moto.*)

— Non non, répond Astrid. On l'a, euh... On l'a trafiqué pour qu'il s'attache à trois vélos.

— Ah oui, c'est vrai ! Où avais-je la tête.

Et pour faire croire à Maman et Philippe Dumont que je viens de la retrouver, je me frappe fortement le front. Ils n'ont pas l'air d'y croire beaucoup.

83

Finalement, Maman réussit à articuler un très calme :
— Nous en reparlerons.
Philippe Dumont se retourne alors vers la cuisinière, pour s'atteler au stade pré-cuisson de la farce des lasagnes. Je ne vois pas son visage mais ses épaules s'agitent un peu, comme mues par un petit frisson – rire ? – silencieux.
Quelques minutes plus tard, il me glisse dans la main un post-it en boule, que je déroule, et sur lequel figure le numéro d'Hélène Veyrat.

Un peu après dîner, une fois Astrid et Hakima parties, Maman me demande de m'asseoir à la table de la cuisine, et bien sûr je m'attends à ce qu'elle m'explique qu'elle n'est pas du tout d'accord pour qu'on parte toutes les trois sur les routes, que la petite Hakima est beaucoup trop petite pour être sous notre responsabilité, qu'on est nous-mêmes beaucoup trop petites pour être sous notre propre responsabilité, que c'est dangereux les vélos parce qu'on roule sur la route, qu'il y a partout des bandits de grand chemin pervers qui ciblent les jeunes filles seules (même les boudins), qu'on ne s'improvise pas vendeuse de nourriture ambulante sans un diplôme adéquat et un certificat d'hygiène qu'il faut demander au Ministère de la Nourriture Ambulante au moins huit ans à l'avance...

... et j'ai préparé dans ma tête des réponses à toutes ses attaques ; je suis prête à lui renvoyer sans broncher des arguments infaillibles, car c'est pas pour rien que je suis la fille de Klaus Von Strudel, Philosophe et Rhétoricien.

Sauf que non, il s'avère que ce n'est pas du tout de ça qu'elle veut me parler. Et ce qu'elle m'avoue, le rose aux joues, me cloue, cloue, cloue :

— Il est temps que je te parle de quelque chose. Avec Philippe, on va avoir un bébé, Mireille. C'est une bonne nouvelle, non ?

Il se passe à peu près une éternité. Babyboule a le temps de choper un morceau de farce sur la table d'un coup de sa petite patte, de l'emmener en balade sur le parquet, de jouer au ping-pong avec, de le manger, de le recracher, de le remanger avant de s'élancer brusquement dans l'escalier, terrifié par un mouton de poussière.

Pour finir, Maman, ayant décidé qu'il valait mieux me laisser digérer cette information, se lève et se met à monter lentement les marches, et c'est là que je me lance à sa poursuite. À mi-chemin entre rez-de-chaussée et premier étage, je l'arrête :

— Un *bébé* ? Mais vous avez fait une fécondation *in vitro* ou quoi ?

Ça la fait rire !

— Pourquoi ? Tu crois qu'on dort chacun d'un côté du lit en se contentant d'un chaste baiser ?

— Non, mais enfin, vous êtes pas tout jeunes !

— J'ai quarante ans, Mireille, ce n'est pas si vieux. Beaucoup de gens ont un enfant à cet âge, de nos jours.

— C'est une fille ou un garçon ?

— Tu as une préférence ?

— Vu que j'ai trois demi-frères à Paris qui me calculent pas, je préférerais une demi-sœur.

— Pas de chance, c'est un garçon.

— J'espère qu'il sera moins con que ses quarts-de-frère. Oh là là, en plus je suis sûre que vous allez lui donner un prénom de bourge, genre Jacques-Aurélien !

— On n'a pas encore choisi de prénom – mais on te consultera, merci.

— Et il arrive quand ?

— Dans cinq mois.

— Cinq mois ! Tain, il est pressé, le mec. Et moi, je vais devenir quoi ? Parce que sans être mauvaise langue, ça m'étonnerait qu'il ressemble à Jean-Paul Sartre, le demi-frère. À mon avis, avec le cocktail de Philippe Dumont et de toi, il va ressembler à Johnny Depp, et on dira : « *Ah ! Oui, les Dumont-Laplanche, je les connais, ils ont un nouveau bébé tout mignon, Jacques-Aurélien – pas comme la vilaine petite canarde, là, le grand boudin* »…

— Mireille, écoute… tu me fatigues.

— Et sinon, tu iras donner tes cours au lycée avec le bébé pendu à tes mamelles ou pas ? Il y a des mères parfois qui font ça. C'est atroce. Sache que je refuse d'être associée à ce genre de comportement.

— Je n'irai pas donner des cours de philo, puisque je serai en congé de maternité. Et je ne sais pas si j'allaiterai ou non. D'autres questions ?

— Oui : pourquoi tu veux absolument accoucher d'un bébé au lieu d'accoucher de ton œuvre philosophique majeure ?

Elle lève les yeux au ciel, oh ! ce soupir !

— Non mais Maman, je veux dire, t'as *déjà* une fille – d'accord, elle est un peu ratée mais tu suis mon raisonnement – donc ça, c'est fait, rayé de la liste, hop ! Alors pourquoi faire un bébé maintenant alors que t'as de la philosophie dans ton toi intérieur, Maman, pourquoi, mais pourquoi…

— Je ne suis pas philosophe, Mireille. Je suis juste prof de philo. Les philosophes écrivent des livres de philosophie, les profs de philo les lisent et en parlent à leurs élèves. Et occasionnellement, les uns comme les autres ont le droit d'avoir des enfants.

Sur ce, elle monte dans sa chambre. Et je crois enfin comprendre ce que c'est que *l'esprit de l'escalier* quand je lui crie, depuis l'escalier :

— Tu sais le truc le plus moche qu'il t'ait donné, Klaus ? C'est même pas moi ; c'est cette idée débile que t'es juste prof de philo !

*Slam* la porte. La femme enceinte va se coucher.

Soyons compréhensive, m'admonesté-je. Il y a des cellules qui se divisent en elle, à l'heure où nous parlons. Ça doit être fatigant.

# 9

Astrid a demandé à sa mère si on pouvait se servir du pick-up qu'elle utilise pour transporter ses poteries. Et contre toute attente, celle-ci semble d'accord pour nous le prêter, « en principe » – mais il faut d'abord qu'elle nous rencontre, juste pour s'assurer que nous sommes des jeunes filles responsables et matures.

Je pense qu'elle est vaguement folle : quelle maman d'une fille de seize ans peut bien être d'accord sans réserve (si ce n'est l'impression que lui feront nos bobines) pour laisser sa fille partir avec son pick-up à poteries pour un voyage en vélo (*à* vélo) à travers la France, à vendre des boudins ?

Aussi, alors que cette dame nous conduit, Hakima et moi, à travers le petit jardin d'herbes sauvages qui ourle leur bucolique chaumière, je murmure à Astrid :

— Elle serait pas vaguement folle, ta mère ? Ça lui fait pas peur, qu'on parte comme ça ?

— Non, elle est pas folle. Elle est juste... je sais pas, nature.

*Nature*, c'est le mot. Laure Rosbourg, mère d'Astrid Blomvall, ressemble exactement à la petite maison aux murs de crépi qu'elle a achetée en marge de Bourg-en-Bresse. Comme elle, le jardin pousse dans tous les sens, joliment chaotique et très sain, bourré de coccinelles et d'escargots. La maison, comme elle, est courte sur pattes, coiffée d'un toit ébouriffé – pas de chaume, mais de tuiles blondies par le soleil, comme ses cheveux à elle. Elle a des mains de potière, aux ongles coupés ras. Aux portes ruissellent des rideaux de perles en bois et il y a des crucifix sur presque tous les murs, des bibles à moitié démolies sur les meubles dépareillés, des petits saints en plastique de Lourdes et d'autres en pierre ou en bois qu'elle a récupérés dans divers voyages. Plusieurs photos d'Astrid en scoute, en robe de communiante ou marchant d'un pas germanique dans les montagnes suisses sont plaquées au frigo par des aimants moches : une tête de saint-bernard avec son tonnelet de rhum, un drapeau suisse, un drapeau suédois... Toute la vaisselle ou presque a été fabriquée par Laure, même les assiettes et les tasses, en poterie pas très fine, plutôt costaudes, vernies et parfois peintes, souvent fendillées.

Laure nous sert du thé dans une théière rousse, gigantesque, et nous vouvoie, ce qui est extrêmement étrange.

— Alors vous voici donc, les deux nouvelles amies d'Astrid. J'ai beaucoup entendu parler de vous. Je suis contente qu'Astrid ait rencontré des filles vraies, honnêtes.

Je ne sais pas d'où elle sort ça, mais Hakima et moi faisons oui de la tête tandis qu'elle nous considère rêveusement comme s'il nous était poussé des auréoles.

— Je trouve que votre projet de voyage est une bonne idée. De nos jours, on a trop peur de laisser les enfants partir, de les laisser dormir à la belle étoile et se promener sur les routes. Mais vous, Hakima, vos parents sont d'accord pour vous laisser y aller ?

— Je leur ai pas encore demandé, répond timidement Hakima. Mais ça m'étonnerait qu'ils disent oui.

Ça m'étonnerait aussi, et c'est en effet *le* problème dont personne ne parle depuis que notre projet a été élaboré. Comment convaincre les parents d'Hakima ? Elle a douze ans et demi. À cet âge-là, on ne va pas en vélo (*à* vélo) de Bourg-en-Bresse à Paris, pour vendre du boudin dans l'espoir fou de s'incruster à l'Élysée le jour du 14-Juillet !

— Il faut simplement leur expliquer, dit Laure, que de nombreux enfants partaient seuls il y a quelques générations, dans la forêt et dans les montagnes ; les groupes de scouts, par exemple.

— Oui... d'accord, répond Hakima, mais les scouts c'est un truc de catholique, et moi mes parents ils sont pas catholiques, donc ils vont pas comprendre.

— Ce n'est pas seulement un truc catholique, intervient Astrid, il y a des scouts protestants aussi.

— On n'est pas protestants non plus, précise Hakima.

Je tranche :

— Bon, de toute façon, c'est quoi cette histoire ? On n'est pas des scouts, on est des vendeuses de boudins. On n'a pas besoin de se référer à tous ces enfants de chœur – pardon, madame. On est beaucoup plus destroy, on va lancer notre propre mode ! C'est sûr qu'ils seront d'accord, tes parents.

Tout le monde reste silencieux, parce que c'est exactement le contraire de sûr. En toute honnêteté, si j'étais les parents d'Hakima, je ne la laisserais certainement pas partir avec Mireille Laplanche et Astrid Blomvall, sachant que toutes deux sont célibataires, sans enfants, filles uniques, adolescentes, mal adaptées au monde et mal ajustées dans leurs fringues, et qu'elles étaient il y a encore quelques semaines de notoires sans-amies. Pourtant… après tout, on apprend vite à s'occuper des autres quand on trouve une bonne raison de le faire, non ? Une bonne raison comme, par exemple, le léger froissement de nez d'Hakima à chaque fois qu'elle parle du voyage, qui allume une petite ampoule dans ses yeux noirs.

Laure hoche la tête en m'écoutant divaguer, très « nature » toujours. On grignote des biscuits faits maison avec très probablement du sucre, du chocolat, du beurre, des gravillons et du ciment frais.

— Je vous prête le pick-up, décrète Laure avant d'aller ouvrir la porte grinçante du garage. Trafiquez-le, repeignez-le, adaptez-le ; faites ce que vous voulez avec ; c'est avec lui que j'ai passé la meilleure année de toute ma vie, à me promener en vendant mes poteries, avant...

Sa voix se brise (tout comme un pot en terre cuite qui vient juste de tomber de la pyramide de bottes et d'ustensiles de jardinage au coin de la porte).

— Avant qu'elle n'accouche de moi et que mon père la quitte, chuchote Astrid tristement.

J'imagine très bien Laure Rosbourg et le Suédois de père d'Astrid, cheminant en pick-up à travers l'Europe et vendant des poteries de ville en ville. Une vie de bric et de broc, pas du tout faite pour un bébé blond à yeux chassieux. Est-ce la raison pour laquelle le Suédois est parti ? Est-ce la raison pour laquelle Astrid a atterri en Suisse, et vécu sans enthousiasme mais sans se plaindre une enfance rythmée par les chants religieux et les chansons d'Indochine ?

Le pick-up est grand comme une petite camionnette. Deux bras de métal, qu'il faudra adapter aux vélos car ils sont faits pour une moto, s'élancent vers l'avant. Derrière, les roues, grosses et lourdes. Le côté droit du pick-up peut s'ouvrir en une longue tablette, qui sera notre plate-forme de vente. À l'intérieur, on n'arrivera pas à tenir à plus d'une vendeuse, surtout s'il y a deux ou trois glacières remplies de boudins et de sauces diverses. La peinture, tout écaillée, épelle les mots :

*RO B URG B OMVALL PO RIES*

Laure nous dégote même une vieille plaque d'ardoise qu'elle utilise pour afficher les prix de ses créations.

*
**

En attendant de s'occuper du pick-up le week-end prochain, on va s'étaler dans la chambre d'Astrid pour planifier le voyage.

Enfin, « s'étaler », pas vraiment, puisque sa chambre fait la taille des toilettes de chez moi. Le papier peint est original : des dizaines de posters, de cartes et de places de concert d'Indochine, plus ou moins intégralement en noir et blanc. Faut pas être claustrophobe – mais de fait, Astrid semble aimer son donjon. Sur son bureau, l'ordinateur portable prend toute la place. On se perche toutes les trois sur sa housse de couette marron.

— J'ai cherché la route de Bourg-en-Bresse à Paris 8e arrondissement sur Google Maps, déclare Astrid en ouvrant un onglet sur son ordinateur. La voilà.

— C'est super, s'exclame Hakima, c'est presque tout droit ! Et ça prend que quatre heures et dix minutes !

— Oui, c'est génial, répliqué-je, sauf qu'on passe par toutes les autoroutes. On va avoir l'air malines à essayer de faire du 130 à l'heure en tractant notre boutique de boudins. Chère Astrid, n'aurais-tu point oublié de cocher la case « vélo » au lieu de « voiture » pour calculer le trajet ?

— Hmm, murmure Astrid. C'est possible.

Elle clique « vélo », cherche à recalculer le trajet... et là, tout se bloque. L'écran congelé refuse de nous donner une réponse. Quelques Ctrl+Alt+Suppr plus tard, il semble très clair qu'on ne peut pas compter sur les superordinateurs des Américains pour nous donner le meilleur trajet à vélo menant de Bourg-en-Bresse à Paris 8$^e$ arrondissement.

— Sinon, dit Hakima, tu peux taper un truc genre : « *Comment aller à vélo de Bourg-en-Bresse à Paris ?* » dans la barre de recherche, et en général Internet le sait.

Dont acte – et en effet, il semblerait qu'un internaute ait laissé une question de cette teneur sur le forum de « Vélofrance », il y a cinq ans :

**Raph01000**
Salut je voudrais savoir qu'elle est la route la + rapide entre Bourg-en-brese et Paris en vélo merci !!

Quelques réponses :
**MarcLapeyre**
Peux-tu préciser ta question s'il te plaît ? Combien de jours comptes-tu passer sur la route, veux-tu voir des villages en particulier, quel type de vélo, etc. Pour que ta question ait le plus de chances d'avoir des réponses intéressantes il vaut mieux être précis (voir règles du forum http://www.vélofrance.fr/forum/reglementdutilisa...)

**Raph01000**

Désolé en fait je demandais juste en général, genre qu'elle est la route la plus rapide. Je veux juste allé à Paris depuis Bourg-en-Bresse après c'est tout j'ai pas envie de voire des village tout ça lol

**MarcLapeyre**

Encore une fois, ta question n'est pas assez spécifique.

**Clément1987**

Je te conseille de passer par la Bourgogne par la route des vins (http://www.velofrance.fr/routedesv…) comme ça tu peux faire le tour des bonnes caves!!! enjoy!!! Clem87

**Alaclaude1929**

N'oublie pas d'aller visiter Cluny. Il y a des beaux villages fleuris sur la route dont tu trouveras la liste ici (http://www.villagesfl…). Je te conseille un petit restaurant de grenouilles à Thoissey où nous allions souvent il y a quelques années mais il est possible qu'il ait fermé.

**Raph01000**

Non mais je m'en fou des villages fleuris tout ça, le vin les gronouilles tout ça c'est juste que le TGV est trop cher quelqun peut juste me dire comment aller à Paris svp ! en vélo !

**MarcLapeyre**

Tu es sur un forum de passionnés de vélo et de la campagne française, pas sur un site de bonnes affaires. Ici on se fait plaisir, on n'essaie pas de faire des économies. Et si tu n'as jamais entrepris ce genre de trajet auparavant, tu risques de

fatiguer physiquement. Va donc sur http://www.velofrance.fr/sentrainer/preparationphys...
**Modérateur**
Raph01000, tu peux simplement utiliser l'outil de planification mis à la disposition des utilisateurs de Vélofrance : http://www.velofrance.fr/planifiersontraj...
**Raph01000**
Bah voilà!!! merci c'était tous ce que je demandais
*\*Problème résolu – Sujet clos\**

Problème résolu en effet : l'outil permet de croiser tous les critères : *nombre de jours maximum sur la route, étapes dans des villes ou villages...*
— ... *à fort potentiel d'acheteurs de boudins*, précisé-je.
— Je crois pas qu'il y ait ce critère-là, dit Astrid.
... *liste des réparateurs de vélos disponibles sur le trajet, choix des routes*, etc. Certaines parties du trajet sont également visibles en photos. Des petites routes entre les champs, des buses posées sur des poteaux, des églises romanes en arrière-plan, des cyclistes et des ciels bleus.

Enfin, le trajet complet s'affiche : 6 jours, 5 nuits, à hauteur de 5 à 7 heures de pédalage par jour. La route, rouge vif, serpente sur la carte de France, par la Bourgogne puis le long de la Loire, jusqu'au sud de Paris ; donc, départ de Bourg-en-Bresse le 8 juillet à 14 heures, arrivée à Paris 8e arrondissement le 14 juillet à midi.

À contempler ainsi cette route qui se déploie devant nous, avec ses étapes, ses champs, ses réparateurs de vélos et ses potentiels amateurs de boudins, on reste silencieuses un moment, et je sens mon cœur palpiter d'anxiété et de joie, d'impatience et de terreur.

Un petit drapeau à carrés blancs et noirs, planté sur le 8e arrondissement de Paris (« *Destination* ») symbolise la reconnaissance de Klaus, la reformation d'Indochine, la reddition du général Sassin.

Spontanément, j'enlace mes deux Boudins avec énergie. Ça fait du bien d'avoir deux épaisses amies à enlacer, c'est comme faire un câlin à deux grandes Babyboules : tièdes, matelassées et ronronnantes...

— Ouille, Mireille, tu m'étouffes. (Hakima)
— Oui, moi aussi, tu m'étouffes. (Astrid)
— C'est parce que j'ai tellement hâte !
— Il faut encore qu'on prépare tout ça, tu sais.
— Et que j'arrive à convaincre mes parents, dit Hakima.
— Ça va se faire. Ça va se faire. On va y arriver. On arrivera là-bas – au drapeau à carrés blancs et noirs – le 14 juillet à midi ! On y sera. On y sera !

# 10

— C'est hors de question.
Évidemment, les parents d'Hakima ne sont pas tout à fait d'accord.
— Mais enfin, vous n'êtes pas bien ou quoi ? Bien sûr que c'est hors de question ! *[Elle continue en arabe ; Hakima répond en arabe]*. Mais non, Hakima : elles n'ont que quinze ans ! À quinze ans, on n'est pas « responsable ».
Je voudrais répondre qu'on est parfois très responsable à quinze ans, et d'ailleurs que j'ai quinze ans et demi et Astrid seize ans, qui est l'âge de toutes les princesses Disney quand elles se marient. Sauf que quelque chose endort mon légendaire sens de la persuasion : la présence du Soleil. Depuis son fauteuil roulant comme un roi sur son trône, il nous dévisage, Astrid et moi, d'un air sombre mais intrigué. Ses perplexes pensées se lisent sur son visage : *pourquoi donc ces boudinettes élaborent-elles un tel plan sur la comète ?*
— Mais on sera toutes les trois ! implore Hakima. On va pas se séparer en route, promis, *[mot en arabe]*, on reste ensemble, on...
— Hakima : non.

— J'ai jamais vu Paris...

— On t'emmènera, si tu y tiens tellement ! Qu'est-ce que c'est que cette folie, vous n'avez pas besoin de...

— On en a *besoin*, si ! jette Hakima. On en a besoin, pour aller empêcher Sassin de se faire décorer ! Pour lui arracher la Légion d'honneur de son costume de meurtrier !

Silence ; et dans son char, le Soleil, soudainement, se dresse. Les parents d'Hakima attendent qu'il élève la voix, incertains.

Il le fait. Doucement.

— Hakima, Hakima, ce n'est pas à toi de me « venger », tu sais.

(On entend très clairement les guillemets autour de « venger ».)

— Pourquoi pas, Kader ? Pourquoi pas ? C'est pas toi qui vas le faire : tu fais rien ! Tu restes là assis dans ton fauteuil, à être triste.

— Tout est beaucoup plus difficile maintenant, articule le Soleil. Comme tu as pu le remarquer.

— Avant, tu conduisais des tanks dans le désert. Ça aussi, c'était difficile.

La mâchoire du Soleil se contracte.

— On fera quelque chose quand on aura les résultats de l'enquête interne. Alors, on saura. Alors on pourra faire quelque ch...

— L'enquête n'arrivera à rien ! crie Hakima, ravalant un sanglot. Vous le dites tout le temps, qu'elle n'arrivera à rien ! Je comprends pas pourquoi vous n'arrêtez pas de parler de cette enquête tout en disant tout le temps qu'elle n'arrivera à rien. Nous, on arrivera à *quelque chose*, si on gate-crashe la garden-party !

— Hakima, coupe son père, c'est quoi « gate-crasher » ? C'est quoi, ce vocabulaire ? C'est quoi ces idées ? Le vélo, la vente de boudins, la... la garden-party. C'est quoi, ces nouvelles lubies ?

Le Soleil, cependant, médite. Hakima le contemple comme si lui seul pouvait convaincre ses parents.

Et en effet, il le peut.

— Elle a raison, dit-il lentement. Peut-être bien qu'il faut faire ce genre de chose si on veut parvenir à un résultat. C'est vrai qu'on n'arrête pas de répéter que l'enquête n'aboutira à rien. C'est vrai qu'on n'arrête pas de dire que puisqu'on est provinciaux, immigrés, on n'obtiendra jamais qu'on nous fasse justice, à nous et aux autres soldats. Peut-être qu'il faut faire un coup d'éclat ?

— *Kader !*

La voix de sa mère a jailli, tranchante... mais elle a déjà perdu, et elle le sait.

— Attendez. Écoutez, si je pars avec elles – si je les accompagne – alors tout sera plus simple. Je veillerai sur Hakima, Maman. J'irai à Paris avec elles. J'entrerai à l'Élysée si elles y arrivent. Et peut-être qu'il se passera enfin *quelque chose*.

— Tu ne peux pas être responsable de trois jeunes filles, murmure son père.

— Pourquoi, tu penses que c'est plus difficile que d'être responsable de dix soldats ? rigole le Soleil.

Puis il étouffe une sorte de sanglot :

— Quoique, c'est vrai que sous ma responsabilité, ils ont tous été tués. T'as sans doute raison, Papa.

Grand silence. Puis Mme Idriss, fusillant son mari du regard :

— Ne dis pas de bêtises, Kader. Tu es parfaitement capable de t'occuper de ces trois jeunes filles.

Coup de chance – ou de maître ? –, la gaffe du père de Kader les oblige à accepter. Ils sont loin d'être emballés, bien sûr ; mais ils savent aussi que le Soleil, depuis un an, est prisonnier de son nouveau corps, de leur appartement et de Bourg-en-Bresse. Qu'il est pâle et maladif, lui qui était ardent, hyperactif. Lui qui nageait dans des marécages et grimpait des montagnes a eu besoin pendant des mois d'une aide à domicile pour se laver. Lui qui courait des kilomètres chaque jour a dû apprendre à passer du canapé au fauteuil et du fauteuil au lit. C'est Hakima qui nous a raconté ça, à demi-mot – pendant toutes ces semaines, tous ces mois, il n'a jamais pleuré, mais bien souvent il s'est carbonisé de rage, roulé en boule sur le tapis, en de sinistres tempêtes solaires.

— Donc c'est décidé, dit le Soleil, j'irai avec elles.

C'est décidé – et l'idée de me retrouver pendant six jours et cinq nuits à suer à grosses gouttes de jus de boudin à côté du Soleil me remplit de terreur, d'anxiété et d'extase.

— Euh, mais juste un truc, par contre, glisse timidement Astrid.

— Oui, quoi ?
— Comment tu vas, enfin... tu vois ? Comment tu vas... faire du vélo ?
— Ah, ça, dit le Soleil.
Et soudain il rayonne, oui, véritablement.
— Ça, ce sera l'occasion de tester quelque chose qui est arrivé par colis il y a trois semaines chez mon copain Jamal.

*
**

En vérité, vous savez quoi ?
Le Soleil n'attendait que ça. Il n'attendait que nous pour se remettre en action.
Ou, du moins, il n'attendait qu'une excuse pour replonger dans l'action ; tout récemment, il s'y était comme *préparé*, avec des séances quotidiennes, recluses, de lever de poids, de longues heures à hisser son demi-corps dix fois, cent fois, mille fois sur la barre accrochée à la porte de sa chambre. Ses potes l'avaient bien compris : au fond, il ne rêvait que de reprendre le sport, l'aventure, la route. Alors, tous, Jamal, Thomas, Zach, Pedro et le petit Soliman, et puis Anissa qui est un peu amoureuse de lui bien qu'elle sorte avec Jamal, ils se sont cotisés pour lui acheter...
— Ah ouais, quand même.
L'engin étincelle, dans la chambre de Jamal. Aluminium extra-léger, fibre de verre, gigantesques roues aux pneus crantés et orientés vers l'intérieur ; siège molletonné. La Ferrari de la chaise roulante. Un char enfin digne de l'astre du jour.

— Utilisée par les champions de cross aux Jeux paralympiques, précise Jamal.

Les yeux du Soleil se font les miroirs du fauteuil roulant : deux petits disques d'argent.

— J'en reviens pas que vous ayez réussi à le convaincre ! sourit Anissa, souple jeune femme drapée sur la chaise de bureau de Jamal. Nous, ça fait presque un mois qu'on essaie.

— J'allais bien finir par céder, maugrée le Soleil. Je sais qu'elle vous a coûté un bras, cette chaise.

— Ouais, s'esclaffe Jamal, heureusement que c'est pas toi qui l'as achetée, sinon il te resterait plus grand-chose...

Le Soleil lui adresse un doigt d'honneur, démontrant habilement qu'il trouverait toujours à faire usage du dernier bras restant. Puis, tel un bernard-l'ermite se dégageant de sa coquille pour en trouver une autre, il s'extirpe – hop ! – de sa chaise, et s'installe dans le fauteuil paralympique en fibre de verre.

Jamal lui ouvre la porte de sa chambre, qui donne sur le garage parental.

Ensuite... Ensuite, le Soleil, la chaise et la rue ne sont qu'un long cri de joie.

C'est comme s'il volait, ricochant dans son bolide ultra-léger de trottoir en trottoir. Après un temps d'adaptation d'à peine deux minutes, il fait déjà corps avec. Ses biceps se tendent quand il attrape les roues (chose que je regarde avec une curiosité purement intellectuelle, bien sûr), puis c'est au tour de ses triceps quand il se propulse (phénomène physique fort intéressant), il me semble même que ses abdos se contractent sous son tee-shirt tandis qu'il imprime à l'engin de rapides demi-tours (mais pour en être tout à fait sûre, il faudrait qu'il soit torse nu).

Très vite, le Soleil s'éclate, commence à se la péter à coups de sprints et de rotations, il essaie même de basculer sur une seule roue, se rétame lourdement en tentant un virage trop serré, mais deux secondes plus tard il est de nouveau sur pieds (enfin, sur roues), et toujours ces cris de joie et ces rires, partagés par nous tous !

Par nous tous sauf Hakima, qui sanglote tellement fort qu'elle n'a plus assez de respiration pour rire.

Avec cette énergie accumulée, on a tout ce qu'il nous faut pour aller s'instruire sur la meilleure manière de cuisiner le boudin.

# 11

Le Georges & Georgette est classé deux étoiles au Michelin, et en plus de ça il est noté 4,89 étoiles sur 5 sur TripAdvisor. On y trouve des commentaires de ce type :

*Cuisine bressane traditionnelle. Magique ! Décor sculptural avec vue sur l'église de Brou. Quenelle au four carrément énorme. Nous reviendrons !*

*We had a lovely time at the Georges & Georgette. Delicious, traditional French food – we were tempted by the frogs but opted for a safer choice, the bouef borgignon, which was divine. Warm and welcoming.*

*Restaurant charmant tenu par des gens charmants. Une institution à Bourg-en-Bresse !*

*Ne vous fiez pas à l'apparence traditionnelle de cette splendide auberge située face à l'église de Brou. Fraîchement refaite, élégante, huppée mais aussi chaleureuse, elle sert des plats qui n'ont de traditionnel que le nom. Chaque mets est une redécouverte, une remise en perspective, une nouvelle vision métaphysique des plats que vous croyez connaître. De la blanquette de veau à la crème caramel, vous ne cesserez d'être surpris par les délices du Georges & Georgette. En prime, les petits « plus » appréciables : pain et beurre maison ; accord des vins astucieusement conseillé par le sommelier du restaurant. Une entreprise familiale d'un calibre stupéfiant au cœur de la Bresse.*

[celui-là c'est moi qui l'ai laissé sous le pseudo **Jean-LouisDu01**]

Et puis évidemment, il y a toujours ceux qui ne sont pas d'accord :

*C'est nul*

Merci, très constructif. Un autre du même gabarit :

*J'avais commander du riz de veau mais en fait y a pas de riz et c'est putain de dégueulasse.*

Comme mes grands-parents ne vont jamais sur TripAdvisor, ils s'en fichent. Mes grands-parents, ils sont colériques, batailleurs, un peu goinfres, ils malmènent leurs employés et parfois leurs clients ; à part ça, ce sont des gens charmants.

C'est dans leur immense cuisine qu'ils nous accueillent toutes les trois, ce vendredi soir après les cours et avant l'ouverture du restaurant. Hakima chuchote un inaudible :

— Waouh, on se croirait dans *Ratatouille* !

En entrée, Papi nous envoie son célèbre sourire mi-figue mi-raisin.

— Alors comme ça, vous voulez apprendre à faire du boudin ?

— Juste le végétarien ; les autres, on les commandera à Raymond. Et les sauces, faut qu'on apprenne les sauces. Il faut que ça soit pratique et que ça pèse pas lourd.

— Végétarien ? Quoi, au poulet ?

— Non, Papi, végétarien sans viande.

— Au poisson, alors ?

— Non, rien d'animal.

— Qu'est-ce que c'est que cette invention, encore ? Il faudra bien un boyau autour !

Ma grand-mère :

— Mais non, Georges, vitupère-t-elle, on n'a qu'à faire ça sans boyau ! Ça tiendra, tant qu'on met la bonne farce.

Papi rouspète, déclare que c'est n'importe quoi ; il ne *touchera pas* à ce boudin végétarien, et se contentera de nous donner la recette de la sauce à la moutarde, et m'est avis que personne en voudra, de votre boudin végétarien !

— Alors, voyons…, dit calmement ma grand-mère, je ne sais pas, moi, vous pouvez simplement mélanger de la mie de pain avec, disons, des poireaux, du fromage de chèvre, de la ciboulette, du…

Elle mélange, fait des essais de farce, évalue et soupèse les risques et les possibilités ; Astrid est aux anges parce que la situation lui rappelle *Kitchen Rush* – elle explique énergiquement à mon grand-père que c'est un jeu vidéo où il faut gérer un restaurant sauf qu'il y a des salmonelles, des inspecteurs du travail, des clients mécontents... et à chaque fois Papi fait oui, oui, oui, il reconnaît très bien tout ça, et à un moment Astrid dit :

— Il y a aussi des ingrédients périmés qu'il ne faut surtout pas oublier de jeter, sinon...

— Alors ÇA ! Certainement pas, jeune fille !

Et de lui agiter son grand couteau sous le nez.

— On ne jette rien du tout, ici ! On a de la graisse d'oie qui date de 1956 !

— Et elle est encore très bonne ! confirme vigoureusement Mamie.

— Parfaitement ! Ça ne se périme pas, la graisse d'oie.

— Ni la crème fraîche !

— Dans *Kitchen Rush*, dit Astrid, ça se périme.

— Ah ça bien sûr, ronchonne Papi. C'est plutôt vos appareils électroniques qui vont se périmer, et avant longtemps ! Bon, vous voulez apprendre à faire du boudin ou parler boutique ? Au boulot !

Nous apprenons donc à faire du boudin végétarien, de la sauce à la moutarde et de la sauce aux oignons, tout en esquivant de temps à autre la menace d'un couteau ou d'une cuillère en bois. Les cuistots, qui commencent à arriver pour le premier service du soir, sont bientôt mis à contribution :

— Tenez, Jean-Pierre, essayez un peu ce boudin végétarien... qu'est-ce que vous en dites ?

— Ça manque de viande !
— Oui, mais à part ça ?
— À part ça, c'est très bon.

On teste même ledit boudin en amuse-bouche sur la première cliente – une grande expert-comptable de la ville qui profite du retard de son compagnon pour finir de bosser sur le dossier important de la journée.

Stress avant le verdict, qu'on espionne depuis la cuisine...

La blonde expert-comptable se décrispe un moment de son Blackberry, mâchonne une fourchetée de boudin sauce aux oignons... demande à voir la patronne...

— Elle a dit que c'était délicieux ! se félicite Mamie en revenant vers nous.

Applaudissements collectifs, et Papi s'empresse d'aller remplir à l'expert-comptable un verre d'un grand cru de la région.

— Et maintenant, commence Mamie, la compote de pommes...

— Non ! s'écrie Astrid. La compote de pommes, je sais faire !

— Ah, vraiment ?

La blonde semi-suédoise se retrouve prise entre les quat'z'yeux suspicieux de mes aïeux.

— Oui, bafouille-t-elle, j'étais de corvée de compote chez les sœurs...

(On s'amuse décidément comme des fous chez les sœurs.)

— Et comment procédez-vous ?
— C'est ma spécialité, je sais comment...
— Alors allez-y, jeune fille, dites-nous donc !

On voit la pomme d'Adam de la « jeune fille » tressaillir légèrement. Une fois l'anxieuse déglutition passée, elle bredouille :
— On prend des pommes...
— Quel type ?
— B... Bos... Boskoop...
Ils hochent la tête.
— On les... on les... zépluche ?
Deuxième hochement de tête.
— On enlève les pépins ?
Hoche, hoche.
— Et ensuite ?... demande sournoisement ma grand-mère. On prépare une casserole avec un peu d'eau au fond, c'est ça ?
Silence absolu. Tous les commis regardent Astrid, et nous aussi.
Mon grand-père aiguise lentement son couteau.
Ma grand-mère vient de sortir un chalumeau à crème brûlée d'un tiroir – *phhhrooouuch* la flamme !
— Nnnnon, balbutie Astrid – enfin peut-être, mais moi, dans ma version, je, je...
Ronronnement de flammes de chalumeau, bruits de couteau qu'on aiguise...
— ... je les passe d'abord au four pendant dix minutes pour leur donner un petit goût fumé.
— DANS MES BRAS, MA PETITE ! vocifèrent mes grands-parents, parfaitement synchrones.
Et c'est l'embrassade.
Pendant que tout ce petit monde s'entre-congratule et se donne des accolades, Hakima et moi ingérons tranquillement des boudins

végétariens trempés dans la sauce aux oignons et à la moutarde.

— Ça te plaît ?

La bouche pleine, Hakima se contente de me faire le V de victoire avec ses gros petits doigts.

\*\*\*

La remise en état du pick-up nous aura pris tout le week-end.

Au départ, Philippe Dumont n'est que moyennement ravi à l'idée qu'on balance de la peinture, du vernis et de l'essence de térébenthine partout sur l'allée qui mène à son garage, et qu'on se regroupe là à clouer, trouer, raboter, souder et limer des morceaux de bois et d'acier qui envoient des échardes partout sur sa belle pelouse, mais il nous laisse faire.

Le Soleil et Jamal sont là aussi, et nous aident (surtout en nous apportant des fraises Tagada).

La boîte à outils de Philippe Dumont n'aura jamais autant servi. D'ailleurs, les limites de ses capacités se font vite sentir, et le voisin nous prête bientôt la sienne, ayant pris en pitié Astrid qui s'échine sur la minuscule perceuse et Hakima qui peine à peindre l'enseigne avec son tout petit pinceau.

L'opération se passe en plusieurs étapes. D'abord on traficote le pick-up pour qu'il puisse se fixer à trois vélos. Pour ce faire, on rachète à un vendeur de vélos local trois demi-vélos pour enfants, qui s'attachent à la roue arrière d'un vélo adulte et qui ont perdu la roue supplémentaire qu'ils sont censés avoir. À la place de ces trois roues manquantes, on fixe une barre horizontale creuse, elle-même attachée à deux chaînes solides.

On enclenche les trois demi-vélos sur nos vélos, on monte dessus, et on essaie.

On se pète magistralement la gueule, sous les hurlements de rire du Soleil et Jamal.

On recommence, on recommence, jusqu'à comprendre qu'il faut pédaler toutes ensemble, au même rythme, sinon la barre avance d'un côté et pas de l'autre, et on se rétame.

Peu à peu, on apprend à connaître le rythme des deux autres – les impulsions vives et irrégulières d'Hakima, les longues foulées scoutesquement endurantes d'Astrid, et mon propre pédalage qui alterne trois minutes de vélocité joyeusement énergique avec trois minutes de fatigue musculaire et de léthargie.

Il faut ensuite décorer le pick-up. Dans un coin, notre artistique Hakima découpe dans de grands morceaux de carton des pochoirs de lettres (*B.O.U.D.I.N.S*) et d'animaux, de fleurs et de fruits et légumes – oiseaux, tulipes, poissons, cochons, carottes, pommes – que nous appliquons sur les parois du pick-up, avant d'y vaporiser des nuages de couleurs à l'aide de bombes de peinture gracieusement offertes par Jamal (« *Une chance que tu aies toutes ces bombes de peinture chez toi, Jamal !* », remarque la touchante Hakima).

Après son relooking, notre pick-up a belle gueule, je vous prie de me croire. On dirait qu'une émission de télé est passée par là. Ce n'est pas du meilleur goût, certes, mais ça en jette. Une chose est sûre : ce cube argenté et floqué de dessins colorés, précédé par trois vélos très mal assortis que conduiront trois Boudins et un char solaire, on va le voir venir de loin ! Et l'entendre, et le sentir ! Parce que, quand l'odeur de peinture sera remplacée par celle de nos succulents boudins frétillant doucement dans leurs poêlons... et de la compote qui clapote, et des oignons caramélisés s'enroulant sensuellement sur eux-mêmes tels des cloportes, et de la moutarde poivrée, adoucie par la crème...

— Je ne comprends pas pourquoi vous vous entêtez à revendiquer ce nom de Boudins ! s'offusque Maman. C'est un mot horrible.
— On le rendra beau, tu vas voir. Ou au pire, on le rendra puissant.

(Rubrique *trucs et astuces de la vie*, par Tata Mireille : prends les insultes qu'on te jette et fabrique-toi des chapeaux avec.)

En ce doux dimanche soir, il fait chaud encore à 22 heures, on mange des pizzas dehors comme des ogres en contemplant notre œuvre d'art, à même la pelouse de Philippe Dumont et de ma mère enceinte ; et le chien Chatounet en chipe des tranches entières dès qu'il le peut, et le chat Babyboule sautille comme une puce de-ci, de-là, pour attraper les papillons de nuit venus s'assommer contre les lampes de jardin.

La vie est nickel, vraiment nickel, à ce moment-là, sous les étoiles.

Pour couronner le tout, l'astre me parle :

— Qu'est-ce que tu vas lui dire, à ton père biologique, quand tu le verras ?

— Je sais pas encore. Je vais me présenter, d'abord. Le mettre devant le fait accompli, vous comprenez ? Voir la terreur sur son visage quand il comprendra que c'est moi qui lui ai envoyé toutes ces lettres.

— Et ensuite ?

— Ensuite, chépa, j'improviserai.

— Si j'étais lui, je serais plutôt content que tu sois ma fille.

Je me hérisse :

— J'ai pas du tout l'âge d'être votre fille !

— Alors pourquoi tu me vouvoies ?

— Oh, ça n'a rien à voir. C'est une question de respect.

— Tu peux me tutoyer, c'est chelou de me vouvoyer comme si j'étais ton prof.

Il mord dans sa calzone, j'attrape un papillon de nuit juste pour narguer Babyboule, qui le guettait depuis tout à l'heure. Le malheureux froufroute entre mes doigts. Babyboule tente une approche, m'envoie des petits coups de patte.

— OK, je vous te tutoie. Je te vous tutoie. On se tutoie.

— Cool.

— Et vous, tu vas lui dire quoi, à Sassin ?

Le Soleil sourit à la lune.

— J'improviserai.

*
**

Plus qu'une semaine de cours, et puis dans deux semaines, on part.

Il reste une dernière chose relativement importante à faire : s'entraîner.

# 12

— Hé, Boudin, c'est vrai ce qu'on dit ? Tu te lèves à 5 heures du mat' tous les jours pour aller faire du vélo en forêt de Seillon ?

Coincée dans le couloir, juste avant le cours d'arts plastiques, le dernier de l'année.

— Tiens ? Salut, Bébé !

— Tu m'appelles pas Bébé, ça va pas ou quoi, pauvre meuf.

Malo est encadré du grand Rémi, qui émet en permanence des rires bêtas parfumés au cannabis, et du petit Marvin, qui porte des Nike Requins dans l'espoir de gagner quelques centimètres, et compense sa taille de jeune fille par de la gonflette.

— T'as plus envie d'être un boudin, c'est ça ? T'as enfin décidé d'être une femme ? Tu vas voir, ça fait du bien.

Rire bêta de Rémi. Moi :

— Dis donc, tu m'as l'air de t'y connaître. Toi aussi, t'as décidé d'être une femme ?

Rire bêta de Rémi. Malo :

— Ta gueule. Vous préparez quoi, avec les deux autres thons ?

— Comment ça, cher Bébé ?

— Walid vous a vues en forêt de Seillon faire du vélo comme des grosses truies.

— Il avait déjà vu des grosses truies faire du vélo ?

— Ta gueule. Pourquoi vous faites du vélo ?

La cloche sonne, et la tête frisée de Mme Canson émerge de la salle d'arts plastiques pour rameuter ses troupes.

— Et pourquoi on ferait pas du vélo ? On est dans un pays libre.

— Me prends pas pour un con, j'ai reçu un appel d'Hélène Veyrat, elle m'a demandé de répondre à un truc pour un article qu'elle écrit.

— Comment, qui donc ?

Mais là, il ne plaisante plus. Il me plaque contre le mur avec, dois-je reconnaître, une poigne surprenante.

— La journaliste du *Progrès*. Vous l'avez contactée pour lui dire que vous prépariez un truc, un truc de boudins. Ta gueule ! Laisse-moi finir. Elle m'a dit que vous étiez sur un gros coup. Que vous alliez vous venger, ou une connerie du genre. Mais ta gueule, sale pute ! Laisse-moi finir. Je sais pas ce que vous êtes en train de faire, si vous essayez de me faire chier à cause de ce concours, si vous essayez de me foutre la honte, si vous essayez de me taper l'affiche, je vous éclate la tête, tu comprends ce que je dis ? Je vous éclate vos grosses têtes de grosses truies. Je te troue la peau.

— Malo, Rémi, Marvin, on rentre en cours ! Et Mireille aussi ! Ce n'est pas parce que c'est la dernière heure de l'année qu'on a le droit d'arriver en retard.

Il me lâche.

Mes genoux sont un peu faiblards – mais bon, après tout, ça fait trois jours que je me réveille à 5 heures du matin pour me taper deux heures de vélo en forêt de Seillon avant les cours. Et le soir, deux heures de plus. Normal que mes articulations se plaignent un peu.

Le soir, j'appelle Hélène Veyrat.
— Vous êtes gonflée, franchement. Quand vous écrivez un article sur nous, vous ne nous demandez pas notre avis, mais là vous mettez direct Malo au courant ?
— Vous ne m'avez jamais dit que je ne devais pas.
— Je pensais que c'était évident. Ne le faites plus, sinon on ne vous dira pas pourquoi on fait tout ça.
— Mais... je croyais que c'était juste pour embêter Malo.
— Ça n'a rien à voir. C'est autrement plus fort. Suivez-nous, et vous verrez.
— Vous ne voulez pas me le dire tout de suite ?
— Non. Chaque jour, vous aurez une information de plus. Et le 14 juillet, vous saurez tout.

Hélène Veyrat mord drôlement à l'hameçon. Pour l'instant, tout ce qu'elle sait, c'est qu'on prépare un voyage à vélo de Bourg-en-Bresse à Paris, et qu'on vendra des boudins sur la route.

Dans quel but ? Et que ferons-nous à l'arrivée ? Mystère.

En tout cas, *Le Progrès* apprécie. Le premier article sera publié le jour de notre départ, c'est-à-dire le 8 juillet au matin.

En attendant, on s'entraîne, on s'entraîne, on s'entraîne. Chaque matin, chaque soir.

— Hé bien, Mireille, fait remarquer Mme Lyse – notre énergique prof d'EPS –, tu cours comme un cabri aujourd'hui !

— Oui, madame, ça doit être la joie des vacances qui arrivent.

— Je vois... Dommage qu'il ait fallu attendre le dernier cours de l'année pour voir apparaître ces talents de sprinteuse.

— Vous croyez que je pourrais battre Usain Bolt, madame ?

— Je ne miserais pas toutes mes économies là-dessus, mais CE QUI EST SÛR, dit-elle en élevant la voix, C'EST QUE TU RISQUES DE BATTRE MALO ET SES COMPAGNONS, S'ILS CONTINUENT À SE TRAÎNER COMME DES LIMACES...

Entendant cette colossale menace, Malo me fusille du regard avant de s'élancer à toute vitesse sur la piste d'athlé.

— Ouais mais madame, glousse Rémi, Mireille elle triche, madame, elle va faire du vélo le matin en forêt de Seillon (Rire bête.) !

— Je n'appelle pas ça de la triche, j'appelle ça une bonne hygiène de vie, répond Mme Lyse. Si j'étais toi, Rémi, j'irais avec elle au lieu de t'en griller une devant le lycée dès 8 heures du matin...

Reboostée, je m'offre trois ou quatre tours de stade supplémentaires. Certains se foutent de ma gueule. Je m'en fous : ils s'essoufflent, ils peinent et je vole. Je vole !

Et puis c'est enfin l'heure de tous se quitter pour « la pause estivale », comme dit la proviseure. Pleurs, sanglots, longues embrassades. Ou, dans mon cas, juste un rapide *bye-bye* aux murs du lycée avant les retrouvailles avec Hakima et Astrid, dehors.

Nous on n'a pas que ça à faire, les bisous bisous, ce soir on a sept kilomètres à avaler en forêt de Seillon, nous trois, côte à côte, et puis encore une heure avec le pick-up, cette fois. Il est tellement lourd, ce pick-up, on sue comme des fromages sous cloche au bout d'une heure…

La douche ensuite, glaciale, ahurissante de bienveillance pour nos corps vermoulus, nos articulations incendiées, nos visages rouge sang. Puis d'énormes plats de pâtes, des salades de riz, des quiches lorraines entières. Et enfin le sommeil, le soir, tellement profond que même les griffures de Babyboule, qui confond mes orteils sous les draps avec des souriceaux, ne me réveillent pas.

Une semaine de ce régime, puis deux.

Et puis il reste seulement quelques jours, puis seulement quelques heures, avant le grand départ.

# 13

— C'est impossible. Vous n'avez même pas l'autorisation de vendre de la nourriture ! Vous allez rendre les gens malades...

— Rassure-toi, Mamounette chérie, on ne brisera pas la chaîne du froid.

— Ah oui ? Et il va tenir six jours, votre petit frigo ?

— La batterie est rechargeable.

— Au premier tournant, vous allez vous faire arrêter par les flics.

— On ira plus vite qu'eux.

— Sérieusement, Mireille : votre copine journaliste veut relayer votre petite épopée, et vous pensez que ça ne va pas intriguer la police ? Moi, je ne compte pas vous chercher au commissariat quand vous vous serez fait pincer à la sortie de Bourg.

Poussant un gros soupir, j'extirpe de ma poche un *certificat de vente de nourriture ambulante*, en bonne et due forme, au nom de Kader Idriss. Maman est soufflée (pendant au moins deux secondes).

— Et tu crois que les flics vont être d'accord pour que ton Kader fasse travailler des mineures ?

— Ce n'est pas mon Kader. Bon, Maman, tu nous aides ou pas ? Qu'est-ce que tu peux être négative !

Elle émet un grognement agacé et commence à nous aider à préparer le chargement. Vu qu'elle porte en elle ce petit salopiot de Brad Pitt Junior alias Jacques-Aurélien, elle ne trimbale que des choses légères – Philippe Dumont, pendant ce temps-là, sort avec Astrid les caisses de boudins noirs et boudins blancs du camion de Raymond. Les parents d'Hakima parlent très vivement avec Kader, sans doute pour essayer de le décourager à la dernière minute ; ça ne marche pas. La mère d'Astrid observe avec intérêt les changements effectués sur son pick-up.

Les pots de sauces et de compote sont déjà casés au fond du frigo, près du réchaud et de la petite bonbonne à gaz qu'il faudra recharger sur le chemin. Et deux tentes Quechua, soigneusement pliées. Juste assez de culottes de rechange ; les autres vêtements, on les lavera si besoin.

— Vous avez bien la liste des campings où vous ferez étape, hein ?

— Absolument. *(Absolument pas.)*

— Chargeur de portable ?

*(Elle m'a acheté un chargeur à énergie solaire qu'on a fixé sur le toit du pick-up. Il fait si beau qu'il produit évidemment beaucoup trop d'électricité.)*

— Babyboule, sors de ce pick-up ! Tu ne pars pas en voyage avec nous.

— Il est quelle heure ? demande Astrid.
— 8 h 15. Il faut qu'on y aille. On a déjà quinze minutes de retard.
— Vos casques !
— Oui, Maman, c'est bon, on va pas oublier.

On se casque ; le Soleil, dans sa chaise roulante, s'équipe lui aussi.

La mère d'Astrid prend une photo. *Clic !*

Hélène Veyrat prend aussi une photo, pour l'article de demain. *Clic !*

Les parents d'Hakima, comme Maman et comme Philippe Dumont, sont infiniment dubitatifs.

Tiens tiens… Il y a Malo là-bas qui nous observe depuis les buissons. Je le vois, avec son tee-shirt débile d'*ARSENAL*. Pas l'air à l'aise, Bébé…

C'est moi qui suis placée au milieu, sur mon Bicicool bleu. Je me tourne vers Astrid, à gauche.
— Prête ?
— Prête.
Puis vers Hakima, à droite.
— Prête ?
— Prête.
Et enfin, je m'adresse au Soleil, devant nous trois :
— Tu es prêt, Kader ?
— Prêt, ma belle.

« Ma belle » ? Moi aussi, je fonctionne à l'énergie solaire, apparemment, car mon premier coup de pédale fait tourner la Terre sous ma roue !
— Alors c'est parti !

Deuxième partie

# LA ROUTE

# Extrait du *Progrès* de l'Ain, 8 juillet 20XX

## UN BOUT DE CHEMIN AVEC LES « TROIS BOUDINS »

Elles avaient été élues vilains petits canards du collège-lycée Marie-Darrieussecq, elles volent maintenant de leurs propres ailes – en direction de Paris ! Astrid Blomvall, Hakima Idriss et Mireille Laplanche, trio gagnant d'un très controversé « concours de Boudins », s'embarquent pour un voyage jusqu'à la capitale qui promet d'être épique, puisqu'il se fera… à vélo. Départ ce 8 juillet au matin, pour une arrivée prévue le 14 juillet.

Comment vont-elles financer le trajet ? Sur la route, elles vendront – ironiquement – du boudin. Mais pourquoi ce voyage ? Dans quel but ? Les trois très jeunes filles préfèrent pour l'instant garder le mystère. « On a découvert que quelque chose nous liait, confie Mireille, et ce quelque chose, on doit aller le chercher à Paris, le 14 juillet. »

Les trois autoproclamées « Boudins » seront escortées par le frère aîné d'Hakima, Kader Idriss, 26 ans. Seul survivant du massacre d'[El-Khatastrof] au [Galéristan], l'ancien soldat se déplacera en chaise roulante.

H.V.

Des commentaires, des questions ? Entrez dans le débat sur LeProgres.fr, où nous suivrons pendant six jours l'épopée des « Trois Boudins ».

(— Quoi, on ne sera pas dans le journal papier pendant les six jours ?

— Vous rigolez, ma petite ? Il y aura une mise à jour sur le site, ça suffira amplement, et on verra bien si les gens s'y intéressent... Ce n'est pas non plus le scoop de l'année, trois ados en vélo.

— À vélo.)

# 14

La première matinée se déroule sans encombre, ni tambour ni trompette – il est encore trop tôt dans la matinée pour que les lecteurs potentiels du *Progrès* l'aient acheté et lu, aussi quittons-nous Bourg-en-Bresse sans le moindre regard curieux sur nous, calmes et concentrées.

Je regarde alternativement la route, mes mains sur le guidon, le petit GPS fixé à côté de ma sonnette ; devant moi, le Soleil ouvre la voie, et je ne vois de lui que l'arrière de sa tête et ses bras comme des pistons, poussant, rythmiquement, les roues du fauteuil vers l'avant. À notre traîne, le pick-up tressaille sur les gravillons de la route, grogne quand on ralentit, hoquette dans les nids-de-poule. Il faut faire attention quand on doit freiner, bien prévenir les deux autres – si on freine trop brusquement, le machin nous passera sur le corps. Éviter à tout prix les descentes abruptes – il irait plus vite que nous. Ce sont les risques du métier, et on a calculé notre trajet pour éviter les dénivelés.

On ne dit rien, on se concentre, on avale les kilomètres sans se presser. Trois heures et quart plus tard, on a fait 36 kilomètres. Dix kilomètres par heure, pour trois Boudins qui se traînent un pick-up, c'est pas mal, je vous ferais dire. J'aimerais bien vous y voir !

Les 36 kilomètres nous ont menées à Mâcon, où nous nous arrêtons pour notre toute première vente itinérante de boudins.

— Comment ça va, Kader ? demande Astrid au Soleil qui s'étire.

Ça me scie, comme elle arrive à s'adresser à lui sans virer au fuchsia, sans bafouiller, sans se tordre niaisement sur une jambe en se grattant un coin de la tête.

— Nickel. Et toi ? Pas trop mal aux jambes ?
— Non ! C'était tranquille.
— Et toi, Mireille ?

Ouh-ouh, Mireille. Le Soleil te pose une question. Réponds de manière détachée.

— Moi, ça va très bien. Juste un peu mal à l'entrejambe, mais bon, normal, quoi.

Oh.

Oh, bordel. *Juste un peu mal à l'entrejambe* !? Putain, tu viens de parler au Soleil de ton entrejambe. *Normal, quoi* ?! Il va penser que je cache une paire de couilles dans mon short. Pour masquer l'horreur qui m'envahit, je me précipite à bord du pick-up.

— Bon, on l'ouvre, cette boutique de boudins ?

Mâcon, au cas où vous n'ayez jamais visité le coin, est une jolie grande ville rouge et ocre, placardée d'encarts publicitaires et baignée par la

Saône, qu'elle enjambe à l'aide d'un grand pont de pierre. De nombreuses ruelles, au moins une ou deux belles églises, une histoire tortueuse.

Tous ces détails, je l'espère, ne vous intéressent pas le moins du monde, parce que je ne suis pas un guide de voyage. On est là pour le boulot, un point c'est tout. Je suis déjà venue à Mâcon, cependant – en compagnie de mon papa artificiel Philippe Dumont, qui est Rotary-pote avec un M. Tanincourt, vendeur de vins.

— Voilà, Mireille, c'est comme ça qu'on choisit un rouge – tu vois le cercle plus clair en haut du vin ? Ça veut dire que...

— Philippe Dumont, tu conduis, je te rappelle. T'en es à ton combientième verre ?

— Allons ma Mimi, tu ne crois tout de même pas que je te ramènerais à ta mère en plus d'une pièce !

— Alors arrête de siffler tout ce que M. Tanincourt te propose.

— Les enfants sont d'un totalitarisme ! Ma Mimi chérie, j'essaie de t'apprendre des choses, là... des choses importantes... pourquoi tu m'écoutes pas ? Moi qui voudrais tant... hips ! transmettre mon savoir à la nouvelle génération...

Et *zioup* le verre !

Et *youhou* les virages sur le retour vers Bourg.

Mais pas aujourd'hui. Aujourd'hui, sur l'esplanade Lamartine, en face de la Saône vert couleuvre, on inaugure notre boutique de boudins.

Le Soleil à sa sœur :

— Tu connais Lamartine, Hakima ?

— Ben oui, bien sûr, ça va pas ou quoi !

— Ah bon ? Tu connais ? Vous l'avez étudié à l'école ?

— Mais non ! *(Hakima, morte de rire.)* Ça va pas ou quoi ! On n'étudie pas ça à l'école !

— Mais alors t'as lu quoi ?

— Ben, celui où elle va à la plage, et celui où elle fait le ménage, et celui où…

— Lamartine, Hakima, pas *Martine*…

Derrière la tablette du pick-up, Astrid experte décapsule déjà les boîtes de sauce. Elle déploie deux casseroles qui viennent chapeauter notre petit réchaud, et dans lesquelles elle commence à faire chauffer un peu d'huile de tournesol. J'éprouve soudain le vrai stress des premières fois : vague écœurement, bouche sèche, doigts tremblotants… Et s'ils détestaient nos boudins ? S'ils se contentaient de nous rire au nez ? Et s'ils tombaient tous raides morts d'une intoxication alimentaire ?

— Boudin blanc ! Boudin noir ! Boudin végétarien ! crient le Soleil et (plus doucement) Hakima, à l'attention des passants honnêtes.

— Un boudin, une sauce, 3 euros !

C'est l'heure du déjeuner, et l'odeur des boudins qui rissolent – ainsi que les couleurs, caramel sombre et champagne, de leurs courbes blanches ou brunes – ne peut que contraindre tout un chacun à s'arrêter, ensorcelé, pour nous céder toute sa fortune dans l'espoir d'obtenir un boudin et sa sauce.

Cependant, ce n'est pas le cas.

Bizarre, bizarre.

Une demi-heure passe. On a tous un peu faim, alors on va acheter un sandwich dans un café miteux. On a tous un peu soif, alors on décapsule des Coca dans notre pick-up. Le stress monte.

Pourtant les gens s'arrêtent bien ; ils hument l'air chargé d'odeurs de viande et de légumes, ils jettent un œil à la compote de pommes, à la sauce moutarde granuleuse...

... et puis, ils voient Hakima et le Soleil. Je toussote.

— J'ai comme l'impression que vous les faites fuir, leur confié-je.

— Ah ouais ? Marrant, j'ai la même impression, grince le Soleil.

— Pourquoi on les ferait fuir ? s'interroge la petite Hakima. Parce qu'on est moches ?

— Non, Kader n'est pas moche, dis-je – et d'ailleurs toi non plus ! me rattrapé-je.

— C'est parce que Kader a pas de jambes alors ? demande Hakima, toute triste.

— Ça doit jouer, oui, murmure le Soleil. Bon, écoute Hakima, on va passer en cuisine, OK ? Laisse Mireille et Astrid faire notre pub.

On inverse. Et comme par miracle, ça marche.

C'est pas qu'ils soient racistes, les gens, hein, comprenez-moi bien. C'est juste qu'ils préfèrent deux mochetés blanches à un demi-beau gosse et une mocheté basanés. Et à mon avis, ça va être la même chose partout, j'en mettrais ma main à couper. (*Nota bene* : ne pas dire « *j'en mettrais ma main à couper* » à voix haute près du Soleil. C'est fou le nombre d'expressions qu'il faut éviter.)

Au bout d'un quart d'heure, c'est donc l'affluence, toute relative, vers notre petit pick-up.

— Hé, dites donc... vous êtes pas les filles dont on a parlé dans le journal ce matin ?

— Si, monsieur ! C'est bien nous ! Quelle sauce ?

— Moutarde ! Qu'est-ce qu'ils ont, ces petits imbéciles, à vous traiter de boudins ? Je serais fier que vous soyez mes... euh...

— Filles ?

— Disons mes nièces ! Merci beaucoup !

Il s'éloigne et crie à sa femme, restée sous un banc, *J'ai acheté du boudin aux gamines, tu sais, les trois mochetés dont ils parlaient dans le journal ? Elles sont là-bas !*

Il y a quelque temps, ça nous aurait blessées, mais maintenant non, ça nous fait plutôt rigoler, et les euros tombent dans la tirelire-cochon.

— Je peux prendre une photo avec vous, mesdemoiselles ?

— Évidemment !

*Flash ! Flash !* Chaque selfie se solde en vente de boudins. Un peu inquiet, le Soleil vérifie subrepticement sur son portable qu'on ne dit pas de choses trop atroces sur nous.

Mais non, ça pourrait être pire :

**@coqflorent**
#selfie avec #3boudins à Mâcon ! délicieux combo noir/pommes.
5 Favoris Retweeté par @progres_ain

**@gohunal**
Boudins sur quais de la Saône avec ma chérie...<3 #3boudins
1 Favori Retweeté par @sarah01

**@jacquescreuz**
Pause déj entraînement triathlon pour goûter les #3boudins. Elles seront à Cluny ce soir ! Courez-y !

Une heure plus tard, le *Progrès* a chipé les photos des passants et en a tiré une petite *news story* :

**@progres_ain**
Les #3boudins arrivent à Mâcon pour leur première vente http://www.leprogr...

— Ne lisez pas les commentaires, par contre, nous prévient le Soleil.
Je regarde quand même les dix premiers, et ils sont pleins de *MAIS TAIN COMME ELLE SONT CHEUM* et autres *JAMAIS JE BOUFE DU BOUDIN QUI EST FAITS PAR LEURS MAINS C'EST SUR ELLE SE LAVE PAS CES TRUIES !* Et, vaguement, je me demande qui sont ces gens qui font ces commentaires. Ce ne sont pas ceux, c'est sûr, qui sont là à rigoler avec nous et à nous redemander du boudin.
— Quand même, il faudrait pas tout vendre, s'inquiète Hakima.
— Surtout, il faudrait qu'on puisse repartir. Encore ce couple-là, et on plie boutique. La route nous attend, et puis Cluny ce soir...

— Hé, Mireille, t'as vu la statue, là ?
— C'est Lamartine, Hakima.
— Ah, c'est lui, ce mec. Il a écrit quoi ?
— « *Ô temps, suspends ton vol...* »
— Et ensuite ?
— Euh...
— « *Et vous, heures propices, suspendez votre cours* », chuchote malicieusement le Soleil.

Ah, très bien. Le Soleil récite aussi de la poésie. Il commence à faire très chaud, à proximité de ses rayons.

Hakima :
— Comment tu sais ça, Kader ?
— Je l'ai appris.
— À l'école ?
— Non. Quand je me faisais chier, toute l'année dernière, dans ma chambre. J'avais un livre, *Nos plus beaux poèmes français*.
— Tu en as appris d'autres ?
— Tous.
— Tous ?
— Je me faisais vraiment chier.

Ah, très bien. Le Soleil, quand il s'ennuie, apprend des poèmes par cœur. Bien que je déteste absolument tout ce qui est romantique, c'est tout de même un bel effort qu'il convient d'encourager. J'encourage donc, d'une voix idiote :

— Oh, Kader, il faudra que tu nous en récites d'autres.
— Bah, tu sais, ils sont tous merdiques.

On repart, j'ai le cœur un peu comme les papillons de nuit qui se cognent aux lampes des jardins (ces cons). C'est comme avec Kader... il y a une coque autour de la lumière et on ne peut que faire *bim, bim, bim,* tout autour.

***

L'après-midi, la route est plus difficile – à cause de la chaleur. On s'est entraînées matin et soir, mais on n'a jamais fait des kilomètres sous le soleil de 14 à 18 heures, un soleil fort et dédaigneux qui nous écrase de sa semelle, rien à voir avec ce soleil jaune poussin, joyeux comme un grand chien, qui te lèche le visage quand tu émerges à 6 heures du matin ; rien à voir, non plus, avec le soleil anémique des soirs d'été, gentil et domestiqué, prêt à aller se brosser les dents et dodo.

Là, sur les petites routes irrégulières sinuant entre les vignes – tellement de vignes, tellement de vignes – sans l'ombre d'une ombre, à tracter ce pick-up délesté d'à peine deux douzaines de boudins, à contempler mécaniquement les bras du Soleil – *up and down and up and down* – et avec des gouttes de sueur qui nous glissent le long de la colonne vertébrale et s'accumulent en haut de nos shorts, juste au niveau de la queue qu'on aurait si on était des petits cochons – là, maintenant, on comprend que le voyage va être rude.

Il ne fait même pas si chaud que ça, 20, 22 °C...

— J'ai un point de côté, annonce Astrid.

— La ferme, Astrid, sérieux, non, pas ça, pas si tôt !...

— Mais toi, la ferme ! C'est pas ma faute si j'ai un point de côté ! réplique-t-elle faiblement.

— Respire. Un point de côté, c'est quand tes muscles ne sont pas assez oxygénés et produisent de l'acide lactique. Respire et ça ira mieux.

— Ben je suis contente que tu m'apprennes tout ça, moi qui m'amusais à faire du vélo en apnée depuis deux heures.

Le Soleil :

— Du calme ! On ralentit, si vous voulez. Pas la peine de foncer. On a une route assez courte, aujourd'hui.

— Ça fait exactement comme un poignard, geint Astrid.

Moi :

— « Exactement », ça m'étonnerait, mais si tu veux on peut s'arrêter pour comparer.

— Très drôle, Mireille.

— Arrêtez de parler ! crie le Soleil. C'est ça qui vous empêche de respirer et qui vous donne des points de côté.

Le Soleil a raison, évidemment : d'ailleurs j'ai prononcé trois phrases et ça y est, j'ai un point de côté. Putain d'acide lactique ! Ça fait exactement comme... un poignard.

On continue à pédaler, en se faisant la gueule.

— Aïouille.

— Chut, Astrid.

Mais finalement, j'en viens à espérer qu'elle nous implore de s'arrêter, histoire que j'aie une excuse pour prendre une pause, vu que cet acide lactique complètement crétin me grignote les muscles au niveau de la cage thoracique.

— Aïouille !

— Mais enfin, ta gueule, Astrid. Comment t'aurais fait si t'avais été un homme préhistorique poursuivi par un tigre à dents de sable, t'aurais été là, *aïouille, j'ai un point de côté* ?

— À dents de *sabre*, corrige Hakima.

— On s'arrête, si vous voulez ? dit le Soleil.

— Hors de question. On continue.

— Mireille…

— REGARDEZ ! s'écrie alors Hakima. La roche de Solutré !

On regarde.

— C'est magnifique, s'exclame Hakima, qui en hoquette de bonheur. J'ai toujours rêvé de la voir.

— Tu la connais d'où ?

— On l'a apprise en CM2.

Ah oui, c'est vrai : elle était en CM2 il y a encore deux ans. D'y penser, à la petite Hakima de CM2, ça me rend joyeuse et attendrie comme une grand-mère.

— Pourquoi t'as toujours rêvé de la voir ?

— Mais regarde comment elle est ! Regarde !

On regarde, tout en filant le long de la route.

La roche de Solutré, c'est ce à quoi ressemblerait l'énorme rocher du Roi Lion s'il était posé au cœur de la Bourgogne, entre les vignobles jaunes et violets striés de chemins blancs. Gigantesque ; on dirait qu'elle a été poussée par-dessous, d'un coup d'épaule, par un géant. Elle est blanche, cet après-midi, sous le soleil, tavelée de petits buissons, croûteuse comme un genou blessé. Elle domine la vallée, on s'attend à ce qu'elle bouge soudain et devienne la proue d'un immense vaisseau, qui émergerait entre les champs et naviguerait, encore poussiéreux et plein d'herbes grimpantes, jusqu'aux petites bouloches de nuages au-dessus de nos têtes !

— Aïouille, ahane Astrid.

Moi, j'aïouille silencieusement – mais tout aussi énergiquement. Allez, acide lactique ! Barre-toi de ma poitrine !!!

— En CM2, on l'avait apprise, la roche de Solutré, répète Hakima. Vous savez le truc des chevaux ? Le truc des chevaux, c'est que les hommes préhistoriques poursuivaient les chevaux jusqu'en haut de la roche de Solutré, et donc ils couraient, ils couraient, avec des lances et des carabines, et les chevaux avaient peur alors ils galopaient jusqu'en haut de la roche. Et les hommes les poussaient, et les chevaux tombaient, ils s'écrasaient en bas, *crac !* ils éclataient en morceaux. Alors les hommes les mangeaient vu qu'ils étaient morts.

— C'est très bien, Hakima, dit le Soleil devant nous. Sauf qu'ils n'avaient pas de carabines.

Astrid et moi, on observe le haut de la roche, et c'est peut-être l'effet de la chaleur, ou peut-être de l'acide lactique, mais il me semblerait presque voir, courant comme des dératés, hennissant de peur et de rage, des chevaux bruns poursuivis par des australopithèques hirsutes, oui, des chevaux perdant pied et battant l'air, ouvrant des yeux immenses, blancs et globuleux, et *crac !* – comme dit Hakima – se cassant en morceaux en bas...

— Comme Mufasa, murmure Hakima avec respect.

— C'était astucieux quand on y pense, fait remarquer Astrid. Une très bonne optimisation de l'espace.

— *Optimisation de l'espace ?...*

Elle hoche la tête :

— C'est le genre de truc auquel il faut réfléchir, par exemple dans *Survival Now III*, quand t'es bloquée sur l'île déserte et pour partir, tu dois faire usage des seules ressources qui te sont concédées par la géographie et la faune et la flore locales, et tout n'est pas évident, hein, faut le découvrir...

— Astrid ?

— Hmm ?

— T'as plus de point de côté ?

— Ah non, tiens.

— Moi non plus. Hakima, j'espère que t'as d'autres histoires en tête, pour la prochaine fois où on aura de l'acide lactique dans les muscles.

# 15

On arrive à Cluny vers 18 heures, et on se plante devant un immense bâtiment en pierre ; L'ABBAYE DE CLUNY, nous dit un écriteau. Mais pas le temps de se balader, car à peine arrivés…

— Hé ! Regardez ! C'est les Boudins !

… nous accoste une grande Méditerranéenne aux cheveux noirs comme du feu, ondulés comme de la fumée, vêtue d'une robe que je qualifierais d'*altière* – en tout cas, elle est longue et sanguinolente, agrémentée de mille sequins rouges. Derrière elle s'acheminent un grand brun et une grande blonde, tous deux vêtus d'un uniforme que je qualifierais de *militaire*. En tout cas, il comprend des galons et un képi.

Ces trois personnes élongées nous sourient de toutes leurs dents bien plantées.

— Nickel, elles sont pile à l'heure ! commente la brune en consultant la montre du brun.

— Vous voulez du boudin ? demande le Soleil, un peu interloqué.

— Oh, si ça peut vous faire plaisir..., répond la brune. Gab ? Blondie ? J'ai pas d'argent, par contre.

Gab en a, dans l'une des poches de son uniforme. Il achète un boudin blanc aux oignons pour Blondie, un boudin noir aux pommes pour lui-même, et un végétarien à la moutarde pour la grande brune, qui « déteste le sucré-salé ».

On regarde donc ces trois fort belles personnes dévorer nos boudins, et même le Soleil semble assez fasciné par le spectacle.

Au bout d'un moment, j'ose poser une question :

— Pardon, monsieur et madame les soldats et la princesse Jasmine d'Aladdin, mais pourquoi vous êtes fringués comme ça ?

Blondie éclate de rire :

— On n'est pas soldats, on est étudiants ici ! Enfin, mon frère et moi. C'est le bal de l'école, ce soir. Et elle, c'est Coline, la copine de mon frère.

On aurait pu le deviner, vu que Coline/Jasmine et Gab, à peine leurs boudins engloutis, se ventousent l'un à l'autre telle une paire de cymbales.

— Ils sont très amoureux, explique Blondie.

— Il semblerait, réponds-je. Vous allez à un bal ?

— Oui, slurpe Coline après s'être détachée de Gab dans un bruit de succion. Et vous aussi, en fait.

— Nous ? Ah ben non, répond Hakima, nous on a encore de la route à faire après ce service, on va à Taizé, c'est ça, Mireille ? Taizé, c'est l'étape de ce soir...

— Mais non ! interrompt Blondie. Écoutez, ce serait trop drôle : on vous fait rentrer en douce au bal des Gadz'Arts.

— Au bal des quoi ?

À ces mots, le Soleil s'est tendu sur sa chaise roulante. D'un grand geste de la main, Gab nous désigne l'abbaye immense derrière laquelle le soleil menace bientôt de plonger.

— Ce monastère, chers Boudins, n'est pas seulement un exemple typique d'art... euh...

— Gothique flamboyant, complète sa sœur.

— N'importe quoi, corrige Coline, c'est totalement roman.

— Bref, reprend Gab, ce monastère n'est pas seulement un exemple flamboyant d'un art d'une certaine époque. Non, chers Boudins, c'est aussi une prestigieuse école d'ingénieurs, au sein de laquelle ma sœur et moi étudions. On est des *Gadz'Arts*, c'est-à-dire des gars des Arts : les Arts et Métiers, noble et ancienne institution.

— Et chaque année, continue Blondie, il y a un grand bal ; et cette année, c'est ce soir. Vous arrivez pile à temps pour qu'on vous fasse entrer.

— C'est gentil de votre part, répond Astrid, mais on ne fait pas de bals, nous. On fait juste du vélo et on vend des boudins. Et demain, on se lève tôt, parce qu'on a de la route à faire.

— Astrid a raison, dis-je.

— Astrid, Astrid..., grogne Coline, il faut savoir profiter du moment présent. C'est l'occasion ou jamais. Ce bal, c'est pas une boum de province, les amis. C'est l'une des soirées les plus grandioses d'Europe !

Moi :

— Si c'est le cas, je vois mal comment on pourrait y entrer en short Décathlon et tee-shirt puant.

— Pas d'inquiétude, répond Gab, on a tout manigancé.

Et Coline nous dévoile, en les sortant du sac en plastique qu'elle trimbale, les encolures dentelées de trois robes scintillantes. Blondie se tourne vers le Soleil et lui dit obligeamment :

— On est désolés, mais on n'avait pas pensé à toi. Il faut dire que c'est surtout des Trois Boudins qu'on parle dans les journaux. Mais ne t'inquiète pas, on va te trouver un costard quelque part. Frangin, tu peux bien prêter un costard à… à ?

— Kader, murmure le Soleil, et il scrute Blondie comme s'il la trouvait séduisante, ce qui m'énerve parce que, bon, à part le fait qu'elle est mince, blonde, grande, avec des dents en touches de piano et des chevilles délicates, elle n'a rien de si extraordinaire que ça.

— Gab, tu prêtes un costard à Kader ?

— Bien sûr. Tu dois faire à peu près ma taille.

— Sauf que le pantalon sera sans doute un peu long, ironise le Soleil. Allez, arrêtez vos histoires. Sérieusement, pourquoi vous voulez nous faire entrer là-dedans ? Vous voulez vous moquer des filles, c'est ça ? Elles sont sous ma responsabilité.

— Kader, mon beau Kader, babille Blondie, on dirait que tu n'as jamais été étudiant.

— Ben non, j'ai jamais été étudiant, riposte le Soleil.

Ça leur cloue le bec deux secondes, mais aussitôt Blondie repart à l'assaut :

— Mais tu as été militaire, non ? Les soldats aussi, ils aiment l'humour potache. T'as jamais fait le lit des potes en portefeuille ?

— Si.

— T'as jamais mis un seau d'eau en équilibre sur une porte ?

— Ben si.

— T'as jamais fait entrer des filles en secret dans la caserne ?

— Euh, non.

(*Ouf.*)

— Bon, mais tu vois le principe. Ici, le mot d'ordre, c'est les paris et les blagues.

— Et l'alcool ! intervient Gab.

— L'alcool ?! disent Hakima et Astrid, horrifiées.

— Gab, arrête de les faire flipper, s'agace Coline. Bref. Ce matin, trois Gadz'Arts qui avaient lu l'article sur vous sur le site du *Progrès* ont appris que vous alliez vous arrêter à Cluny. Ils nous ont mis au défi de vous incruster ce soir au bal. Si on y arrive, on a droit à une caisse de bouteilles de champagne.

— Chacun, précise Blondie.

— Non, non, non ! pipe Hakima. Maman ne veut pas que j'aille dans les rave-parties. Hein, Kader ?

— Bien sûr, c'est hors de question..., marmonne le Soleil qui n'a plus du tout l'air si sûr que ça.

— Et qu'est-ce qu'on y gagnerait, nous ? demandé-je. On n'aime pas le champagne.

— Moi j'aime bien le champagne, murmure Astrid.

— *Qu'est-ce qu'on y gagnerait ?* rigole Gab. Elle demande ce qu'elle y gagnerait ! Mais – Mireille, c'est bien ça ? – mais voyons Mireille...

Il me pose une main sur l'épaule :
— Mais vous allez vous *éclater* !

***

En quelques minutes, le pick-up est transformé en cabine d'essayage par Coline, notre marraine la bonne fée, qui y charrie gaiement ses robes, ses brosses, son maquillage, ses aiguilles et ses bijoux.

Hakima entre la première, avec la mine de quelqu'un qui va se faire arracher les dents de sagesse sans anesthésie. Nous, pendant que le charme opère, on part en repérage avec Gab et Blondie de l'entrée du souterrain médiéval, marquée d'une chaise de jardin.

— Voilà la clef de la porte, dit Gab. Le souterrain débouche près de la bibliothèque. Tout le monde sait très bien qu'il est là, donc il y aura des gens à l'intérieur qui feront le guet près de l'embouchure. On les distraira avec des pétards. Dès que vous entendez les explosions, vous courez vous cacher sous les tentures rouges qui pendent à l'escalier. Ensuite, vous nous attendez. On viendra vous chercher.

Coline sort la tête à ce moment et appelle Astrid, qui retourne vers le pick-up. Moi :

— Mais... une fois à l'intérieur, on se fera repérer direct. On est beaucoup plus jeunes que tout le monde !

— Personne ne fera attention. On évitera juste les gardiens. Ne vous faites pas remarquer, et tout ira bien.

Réapparition de Coline, et c'est à mon tour.
Alors j'y vais.

Le pick-up est complètement transformé : le frigo sert de table à maquillage, des myriades d'aiguilles et d'épingles jonchent le sol. Ma robe attend, bleu tendre, drapée sur les pots de sauces de boudin.

— Allez, enfile-la vite.

— Elle est trop longue.

— Évidemment. On va la raccourcir... Il faudra se contenter d'épingles à nourrice, hein, ça va pas être du grand art. Mais ça passera.

— Et les chaussures ?

— Garde tes baskets, on ne les verra pas sous ta robe longue... Et puis, au cas où il faudrait courir...

Elle me fait un clin d'œil et s'occupe de mes cheveux, qui sont notoirement inintéressants : couleur rat musqué, plats, secs. En m'arrachant une bonne moitié du crâne, elle parvient à les ramasser sur le dessus pour y piquer des barrettes que je vois étinceler par dizaines entre ses doigts.

Elle me farde ensuite généreusement la tronche et va jusqu'à me peigner les cils (exercice dont je ne soupçonnais même pas l'existence).

— Finito ! Va retrouver tes copines...

— Elles sont où ?

— Aux toilettes du musée. Tu ne vas pas les reconnaître.

L'abbaye de Cluny, qui est aussi une école, est en effet également un musée, bien que toute visite soit impossible ce jour-ci pour cause de bal. La boutique, en revanche, est ouverte, ainsi que les toilettes attenantes.

Quelques touristes en tongs et en short m'observent avec intérêt. Un père déclare à sa gamine :

— Tu vois, c'est l'une des jeunes filles qui vont au bal ce soir.

— Mais non, Gaëtan, lui souffle sa femme, elle est beaucoup trop jeune pour être étudiante ici.

— C'est peut-être la copine d'un étudiant ! répond Gaëtan.

La *copine d'un étudiant*. Le brave homme considère donc qu'il est de l'ordre du possible que je sois la copine d'un étudiant ! Cœur battant et le visage enflammé, je me réfugie dans les toilettes où Hakima et Astrid, plantées devant une gigantesque glace qui va du sol au plafond, se mirent avec hébétude.

— Oh, c'est... commencé-je – mais, aussitôt, je perds mes mots.

Qui sont-elles ? Devant nous, dans l'immense miroir étincelant, nous toisent trois jeunes filles inconnues. Mais qui sont-elles ?

Une blonde vaporeuse, aux courbes généreuses, vêtue d'une élégante robe bustier jaune d'œuf qui s'harmonise à merveille avec son teint de rose. Astrid ? Astrid, c'est vraiment toi ?

Une petite brune mutine dont la robe à col bateau, parme, moirée, ondoie telle une anémone à chaque mouvement. Hakima ? Hakima, c'est toi ?

Et cette jeune fille fière, aux cheveux retenus par des barrettes diamantées, enrubannée dans sa robe bleu tendre plissée comme une toge, qui allonge ses jambes à l'infini et souligne sa jolie taille... c'est... Moi ? *Moi* !

...

MAIS NON, JE DÉCONNE !

On ressemble exactement à ce qu'on est : trois Boudins habillés de robes de bal synthétiques et maquillés comme des voitures volées. Astrid et moi ressemblons, en plus dodues, à Javotte et Anastasie dans la version Disney de *Cendrillon*. Hakima a l'air d'un petit pruneau en robe de jambon fumé.

On reste silencieuses un moment, et puis...

... et puis on n'y tient plus : on éclate de rire, on se plie de rire – un rire qui monte du fond de nos ventres grassouillets, qui secoue nos bijoux, nos cheveux et nos robes, qui nous force à nous adosser aux lavabos, un rire qui donne envie de faire pipi, un rire immense, libérateur, extatique, nouveau, grandiose – aussi immense, libérateur, extatique, nouveau et grandiose que le bal qui nous ouvre ses portes et aussitôt nous avale.

*
**

Blondie, Coline et Gab n'avaient pas menti : le bal est un ahurissement.

Accrochées l'une à l'autre comme trois canetons qui ont peur de se perdre, on passe de salle en salle, hypnotisées.

Chaque salle, nous explique Gab, a été décorée par une promo.

— Une promo, comme par exemple, « *promo sur les fruits et légumes* » ? demande Hakima.

— Non, une promo, c'est une année d'étudiants.

— Comme si chaque classe de 5$^e$ de Marie-Darrieussecq décorait une salle du collège, explique Astrid.

— Ah, d'accord. Déjà, on enlèverait tous les posters sur l'avortement, la drogue et l'alcool, parce que c'est déprimant, réfléchit Hakima à voix haute.

— Tenez, regardez ! Ça, c'est la promo de Gab ! dit fièrement Coline en nous faisant pénétrer, au détour d'une porte, dans une sorte d'enfer glacé.

— Le thème, c'était *Titanic*, explique Gab.

Des stalactites pendent au plafond – quelques-unes réelles, la plupart en plastique – et lâchent des gouttes d'eau sur notre tête. En guise de bar, un mur de glace ; et dans chaque crevasse, des bouteilles. En sono, un concert de vagues et de hurlements d'effroi fait marrer les flâneurs, qui essaient les gilets de sauvetage laissés à disposition. Des violonistes jouent des airs très tristes et on entend parfois des cornes de brume.

— C'est du meilleur goût ! fais-je remarquer.

— Toujours ! rigole Gab.

On s'installe dans une chaloupe aménagée avec sa petite table de bar.

— C'est moi qui ai fixé cette tablette, explique Gab. C'était un peu galère, j'ai même avalé un clou.

— T'as avalé un clou ?! s'étrangle Hakima. Mais tu vas mourir !

— Oh, je crois pas, dit Gab. J'ai mangé plein de coton après, ça devrait aller.

Hakima nous murmure :

— Maintenant, il a *deux fois* la quantité de fer qu'on est censé avoir dans le corps !

Coline revient avec deux verres de kir royal, pour elle et Gab, et trois cocktails sans alcool pour mes boudinettes et moi. Hakima sirote le sien avec l'air de soupçonner vaguement qu'on lui ait quand même refilé du poison. Elle grogne :

— Mais il est où, Kader ?

Pas de raison de s'inquiéter, apparemment : le Soleil débarque, en veste de costard impeccable, joyeusement poussé par Blondie, qui l'a fait entrer en disant, *C'est mon nouveau copain, je sais qu'il n'a pas de ticket mais enfin il est handicapé, vous allez bien le laisser entrer, non ?*

Il siffle en nous voyant :

— Ravissantes ! On dirait des actrices d'Hollywood. Mireille, ça te va très bien, cette coiffure.

— Oh ! Bof ! Pouh ! réponds-je, improvisant divers sons bizarres.

Ladite coiffure dégage mes oreilles, qu'on doit donc voir parfaitement virer au violacé.

Le Soleil décline le verre de kir royal que lui propose Blondie, et boit calmement son Coca pendant qu'elle vide son cocktail en quelques minutes.

— Tu t'es changé où, Kader ? demande Hakima.

— Oh, juste dans, enfin, juste là, dans une chambre.

— Dans la chambre de Blondie ?

Il boit son verre au lieu de répondre, avec un petit sourire que je voudrais pouvoir passer aux rayons X.

— Incroyable, cette fête…, dit-il, mi-amusé, mi-choqué. Vous faites ça tous les ans ?

— Tous les ans. Il faut bien célébrer la fin de l'année, avec tout ce qu'on a bossé !

Le Soleil hoche la tête, mais moi je sais ce qu'il pense ; il pense que chez eux, dans l'armée, on ne célèbre pas la fin de l'année avec des bals, alors qu'il y a eu encore quoi, cinquante, soixante soldats morts au Galéristan dernièrement, sans compter le bas de son corps à lui, et il pense aussi au fait que Barack Obamette, qui a promis juré craché que cette fois elle retirerait les troupes, préfère en fin de compte ne pas le faire « pour le moment », tout ça parce que le président américain ne serait pas content, *you understand*.

Je me demande si ça embête Klaus Von Strudel, que sa femme laisse mourir des tas d'hommes au Galéristan à cause du président américain ?…

Tiens, ça faisait longtemps que je n'avais pas pensé à Klaus.

On se promène, on change de salle et d'atmosphère – une jungle dans celle-ci, une plage dans celle-là, et couloir après couloir et salle après salle, on se sert généreusement en paëlla, en huîtres, en fromages, en gâteaux… et en alcool aussi. J'essaie une sangria, juste pour voir, dans la salle où on danse du flamenco. J'essaie une caipirinha, juste pour voir, dans la salle où on danse la salsa… On se balade encore, entre les crinolines (mais qui porte encore des crinolines ?) et les queues-de-pie (mais qui porte encore des queues-de-pie ?) et les uniformes de l'école.

Soudain, Blondie avise une grande salle décorée façon Versailles, où on joue des valses élégantes et...

— Kader, tu danses avec moi !
— Bien sûr que non.
— C'était pas une question...

Ah, en effet, apparemment il danse ; avec Blondie, il danse. On ne fait pas que jouer au basket paralympique, avec ce fauteuil roulant, semble-t-il : on peut aussi effectuer une manière de valse. Enfin, du moment qu'il y a une grande blonde à faire tournoyer, satellitaire, autour de son chariot astral...

— Astrid, Mireille... il danse. Il danse ! murmure Hakima. Il faudra absolument que je raconte ça à Jamal. Et à Maman. Et à Papa. Et aux cousins et aux cousines...

— OK, viens, on se tire.
— Pourquoi, Mireille ?
— J'ai envie d'aller voir la salle tout là-bas ! Elle a l'air terrible !

La salle tout là-bas qui a l'air terrible, et dans laquelle je me jette complètement au hasard, est une salle de karaoké, où un gros bonhomme tente de chanter un tube d'Avril Lavigne. On s'assoit et on applaudit bien fort – surtout moi, parce que les deux cocktails commencent à faire effet...

— On dit bravo à Jean-François ! lance l'animateur du karaoké.

Moi (sauf erreur) :
— Youhou ! Bravo Jean-François ! *[Sifflement.]*
— Mireille, t'es soûle ?

— Ça va pas, mythomane scandinave ? Soûle ? Et puis quoi encore. Jean-François, une autre ! Une autre !

Jean-François semble assez étonné de se faire alpaguer par la demi-sœur de Cendrillon, mais répond par un sourire niais. Ça y est, on s'est fait repérer.

— Oh, mais nous avons un trio là-bas ! déclare l'animateur. Elles vont bien nous chanter un petit quelque chose, non ? Les Spice Girls, par exemple ?

— HORS DE QUESTION, MON POTE!!! hurlé-je (il me semble). JE CHANTE PRESQUE AUSSI MAL QUE JEAN-FRANÇOIS !

— Moi je connais pas de chanson, chuchote Hakima.

— Hmmmmmm !... et toi, au milieu ? Tu nous chantes quelque chose ?

Il faut à Astrid environ deux siècles pour s'apercevoir qu'on s'adresse à elle.

— Qui, euh, moi ?

— *OUI, TOI* ! crie tout le monde (y compris moi, je crois).

— Ben, répond Astrid, chépa. Vous avez Indochine ?

— Elle demande si on a Indochine !!! rigole l'animateur. Mais bien sûr qu'on a Indochine, ma chérie ! Qu'est-ce qu'il te faut, comme morceau ?

— Mais... balbutie Astrid, mais... n'importe quoi...

— Alors c'est parti ! crie l'animateur. En scène, jeune fille !

— ALLEZ, ASTRID !!! vocifère quelqu'un qui se trouve être moi. TU VAS TOUT DÉCHIRER !!!

Elle s'avance, atteinte de la tremblante du mouton, d'immenses auréoles de sueur s'épanouissant sous ses aisselles.

— *AS-TRID ! AS-TRID !* scande la foule.

Ça y est, elle est en scène.

Terrifiée, pétrifiée.

Muette.

Viennent les toutes premières notes...

... et là, elle chope le micro.

— Tourne-toi vers l'écran, lui dit l'animateur. Sinon, tu verras pas les paroles.

Astrid, superbe :

— Je n'ai pas besoin de voir les paroles.

Le riff de départ, synthétique, électrisant.

N'ayant jamais écouté Indochine (ni de musique synthétique et électrisante), je ne sais pas à quoi m'attendre, ça y est, elle va ouvrir la bouche, elle va chanter, dans quatre, trois, deux...

— *É-ga-ré dans la vallée infernale, le héros s'appelle... Bob Morane !*

Je me tourne vers Hakima, elle écarquille les yeux, on se tourne vers les autres spectateurs et tous ont des têtes de poisson. Tandis que je me dis *Mais c'est quoi cette musique*, les autres rient, applaudissent et disent *Mais c'est qui cette gamine qui chante du Indochine, c'est qui cette gamine qui chante* si bien *du Indochine ? Elle envoie la gamine, t'as vu la gamine comme elle envoie ?*

Astrid sur scène dans le rôle de sa vie : voler la vedette au chanteur dont la photo est placardée partout partout sur les murs de sa chambre, et dans son agenda, et sur ses tee-shirts...

— *Bob Morane contre tout chacal... L'aventurier contre tout guerrier... yeah yeah !*

(Là, elle nous fait une montée vocale de folie.)

La foule est en transe.

Le moment est intense.

La chanson s'arrête beaucoup trop tôt.

— Mesdames et messieurs : Astrid !

— ASTRIIIIIIID ! hurlent les mesdames en robe longue et les messieurs en smoking.

— Hé ! crie quelqu'un. C'EST UNE DES BOUDINS !

Silence abrupt, rires perplexes. Un mec très éméché se hisse sur scène, se pète la gueule, se rattrape à la robe d'Astrid.

— Frédo, Croco ! hurle-t-il à l'adresse de ses deux potes. *Ils l'ont fait !* Blondie et Gab ! Ils ont fait entrer les Trois Boudins !

L'animateur, un peu dépassé, jette des coups d'œil à droite et à gauche.

— Quels boudins ?

— Les deux autres sont là-bas au fond ! Montez sur scène, les filles ! Venez ! Allez, soyez pas timides ! Putain, les mecs, on va devoir leur payer leurs caisses de champ', à Gab et Blondie !

Hors de question. Il est *hors de question* que je monte sur scène, décidé-je ; non, non, non, pas de ça chez nous. Cependant, je me dresse – fièrement – et m'avance tel un automate, traînant Hakima derrière moi. Et je me retrouve pendue au cou d'Astrid, à faire coucou à la foule en criant :

— ON DIT BRAVO QUI ? BRAVO QUI ?! BRAVO LES TROIS BOUDINS !!!

Flash, flash, flash. Je peux presque voir, dans cette pièce noire de monde et de téléphones portables, les écrans bleutés de Twitter et de Facebook. ***#3boudins au bal des Gadz'Arts !***

Oh, et, tiens, accourant vers nous – le gardien...

*
**

— Et merci encore, hein ! Merci ! Merci !
Coline, morte de rire :
— De rien, de rien ! Maintenant tirez-vous !
— Attends... les robes ! On va pas partir avec !
— Mais si, allez-y – vite !
— Hé, vous allez pas avoir des problèmes à cause de nous ?
— Barrez-vous, Mireille ! Allez, ouste !

Alors, sous la lune énorme, empêtrées dans nos robes de bal, on enfourche nos vélos et on se tire, tractant notre pick-up de boudins, précédées par un Soleil à l'allure un peu vacillante, bien tristounet d'avoir à quitter si vite un bal où il dansait si bien...

(À la porte de l'abbaye, pendant ce temps, les gardiens attendent Gab, Blondie et Coline hilares.)

La cloche sonne alors douze coups...

— Oh, le carrosse va redevenir citrouille ! Attention, un !... deux !...
— Mireille...
— C'est partiiiiiii ! En route pour Taizé !
— Mireille ?
— Oui, Hakima ?

— T'es bourrée !

— Bourrée d'énergie, tu veux dire ? Hé hé. Allez, on s'active – on doit arriver à Taizé avant la nuit !

— *C'est* la nuit.

— Avant, euh, 3 heures du matin, alors...

— Elle est bourrée, confirme Astrid. Mireille, si on s'arrêtait dormir au camping ?

— Mais non ! On a dit qu'on allait à Taizé ! Faut pas prendre de retard, OUH LÀ NOOON !

— Arrête de hurler, on va se faire arrêter pour tapage nocturne.

— Qu'est-ce que t'en dis, le Soleil ? Eh, le Sooooleil ! je te cause ! On va jusqu'à Taizé ?

Le Soleil, évidemment, ne comprend pas que je m'adresse à lui – toujours vêtu du costard de Gab, il se propulse tranquillement à dix mètres devant nous, sur la route déserte.

— Kader ! implore Hakima. Explique à Mireille qu'on est fatigués et qu'il faut s'arrêter.

— Mireille, dit le Soleil en rigolant, on est fatigués et il faut s'arrêter.

Alors on s'arrête, puisque c'est l'heure du coucher de Soleil.

Mais pas dans un camping, non – juste comme ça, dans une frange d'herbes douces qui borde un vignoble. On gare le pick-up, on déplie les tentes Quechua...

— Envole-toi, tente Quechua !

— T'es bourrée, Mireille.

— Mais noooon ! Regarde comme c'est beau quand elle retombe... On dirait une fleur...

— Mireille ?

— Oui, Astrid chérie adorée ? Tu veux rechanter une chanson, oh, dis que tu veux rechanter !

— Non. Va te coucher.

— OK. Tu dors avec Hakima et moi avec le Soleil alors. Je veux dire, avec Kader.

— Non. Hakima dort avec Kader. C'est normal, ils sont frère et sœur.

— C'est parfaitement *anormal*, tu veux dire ! Ôôô douleur infinie ! J'aurais dû dire prem's...

Je ne me souviens pas d'être entrée dans la tente, mais j'ai forcément réussi à le faire puisque je me réveille, le lendemain, dans la moiteur typique d'une tente de camping, l'héroïne du karaoké assoupie à mes côtés.

### *LeProgres.fr*, 9 juillet 20XX

#### LES « TROIS BOUDINS » SÈMENT LE BAZAR AU BAL DES GADZ'ARTS ?

Désormais connues sous le nom des « Trois Boudins », Astrid Blomvall, Hakima Idriss et Mireille Laplanche, ainsi que l'ancien soldat Kader Idriss dont elles sont accompagnées, auraient été aperçues au bal de l'école des Arts et Métiers, dans l'abbaye de Cluny, hier.

Selon certains invités de cette prestigieuse soirée, les adolescentes vêtues de robes de bal auraient participé à un karaoké et bu de l'alcool. Le bureau des élèves poursuit son enquête. Contactée, Mireille Laplanche nie fermement, et assure que les « Trois Boudins » sont actuellement en route pour Montceau-les-Mines, après une nuit passée à camper à proximité de Cluny.

H.V.

Vrais Boudins, ou imitations ? Afficher le diaporama des photos prises par les invités du bal de Cluny.

(— Mireille, vous êtes entrées illégalement au bal des Gadz'Arts ?
— Rhô, Maman... Toujours les grands mots...
— Tu as bu de l'alcool ?
— Si peu !
— Et où est passé mon manuscrit ?
— Quel manuscrit, Mamounette adorée ?
— Celui qui était dans le tiroir du bureau. *L'Être et l'étonnement.*
— Ah, il n'est plus là ? Ça doit être Philippe Dumont qui l'a pris... Je te laisse, Maman chérie, je n'ai bientôt plus de batterie, et puis là faut qu'on reparte, on est attendues à Montceau-les-Mines et je vais passer sous un tunn...)

# 16

Non, je n'ai pas du tout eu la gueule de bois ; même pas un petit mal de tête. Comme quoi, c'est rien que des conneries, ces histoires.

Je me suis réveillée avant les autres. Toute fripée dans ma robe de bal, la tête picorée par les barrettes, je me suis assise sur une pierre plate, j'ai observé les vignes et leurs moignons sales, leurs dizaines de grappes de raisins encore atrophiées. Je les devinais d'une acidité grimaçante. On ne dort jamais bien dans une tente, on a trop froid ou trop chaud, on se retient pendant des heures d'aller aux toilettes alors la vessie gonfle contre le sol dur et on se retrouve avec des maux de ventre au matin.

Pourtant, j'étais assez sereine ; reposée. Il était à peine 6 heures, j'avais dormi, donc, à peine six heures.

Je me suis changée rapidement derrière un arbre, je me suis vaguement démaquillée avec l'eau d'une bouteille qu'on avait remplie à Mâcon, et j'ai décroché mon vélo pour aller nous chercher un petit déjeuner. Entre les vignobles scintillait un hangar de ferme, et j'apercevais, pas plus grands que des puces, deux chiens qui sautillaient devant. Comme dans mes lectures d'enfance, j'envisageais le fermier grincheux retenant son gros berger allemand qui aboierait à ma vue, la fermière occupée mais au cœur d'or, qui nous vendrait six œufs dans un panier truffé de plumes et de fientes, un petit pot de lait, une miche de pain, et qui nous raconterait, peut-être, un peu sa vie...

— C'est pour quoi ? a demandé le fermier grincheux (plus jeune que dans mes lectures d'enfance, et sans chien ni moustache).

— Bonjour, monsieur. Je campe avec des amis là-bas, et je voudrais acheter des œufs, peut-être, ou du pain, du beurre, du lait...

Le fermier grincheux se gratte la tête. La fermière occupée mais au cœur d'or débarque alors (plus jeune elle aussi, et en Converse). Je répète ma requête.

— OK, si vous voulez, répond-elle. Enfin, on n'a pas d'œufs, je crois, mais... attendez-moi là.

Elle revient deux minutes plus tard avec du pain de mie tranché Harry's, un pot de Nutella, et une brique de lait Candia UHT.

— C'est tout ce que j'ai trouvé dans le placard.

Bon, donc c'était pas une ferme ; c'était un hangar à machines agricoles. Je choisis de taire ce détail au reste de la troupe, tandis qu'ils dévorent avidement les tartines de Nutella du fermier grincheux et de la fermière occupée mais au cœur d'or.

— On va toujours à Montceau-les-Mines, pour le déjeuner ? demande Astrid une fois repue.

— Oui. C'est à trois heures d'ici, maximum. Il faudra trouver un endroit pour recharger la batterie du frigo – elle doit être presque vide. Histoire d'éviter de refiler le choléra à nos clients.

— Mireille, t'étais vraiment soûle hier, ou tu faisais semblant ?

— Je faisais semblant, bien sûr, Hakima.

— Et toi Kader, t'étais vraiment amoureux de Blondie hier, ou tu faisais semblant ?

— On tombe pas amoureux en une seule soirée.

— Tu faisais bien semblant, en tout cas.

Et elle enfourne une autre tartine. Le Soleil, un sourire aux lèvres, se hisse dans son fauteuil et enfile ses mitaines. Malgré celles-ci, ses paumes sont couvertes de cloques, d'entailles et de croûtes.

— Il manque une machine à café dans votre pick-up.

— Me dis pas que tu as besoin d'énergie, Kader ? rigole Astrid. Vu comment tu dansais hier... Fais voir ? Non, ça a l'air d'être toujours du solide...

Elle lui *tâte le biceps*.

Je répète : Astrid *tâte le biceps* du Soleil.

Comme ça, pour blaguer.

Moi, alors qu'on monte en selle :

— Astrid, es-tu lesbienne ?

— Non. Enfin... je crois pas. Pourquoi ?

— Tu viens de tâter le biceps de Kader.

— Oui, pour blaguer. Et alors ?

— Et alors, ça ne t'a pas instantanément gélifiée, ce tâtage ? Ça ne t'a pas fait passer d'un état physique de la matière à l'autre ?
— Ben, non.
— Hé bien, CQFD, ainsi soit-il et *cogito ergo sum*.
— C'est-à-dire ?
— Tu es lesbienne.

Elle évalue en silence la validité de mon raisonnement tandis que l'on s'élance (« *Prêtes ? un, deux, trois...* ») derrière le Soleil qui ouvre la route.

La route est belle et lisse, fraîchement refaite, entre les champs. Dans le pick-up, outre les boudins, se trouvent nos robes roulées en boule, jolis souvenirs de la veille. Comme une idiote, j'ai mis toutes mes barrettes dans la poche de mon short et elles me picorent la cuisse à chaque coup de pédale. Mais ce n'est pas si grave : il y a une légère brise, le ciel est moucheté de nuages, la route est (pour le moment) plate. On a choisi d'éviter le Morvan, sachant qu'on risquait de morfler – on passera donc, demain et après-demain, par les bords de la Loire. Au cas où vous seriez incapable de situer tout ça, ne vous inquiétez pas – moi aussi. Je fais confiance à mon fidèle GPS.

Quelques voitures nous doublent, de temps à autre – et parfois des moissonneuses-batteuses, ou des petits camions. Ils nous contournent sans se presser, pas stressés. Je pense brusquement à l'arrivée à Paris, qui sera autrement plus angoissante... mais on a bien le temps de s'y préparer.

Soudain, après un virage, un gigantesque essaim d'oiseaux émerge d'un buisson comme une volée de fléchettes, s'élève dans les airs, retombe et remonte, disparaît dans un autre buisson qui les aspire...

C'est le bonheur parfait – jusqu'à ce qu'Hakima se mette à gémir :

— Je... Je suis désolée, les filles, je suis vraiment désolée, mais là vraiment j'ai très très mal au ventre, vraiment vraiment.

Astrid me jette un regard inquiet ; elle a sans doute peur que je ne décapite la petite Hakima d'un coup de pompe à vélo. Cependant, pour évaluer si ce sera nécessaire ou non, je demande d'abord :

— T'as mal comment, Hakima ?
— Comme hier, mais pire.
— Ah, t'avais mal, hier ? Pourquoi tu nous as rien dit ?
— Je voulais pas déranger...
— Ben t'es bête, on aurait pu t'acheter des médicaments à Cluny. Mais t'as mal comme si t'avais une diarrhée, par exemple ?

Dans ma vision périphérique, je vois son visage s'enflammer.

— Un peu, mais c'est plus bas... Je sais pas, c'est trop bizarre. J'ai jamais eu ça avant.

Et de re-gémir, encore pire. Le Soleil tourne la tête vers nous, semble vouloir dire quelque chose, puis se ravise. Je reprends :

— T'as pas intérêt à nous faire une appendicite, je te préviens ! On est au milieu de nulle part, là. Tu fais une péritonite, on te laisse dans un fossé.

— Arrête, Mireille, t'es pas drôle ! me gronde Astrid, sourcils froncés. Hakima, tu veux qu'on fasse une pause ?

— Nnnon... Je veux pas nous mettre en retard..., re-re-gémit Hakima.

Ce gémissement-là (le troisième, donc) me brise le cœur. Je suis comme ça, un petit être sensible, au fond.

— Mais bien sûr qu'on va faire une pause. T'inquiète. J'ai mon GPS qui indique un camping pas trop loin, près d'un étang. On va dévier un peu de notre route, s'installer là-bas, recharger les batteries du frigo, vendre nos boudins aux campeurs, et puis reprendre la route quand t'iras mieux. OK ?

— Mais Montceau-les-Mines...

— On n'ira pas à Montceau-les-Mines. On coupera, on ira directement vers l'est. La madame du GPS nous recalculera un itinéraire. Elle fait ça très bien. OK ?

Hakima murmure un OK dans lequel je devine un nez embourbé de pleurs et des yeux noyés de larmes. Je me souviens qu'elle n'était qu'en sixième l'année dernière, et j'ai une grosse envie de la serrer dans mes bras. Enfin, pas tout de suite – il reste encore vingt minutes de vélo jusqu'au camping.

— Tu crois que c'est l'appendicite avec péridurale ? me demande timidement Hakima.

— Péritonite. Mais non, voyons. Ça doit être une petite intoxication alimentaire. T'inquiète,

Hakima. On va pas te laisser dans un fossé. C'était une blague. Une blagounette. Allez, on arrive bientôt, et tu es dispensée de vente de boudins.

Tandis qu'on pédale, le Soleil se tourne vers moi, m'adresse un petit hochement de tête, et ses lèvres forment le mot *merci*.

*
**

*Camping de l'Étang du Rousset*\*\*

L'étang qui paraissait minus sur l'écran du GPS s'avère en fait très vaste, bordé d'arbres, de joncs et de familles en vadrouille, d'enfants cuits à point qui hurlent de rire en se coursant. Sur la surface lumineuse de l'étang, plate et verte comme un tesson de bouteille, glissent des barques de pêcheurs et les reflets des nuages au-dessus d'eux.

La patronne du camping, qui mâchonne un chewing-gum bleu-gris et porte un tee-shirt T<small>ITI</small> <small>ET</small> G<small>ROSMINET</small>, commence par nous faire la gueule lorsqu'on lui demande un emplacement juste pour quelques heures.

Et puis, truc dingue : elle nous reconnaît.

— Vous êtes les Boudins !

— Ah, vous lisez le site du *Progrès* ?

— Ben non. On a parlé de vous à la télé.

À la *télé* ?! Quelle chaîne ? La dame ne se souvient pas, elle zappe tout le temps. C'était soit BFM TV ou alors iTélé ou bien peut-être France 3 mais peut-être LCI, ou bien... En tout cas, c'était ce matin et il y avait des photos de nous trois partant de « Bourrenbresse ».

Je consulte mon portable pendant qu'Hakima va aux toilettes : sept appels en absence, dont deux d'Hélène Veyrat, un de ma mère, et quatre numéros inconnus.

Et six messages :

Hélène Veyrat : *Bonjour, Mireille. L'attention du public pour votre petite aventure semble décoller un peu, comme tu le sais sans doute. Je voulais juste, eh bien, m'assurer que j'avais toujours l'exclusivité de vos confidences à toutes les trois, hmmm ? Bon. Je suis prête à venir vous rejoindre en voiture, enfin si tu me dis où vous serez ce soir. Voilà voilà, rappelle-moi.*

Maman : *Mireille ! Vous êtes où ? Ça commence à bien faire, cette histoire. Rappelle-moi. N'accepte pas d'interviews. Les parents d'Hakima et Kader sont très inquiets. J'espère que la petite n'a pas lu les commentaires sous l'article de BFM.*

Voix timide : *Alors bonjour, mademoiselle Laplanche. Marc Porcher, de BFM TV... Je voudrais savoir s'il serait possible de vous interviewer lors de votre arrivée ce soir à Montceau-les-Mines... Veuillez me rappeler au...*

Voix fluette : *Bonjour mademoiselle Laplanche, mon nom est Alicia Piggott et je suis assistante journaliste pour iTélé, je voudrais savoir si vous seriez prête à répondre à quelques questions par téléphone le plus tôt possible aujourd'hui, mon numéro est le...*

Voix assurée : *Allô oui, Guillaume Legroin du Parisien. J'ai eu votre numéro par un collègue – je voudrais faire un article sur votre petit périple, là, donc il faudrait me rappeler au...*

Hélène Veyrat (bis) : *Oui Mireille, c'est Hélène. Je ne sais pas où vous êtes, mais je voudrais pouvoir vous parler, hein, oui, pour pouvoir continuer à mettre à jour votre histoire. On devrait passer à la version papier pour demain. Je voulais aussi vérifier que les confrères ou consœurs ne vous avaient pas tous, enfin qu'on ne vous avait pas contactée... bref, appelle-moi.*

Je raccroche.
— Waouh. Je sais pas ce qui s'est passé, mais d'un coup tout le monde s'intéresse à nous.
— Rhâ, ça capte pas ! maugrée Kader en tripotant son portable. Excusez-moi, madame, il y a du wifi ici ?
— Oui, vous vous connectez sur *etangrousset* et vous remplissez le formulaire avec numéro de code de carte bleue. C'est 5 euros de l'heure pour ceux qui ne passent pas la nuit au camping.

Kader lui décoche un sourire à fossette :
— Voilà ce que je vous propose, madame : vous nous donnez votre mot de passe personnel gratuitement, et on parle du camping de l'étang du Rousset à tous les journalistes qui nous poseront la question. En bien, évidemment.

La patronne, tout à son gonflage de bulle de chewing-gum, rougit violemment, toussote, rapatrie la bulle dans sa bouche, avant de murmurer :

— Euh... D'accord, alors – mais n'allez pas le réfiler à tout le monde. Le mot de passe, c'est, ahem, « *Jean-Claude en a une de 30 centimètres* », en petites lettres, sans accents, tout attaché, avec trente en chiffres.

Astrid :

— C'est qui, Jean-Claude ?

— C'est mon mari. Mais c'est pas vrai, hein ! Oh, là ! Non non, c'est juste le monsieur du wifi qui a dit qu'il fallait des lettres et des chiffres.

Le Soleil sifflote en détournant discrètement les yeux, puis tapote son écran. Pendant ce temps, Hakima resurgit, va parler à l'oreille d'Astrid d'une voix rapide et agitée, et les deux s'éloignent ensemble. Je bénis intérieurement Astrid de si bien faire l'infirmière ; je déteste vraiment trop les pleurnicheries. Il n'aura intérêt à ne pas chouiner à la moindre pousse de dents, Jacques-Aurélien, ou Philippe Dumont et ma mère peuvent courir pour que je m'occupe de lui.

En attendant le retour de l'infirme et de son infirmière, je me penche nonchalamment par-dessus l'épaule du Soleil pour regarder les nouvelles.

Une seule recherche des mots « Trois Boudins » dans *Actualités*, et on comprend le phénomène.

— Déjà douze articles, rien que ce matin, marmonne l'astre du jour. D'où c'est parti, tout ça ?

Ça, on ne sait pas, mais les articles disent à peu près tous la même chose : trois Boudins et un éclopé échappés de Bourg-en-Bresse sont en train de gagner Paris en vendant des boudins. Oui, mais ! En chemin ils ont aussi, paraît-il, « gate-crashé » le bal de Cluny. C'est tout ? Non, ce n'est pas tout. « *L'aventure de ces toutes jeunes filles semble intéresser les internautes, qui de groupe Facebook en compte Twitter s'interrogent sur ce convoi exceptionnel* », nous apprend *Libération*. Pourquoi ? Selon *Métro*, parce que « *Le road-trip de ces adolescentes qui ne ressemblent pas aux stars de la télé est une belle revanche sur l'ingratitude de l'adolescence* ». *Le Figaro* va plus loin : « *Dans une époque où le harcèlement à l'école et le culte de la beauté physique ont supplanté entraide et aspiration intellectuelle, les "Trois Boudins" auto-proclamées, dont l'objectif n'est pas encore connu, risquent de faire grosse impression.* »

De fil en aiguille, on comprend que c'est une influente blogueuse féministe, connue sous le pseudo de SIMONE DE GOUGES, qui a allumé l'étincelle ce matin avec un billet partagé par des centaines d'internautes. Elle nous trouve « exemplaires », « déjantées et dégourdies » et conclut son panégyrique d'un splendide : « *Encore une preuve, s'il en fallait après Malala Yousafzai, que les jeunes ados peuvent être pleines d'initiative.* » Elle conspue aussi Malo, « *petit caïd de la bourgeoisie de province, lamentable héritier des générations de machos persuadés qu'il est de leur droit de commenter, évaluer, classer les corps et les visages féminins qui traversent leur "territoire"* ».

— Hé ben dis donc, murmure le Soleil, si on s'était s'attendus à ça...

En effet. J'en suis rose de bonheur, et j'entends mon cœur dans mes tympans (il faut dire aussi que l'épaule gauche du Soleil est en contact direct avec mon avant-bras). Pour autant, pas question de prendre la grosse tête, oh que non, pas question. Je n'aspire pas à la célébrité, moi, juste à une petite vie tranquille, peut-être un ou deux prix Nobel, rien de plus.

Allez, disons aussi, à la reconnaissance par Klaus Von Strudel et ses aveux signés attestant du fait que non seulement il m'a lâchement abandonnée post-coïtum, mais qu'en plus ce n'est aucunement de son fait si je suis devenue Mireille Laplanche, grande intellectuelle du XXI$^e$ siècle.

Peut-être même que dans mon discours d'entrée à l'Académie française, je remercierai Philippe Dumont avec force émotion, tiens. Juste pour emmerder Klaus.

Avec un détachement splendide, je déclare :

— Oui oui, intéressant. Les journalistes s'emballent vite ! Bon, on va brancher la batterie du frigo ? Madame, si nos deux copines reviennent, vous pourrez leur dire qu'on est à notre emplacement ?

— Oui, d'accord. Et si des journalistes arrivent ?

— Les journalistes, ils savent pas où on est. On n'est pas censés être là.

La patronne, embêtée :

— Ah, mais si jamais j'avais, par exemple, envoyé un tweet avec écrit, par exemple, je sais pas...

**@campingrousset**
Les #3boudins s'installent au #camping de l'étang du #Rousset !!

*
** 

— Mireille, faut que je te parle.
— Une minute, Astrid. On est en pleine vente de boudins, là.
— Oui-mais-c'est-important-et-Hakima-veut-pas-que-son-frère-entende.
— Et avec ceci, madame, quelle sauce ?... Pas de problème ! Pourquoi, qu'est-ce qu'elle a Hakima ? Oh dis donc, tu sais que les gens font plein de compliments sur ta compote de pommes ?
— Mireille, sérieux, faut que je te parle.
— Attends trois secondes – pardon ?... Oui, monsieur, c'est végétarien donc c'est forcément casher... Ben oui, comme les falafels... Bien sûr, dans une poêle séparée ! Et on les stocke séparément, promis !
— Mireille !!! Hakima vient d'avoir ses règles.
— Elle avait pas calculé que ça tomberait maintenant ?
— Pour la *première fois*, espèce d'idiote...

*
**

Je trouve Hakima assise sur un banc, l'air profondément affligé, se tenant le ventre. On dirait qu'elle vient d'apprendre qu'elle ne pourra plus jamais boire de chocolat chaud de toute sa vie.

— Ben alors, Hakima ! C'est le grand jour ? Félicitations !
— Hmmmgnn.
— T'as pris un Advil ?
— Oui, Astrid m'en a donné un.
— T'as des tampons ?

Oups, boulette : à ces mots, ses yeux noirs comme des trous de serrure révèlent une antichambre cérébrale contenant toute la terreur du monde. J'y devine des guerres féroces avec des gens qui s'embrochent mutuellement sur des baïonnettes et des démons à la queue fourchue qui forcent de pauvres damnés à s'écraser les doigts sous de lourds rochers.

— Enfin, ou des serviettes.
— Oui... Astrid m'en a acheté au distributeur dans les toilettes.

Je m'assieds à côté d'elle :
— Pourquoi tu me l'as pas dit à moi, que t'avais tes règles ?
— Chépa. J'avais peur que tu dises, *Oh là là, elle me soûle celle-là, avec tous ses problèmes...*

J'amorce un éclat de rire – qui, il faut bien l'avouer, se termine en larmoiement contenu :
— Tain, je fais si peur que ça ?
Elle secoue la tête, sans conviction.
— Non... mais Astrid, je savais qu'elle n'allait pas me crier, tu vois ?...
— Me réprimander, Hakima. Ou me houspiller. Me gronder, à la rigueur. Me crier, c'est pas du transitif direct, tu vois, ça marche pas...
— Ça fait toujours mal comme ça ?
— La grammaire ? Oui, c'est très douloureux.

— Mais non, les règles.
— Les règles de grammaire ?
— Arrête de me moquer !
— Me moquer de toi, Hakima. Moquer aussi, c'est du transitif indirect.
— Mais *arrête* ! Voilà, tu vois, c'est pour ça que tu fais plus peur qu'Astrid.
— Peut-être, mais ça te fait sourire, apparemment.
— Oui, un peu...
— Allez, viens, on va se baigner – euh, enfin, non, pas toi, mais tu peux nous regarder.
— Je peux appeler ma mère sur ton téléphone pour lui dire ? Je veux pas que Kader le sache, tu promets que tu dis rien à Kader, OK ?
— OK. Promis juré. Je ne dirai rien.

*(Trois minutes plus tôt :*
*— Ma sœur a ses règles, c'est ça ?*
*— Comment tu sais ?*
*— Quand une fille dit qu'elle a mal au ventre, qu'elle va ensuite s'enfermer aux toilettes avec une autre fille plus grande pendant trois heures, et puis que les trois se disent des trucs en secret sur un ton de conspirateur...*
*— Oh, ça aurait très bien pu être un avortement discret.)*

# 17

On est repartis vers 14 heures, après une baignade dans l'étang du Rousset. Enfin, Astrid et moi on s'est baignées tandis que le Soleil est resté avec Hakima, pour l'occuper. Après s'être enfoncées dans l'étang vert, on a gaiement pataugé parmi les autres nageurs. On était comme deux sœurs, et j'ai oublié un instant mes complexes.

Cela... est un mensonge. En réalité, on s'est baignées très, très loin, pour ne pas exposer aux regards des autres baigneurs nos ventres flasques et roses, nos cuisses qui s'entendent beaucoup trop bien et nos fesses en forme de trapèze.

Ce n'est pas que je n'aime pas mon corps, hein ! C'est juste que je le déteste.

Du coin de l'œil, j'ai regardé Astrid et je me suis comparée. J'ai hoché la tête avec satisfaction en constatant qu'elle est décidément beaucoup plus grosse que moi – mais en même temps, elle a des seins qui tiennent debout au lieu de faire la sieste en permanence comme les miens.

Hé oui, que voulez-vous ? On ne peut pas toujours être joyeuse d'être un boudin. J'ai quinze ans et demi, quand même. Les filles, à mon âge, ne ressemblent pas à ça. La plupart ont plutôt l'air d'avoir été étirées par un appareil à guimauve comme Mike Teavee dans *Charlie et la chocolaterie*.

Quand on est sorties de l'eau, des mecs de notre âge nous ont hurlé qu'on ferait mieux d'y retourner vu que c'est notre environnement naturel. *Espèces de baleines, espèces de grosses otaries*.

Heureusement qu'ils ne nous ont pas reconnues ni prises en photo : le hashtag **#3boudinsenbikini** n'aura pas lieu.

— N'empêche, on a dû brûler pas mal de calories aujourd'hui, a murmuré Astrid.

— C'est pas pour ça qu'on fait ça ! ai-je aboyé à ma potentiellement superficielle Suédoise.

— Oh, je sais, je sais, on les emmerde. Je disais juste.

— C'est la beauté intérieure qui compte, ai-je dit en brandissant mon index, très occupée à calculer dans ma tête combien de calories on avait pu brûler.

Heureusement, je suis nulle en calcul.


On repart sans croiser les journalistes. Le Soleil nous annonce qu'il y a déjà deux groupes Facebook à notre nom. Les membres voudraient bien savoir où on est, qui on est, pourquoi on fait tout cela. Et apparemment, Montceau-les-Mines se prépare à nous recevoir.

Moi, dents serrées :

— Qu'est-ce qu'elle a, cette moto ? Pourquoi elle nous dépasse pas ?

Astrid, du coin de l'œil :

— On dirait qu'elle essaie de nous faire signe.

Hakima :

— C'est peut-être un policier ?

— Bon, on ralentit. Kader ! On ralentit !

Arrêt sur le bord de la route, en marge d'un champ de blé. Mais sous le casque, ce n'est pas un policier. C'est un journaliste.

— Audrey ! glapit le journaliste dans son téléphone. Ça y est, je les ai retrouvées ! Oui, oui, c'est bien elles. Vers Les Trouillards.

— C'est nous que vous traitez de trouillards ?

— Non, Astrid, c'est le nom du village voisin.

— Enchanté, annonce le journaliste en tentant vainement de nous serrer la main. Mathieu Cauchon, de *Ouest-France*...

— Désolé, coupe Kader, on ne répond pas aux interviews.

— Je vous parle pas à vous, je parle aux petites demoiselles.

— Je suis responsable des petites demoiselles.

Le journaliste hausse les épaules, puis cherche du regard celle qui a le plus de chances de s'appeler...

— Mireille Laplanche, c'est bien ça ? Vous êtes la porte-parole du groupe. Je peux vous poser quelques questions ? Quand comptez-vous arriver à Paris ?

— Jamais, si on se fait tout le temps arrêter sur la route par des journalistes. Allez, en selle, tout le monde !

On repart, mais ça n'empêche pas Cauchon de nous suivre sur la voie de gauche, se rangeant seulement pour laisser passer de rares voitures.

Résultat, une heure de pédalage dans la chaleur de l'après-midi avec un bonhomme qui pose des questions incessantes. *Et pourquoi vous allez à Paris ? Et que pensez-vous du buzz autour de votre initiative ? L'indulgence de la police envers vous est-elle justifiée ? Cherchez-vous à perdre du poids en faisant tous ces kilomètres à vélo, ou serait-ce seulement un effet secondaire bienvenu ?*

— Vous allez nous lâcher, oui ? C'est pas le Tour de France, ici. On essaie juste d'arriver à notre prochaine destination.

— Qui sera ?

Je pousse un profond soupir. Un coup d'œil au GPS :

— Gueugnon. Vous nous attendez là-bas ? Parce que franchement, vous rendez le voyage un peu difficile. Et puis ça va nous filer de l'asthme, votre pot d'échappement.

— Je vous attends là-bas avec un photographe ?

— Avec toute une équipe de télé, si ça vous amuse. Sur la place principale, d'ici deux heures, deux heures et demie.

— À tout à l'heure !

Et *vrooouuum !* la moto nous quitte, en trombe.

Ouf.

Enfin.

Ah, le silence !... Ah, le ruban tranquille, gris sombre, rôti par le soleil, de la route qui se déroule dans les creux entre les petits monts et les collines...

— On tourne à droite à la prochaine.

— À droite ? Mais il y a un écriteau qui dit que Gueugnon, c'est à gauche !

— Justement, Hakima.

Et quelques heures plus tard, alors qu'Hakima recommence à avoir mal au ventre, et qu'Astrid commence à se plaindre d'élancements dans le dos, et que le Soleil lui-même fait allusion à quelque douleur des mains (ah ! Soleil ! comme je les soignerais, ces mains, comme je les baignerais d'onguents et de baumes précieux si tu me laissais faire – et si cette simple pensée ne suffisait à m'embraser !)...

... alors, soudain, éclate devant nous un château de contes de fées.

*
\*\*

On a laissé le pick-up et les vélos au pied de l'allée.

— Mais c'est quoi, ce truc ?
— Le château de Longuemort, d'après le GPS.
— De *Longuemort* ? frémit Hakima. Ouh là. On s'en va, alors !

Le Soleil rigole, et recueille sur ses genoux – enfin, sur ce qui lui en tient lieu – sa petite sœur épuisée par le pédalage et la puberté.

Astrid a perdu sa langue. Elle contemple le château, apparu au détour d'un arbre. En haut, il empile joyeusement des tourelles rondes et des balcons fins. En bas, il s'appuie contre une sorte de forteresse moyenâgeuse, épaisse et rouge. Comme une jeune fille avec des pieds de gros mec poilu.

— Le château de Longuemort n'est pas ouvert aux visites.

Contrairement à ce qu'on pourrait croire, ce n'est pas une chèvre qui vient de bêler ces mots-là, mais une très vieille personne (homme ou femme ? qui sait !) en train de pousser une brouette de fleurs.

— On veut pas le visiter, votre château, riposte Astrid.

Le vieil individu s'offusque (et j'aperçois des boucles d'oreilles sous ses quelques cheveux gris ; ce serait donc, peut-être, une femme ?) :

— Hum, vous avez tort. Les jardins et l'intérieur sont splendides.

— Vous venez de nous dire qu'on ne pouvait pas le visiter, et maintenant vous nous dites qu'on a tort de ne pas vouloir le faire ?

— Oh, je voulais que vous ayez conscience de ce que vous ratez.

Sympathique. La – disons – vieille dame ouvre une porte en fer, ouvragée, qui donne sur des jardins. La perspective est en effet somptueuse : une pelouse verte comme un plumage de perroquet, des arbres harcelés par les oiseaux, et derrière, les bosquets et les pots en pierre d'un jardin à la française, bordant les murs blancs du château.

Avant de fermer la porte, la vieille nous dévisage :

— Qu'est-ce que vous faites là à cette heure, de toute façon ?

— On est en train de relier Bourg-en-Bresse à Paris, à vélo, j'explique. Les Trois Boudins. Vous n'en avez pas entendu parler ?

Tiens, un petit haussement de sourcils. Elle doit regarder la télé, comme tous les vieux.

— Allez savoir pourquoi, ça passionne les journalistes. Et nous, on veut les éviter. Donc on a débouché dans ce coin-là. On va chercher un endroit où dîner et puis repartir. On lui voulait rien de mal, à votre château, on le regardait juste.

La vieille semble réfléchir, puis elle grogne :

— Ce n'est pas *mon* château, je suis juste la gardienne. Bon, vous n'avez qu'à venir dîner chez moi. Les propriétaires ne sont pas là, de toute façon.

— Oh, c'est gentil mais non, on ne cherchait pas du tout à se faire inviter...

— Non, venez donc. (*Son visage s'éclaire.*) Ça me fera plaisir.

On la suit donc, à travers la petite porte qui mène aux jardins du château de Longuemort.

— Vous êtes sûrs que c'est prudent ? nous demande faiblement Hakima. Il ne faut pas aller avec des gens qu'on ne connaît pas...

— Tu crois que c'est une sorcière ? C'est vrai qu'elle a un nez crochu...

— Arrête de me moquer, Mireille !

On se tait en longeant des douves d'une profondeur vertigineuse, matelassées d'une herbe que le soir commence à assombrir. Le château, dans la lumière basse, est blanc comme une endive, contrastant avec les meurtrières noires, insondables. Le jardin, semé de parterres de fleurs, de pelouses bien peignées et de buissons taillés au coupe-ongles, résonne du bourdonnement des abeilles, qui se cognent aux roses et sucent en plein vol les toutes petites fleurs blanches en forme de trompette dont je ne connais pas le nom.

— Il y a vraiment des gens qui vivent ici ? s'étonne Kader.

— Pas souvent. La famille vient et repart. Le reste du temps, ce sont les gens qui y travaillent et organisent les visites.

La vieille dame s'appelle Adrienne et, nous explique-t-elle sans avoir l'air de penser que c'est surprenant, elle a près de quatre-vingt-quinze ans. Elle a presque toujours vécu ici, sauf quand elle était jeune... (*Elle sort sa clef pour ouvrir la porte de sa petite maison, attenante au château.*) Elle fête justement ce soir la naissance à Tokyo de sa première arrière-petite-nièce. Son petit-neveu a épousé une Japonaise (fait étrange, semble croire Adrienne, mais « elles ont toujours été son type »). L'arrière-petite-fille aura donc sans doute les yeux bridés, mais bon, ce n'est pas bien grave : de nos jours, on en voit de toutes les couleurs, des gens. Elle s'appelle Lola, deuxième prénom Kimiko. Donc vous voyez, autant qu'elle célèbre ça avec nous, avec quelqu'un, cette nouvelle naissance. Non, elle n'a jamais eu d'enfants, pourtant elle aurait bien aimé.

— Je vis toute seule ici depuis que mes deux sœurs sont mortes, l'une il y a dix ans et l'autre l'année dernière.

L'intérieur de la maison ressemble à n'importe quel petit pavillon de province appartenant à une personne âgée : napperons en crochet, vagues odeurs mêlant pot-pourri et fond de poubelle, photos ternies sur les meubles de bois sombre. Je m'arrête devant l'une d'elles, qui représente trois dames d'une soixantaine d'années, bien habillées, souriant devant le château.

— Mes sœurs et moi, dit Adrienne.

Elle accroche sa clef à un petit clou en forme de fleur et nous invite à nous mettre à l'aise (difficile pour le Soleil, dont le fauteuil roulant est un peu trop grand pour passer entre les guéridons, les chaises et les cartons vides).

On s'installe comme on peut sur le canapé autour d'un chien pelé qui prend toute la place.

Et *plop* ! la bouteille...

— Champagne ! s'écrie Adrienne en nous apportant cinq coupes.

— Merci, madame, mais ma sœur et moi, on ne boit pas, dit rapidement le Soleil.

— Même pas un jus de quelque chose ?

— Si vous avez un jus de quelque chose, pourquoi pas.

Elle trouve un jus de quelque chose dans un placard, puis nous sert à Astrid et à moi une coupe de champagne chacune.

— Astrid, chuchoté-je à ma blonde amie, si une fois totalement soûle tu te mets à nous raconter tes fantasmes les plus intimes, je te promets de n'en noter que la moitié.

— Et toi, si tu montes sur la table pour nous montrer ta culotte, je te promets de n'en prendre que trois photos, pas plus.

— Tchin !

Astrid, nous le savions déjà, a un petit faible pour le champagne. Moi, je ne suis pas encore habituée au goût un peu trop franc, un peu trop frais, et aux bulles fines comme des épingles, retorses et insincères en comparaison des gros trous d'air qui dézinguent la langue dans un bon vieux Perrier.

— À Lola ! annonce le Soleil en levant son verre.

— À Lola, approuve la vieille dame. Dites, vous pourriez regarder sur mon machin qu'ils m'ont acheté, la tablette, là, voir s'ils m'ont envoyé des photos ?

Le Soleil lui montre son arrière-petite-nièce mi-japonaise sous les trente-sept coutures des photos prises par les heureux parents.

— Vous la trouvez très bridée, vous ?

— Mais non, la « rassure » le Soleil.

— Je ne sais pas pourquoi il a tellement voulu partir au Japon, celui-là. C'était son truc. Il a trouvé une Japonaise là-bas. Remarquez, elle est très gentille. C'est comme vous deux *(à l'adresse du Soleil et d'Hakima)*, vous êtes très gentils. Malgré le fait que... que...

— Qu'on ne boive pas de champagne ?

— Voilà. Mais c'est bien, ça en laisse plus aux autres.

On aide Adrienne à préparer le dîner du soir : un plat de tagliatelles aux courgettes du jardin, des steaks hachés surgelés, une salade du jardin qu'il faut consciencieusement épiler de ses limaces, et des tomates cerise pas du jardin. Astrid court chercher quelques boudins pour lui faire goûter, en guise de remerciement.

Pendant ce temps, on lui raconte notre vie, notre parcours, les raisons de notre odyssée. Elle trouve ça compliqué et angoissant.

— Ça, c'est la société, de nos jours... Moi, je préfère mon jardin et le calme du château. C'est ça que j'aime ici – c'est isolé, et tranquille, et ancien. Le château n'a pas bougé depuis la Renaissance. Il ne bougera pas. Le jardin, il faut juste s'en occuper pour qu'il reste le même d'une année sur l'autre. Ça, c'est bien, c'est durable.

Astrid revient et fait cuire les boudins d'une main experte, dans l'huile frémissante d'une poêle au revêtement un peu mité.

— Pourtant, vous-même, vous avez bien dû bouger un jour ou l'autre, remarqué-je en apportant sur la table la bouteille de champagne entamée. Vous nous avez dit que vous n'étiez pas née ici.

— Ah, médite la vieille Adrienne, ah oui, mais ça... Ce n'était pas pareil.

On mange calmement, autour de la grande table en acajou, avec l'argenterie noircie des trois sœurs. Je sens que j'ai effleuré un sujet délicat – potentiellement intéressant, mais délicat. Après une autre coupe de champagne, j'embraie :

— Vous avez passé votre enfance où, vous et vos sœurs ?

— Notre enfance ? (Elle prend une gorgée, elle aussi, et un gros bout de pain dont l'ingestion fait saillir la peau fripée de sa gorge.) À Nevers, à quelques heures de voiture d'ici.

— Nevers ? On est censés y aller demain. Vous y retournez souvent ?

193

Elle secoue la tête. Jamais. Elle n'y est plus retournée depuis ses seize ans.

— C'était quand ?

— Quand je suis partie ? En 1945. Avec mes sœurs.

Astrid pousse un sifflement pour exprimer que ça fait tellement loin qu'on y vivait probablement en noir et blanc ; la ville, depuis, a dû changer radicalement et sans doute que si la vieille dame y retournait, elle n'y retrouverait rien. Par exemple, elle se souvient sûrement de forêts, de prés et de petits jardins, et maintenant ce doit être un entassement d'immeubles, de parkings et de supermarchés. Adrienne semble partager son opinion :

— Je n'ai jamais eu envie d'y retourner.

— Vous êtes partie pourquoi, si jeune ?

Il faut du temps à notre hôtesse pour répondre à cette question. Le temps de couper trois tranches de fromage (reblochon, morbier, cabécou), et de reboire une gorgée de champagne pour la route.

— Pour ma sœur Marguerite, c'est pour elle qu'on est parties toutes les trois.

On pioche dans un bol quelques fraises du jardin, on attend l'histoire. L'histoire arrive.

— Elle avait quinze ans, j'en avais seize et notre grande sœur, Lucile, avait dix-huit ans. On était aussi naïves que les oiseaux. On avait de grandes ambitions : on voulait vivre ensemble toute notre vie, voyager et travailler. On ne pensait même pas à se marier, on se disait que quand la guerre serait finie – parce qu'évidemment, en ce temps-là, c'était la guerre, Nevers était occupée –, on irait en Amérique pour y ouvrir un magasin.

— Visiblement, dit Astrid, ce n'est pas ce qui s'est passé.

(Astrid, retourneuse de couteau dans la plaie professionnelle.)

— Non, répond Adrienne. Marguerite est tombée amoureuse d'un homme qui était dans le village. Elle le retrouvait dans la forêt et dans la campagne, presque tous les jours. Ils étaient très, euh, bons amis.

— C'était un résistant ou un collabo ? demande Hakima.

— Hakima ! souffle le Soleil.

— Ni l'un ni l'autre, murmure la vieille dame.

— On n'était pas seulement résistant ou seulement collabo, Hakima..., explique Astrid d'un ton docte. C'est une vision manichéenne.

— Mais on a appris à l'école...

— Oui, mais en cinquième, ils vous disent des trucs simples pour pas vous bousculer. En seconde, tu verras, tu referas la guerre en cours d'histoire et tu verras que c'était *tout en nuances*. C'est ça que veut dire Madame Adrienne : il n'était ni collabo ni résistant, il vivait, c'est tout, voilà.

En fait, pas voilà du tout... mais le Soleil a mieux compris :

— Le bon ami de votre sœur, il n'était pas français ?...

— Non, répond Adrienne, il n'était pas français.

— Il était quoi ? demande Hakima.

Le Soleil fronce les sourcils et murmure quelque chose dans l'oreille de sa sœur.

— D'ailleurs on connaît pas d'Allemands, nous ? demande Hakima, et elle réfléchit. Non, on connaît pas d'Allemands.

Moi, j'en connais un. C'est lui qui ne me connaît pas.

— Et alors, ça faisait quoi qu'il soit allemand ?
— À ton avis, Hakima ? C'était la guerre entre la France et l'Allemagne.
— Ah, d'accord. Ils auraient dû se tuer l'un l'autre, et au lieu de ça ils sortaient ensemble. Mais en même temps, si tout le monde avait fait ça, y aurait plus eu la guerre. Comme le reportage qu'on a vu où il y a les Juifs et les Palestiniens, là, ils vivent ensemble et ils mangent ensemble au lieu que les Juifs tuent les Palestiniens tout le temps.

Le Soleil toussote, *Bon Hakima, Astrid a raison, c'est pas si simple ces histoires (– Mais t'avais dit que les Palestiniens ils se font tout le temps tuer par les J... – Hakima, s'il te plaît).* Adrienne hoche la tête, mais elle a l'air de trouver que si, finalement, c'était si simple. Ça voulait juste dire que sa petite sœur ne pourrait jamais épouser son amoureux. Elle reprend :

— Une dizaine de jours plus tard, Nevers a été bombardée.
— Par les Allemands, tente Hakima.
— Non, par les Alliés.
— Qui ça ?
— Les alliés de la France.
— Hein ? Mais pourquoi ?

(On atteint les limites du programme de la cinquième, là.)

— Parce qu'ils cherchaient à libérer la France. Mais le bombardement a tué beaucoup de civils. Enfin, quelques mois plus tard, Nevers a été libérée.

— Par les Alliés ?

— Oui, par les Alliés.

(Hakima : sourire de satisfaction d'avoir compris cette étape-là.)

— Et bien sûr, reprend Adrienne, ils ont fusillé tous ces gens dans les rues.

— Des... Allemands ?

— Entre autres, mais aussi des Français qui avaient collaboré avec les Allemands – ou qu'on avait soupçonnés de l'avoir fait. Ils ont fusillé l'ami de Marguerite.

— Oh non ! dit Hakima. J'en étais sûre. Je me doutais que c'était une histoire triste. Heureusement, elle, ils l'ont pas fusillée, vu qu'elle est sur la photo là-bas où elle est vieille !

— Non, on ne fusillait pas les femmes comme ça.

Mais le Soleil sait, Astrid sait, et moi aussi je sais ce qu'on faisait au lieu de les fusiller.

— Les femmes qui couchaient avec les Allemands, on les tondait, murmure Adrienne. Ensuite ils l'ont exposée devant tout le monde.

Elle vide ses queues de fraise et ses croûtes de fromage dans une autre assiette, finit la bouteille de champagne, un fond sans beaucoup de bulles.

— Et comme ils nous soupçonnaient aussi un peu, Lucile et moi, ils nous ont fait la même chose.

— Hein ! Mais c'est pas juste ! s'exclame Hakima, qui est décidément un public très captif. Vous, vous aviez rien fait !

— Hakima, gronde le Soleil, c'était pas juste même pour celles qui avaient « fait » quelque chose.

Adrienne hoche la tête.

— On s'est retrouvées maigres, chauves et honteuses. Dès qu'on sortait, on se faisait insulter. Des gens qu'on connaissait à peine nous disaient les pires horreurs. La honte, tout le temps. C'était pas facile, vous savez.

— Oui, dit Astrid un peu vivement. On sait.

Elle a raison ; ce n'est pas la même chose, mais on sait.

— On s'est enfermées sous terre, dans la cave de nos parents, le temps que nos cheveux repoussent. Ce n'était pas si terrible, on jouait à des jeux ensemble. On est devenues encore plus proches qu'avant.

— Bonne stratégie, dis-je. L'union fait la force.

— Un an plus tard, on est ressorties. Mais on nous reconnaissait quand même, et on nous insultait toujours. Il a fallu qu'on parte.

— En Amérique ?

— Non, ici. Une tante nous a dit que le château de Longuemort cherchait un couple de gardiens. À la place, on leur a proposé un trio de sœurs, très bien sous tous rapports. Ils ont dit oui. On s'est installées et on est restées.

— Depuis quatre-vingts ans ?

— Oui. Finalement, on a travaillé ensemble, comme on avait toujours voulu.

Elle s'enfonce dans sa chaise et contemple le lustre au plafond, paisible.

— Mais pas dans le monde réel, murmure Astrid la délicate. Vous vous êtes retirées du monde.

— Oh, le monde réel, pour ce qu'il nous proposait... Ce n'est pas facile de se remettre des injures, des humiliations. Ni de se remettre d'une guerre. On a envie de se cacher sous son lit et de ne plus jamais en ressortir, vous voyez ?

— Très bien, dit doucement Kader.

— Vous quatre, j'ai entendu votre histoire à la télévision, vous savez ? finit la vieille dame. Elle m'a touchée.

Elle a prononcé ces derniers mots avec beaucoup de retenue, comme si elle refusait un peu d'admettre que quelque chose puisse la toucher.

Plus tard, avant qu'on aille se coucher – elle nous a proposé les lits de ses sœurs, mais ce serait bizarre, on va plutôt retourner dans nos tentes –, je m'approche d'elle pour lui dire vivement, la voix un peu tremblante :

— Adrienne, votre... votre petite sœur... Vous pensez, vous pensez que c'était lui qui l'avait manipulée ? L'Allemand, je veux dire ? Vous pensez, vous pensez qu'il la subjuguait, vu qu'il était fort et puissant et tout, qu'il pouvait lui obtenir des rations... qu'il était dans le camp des dominateurs ?

— Oh, non. Elle était amoureuse de lui. Il n'y avait rien de mal à ça. Il était très gentil.

— Mais dans certains cas, il y a des hommes qui profitent des positions de pouvoir.

— Bien sûr, ça arrive. Ça arrive.

Je pense à une jeune fille de Nevers se jetant dans les bras de son amoureux allemand dans un champ, en noir et blanc tout ça, vu que c'était il y a si longtemps. L'Allemand a été fusillé, donc. Il gisait dans son sang qui coulait des trous de son uniforme. Le sang est noir, en noir et blanc.

En même temps, ils n'avaient pas le droit.

Il y a des fois où on n'a pas le droit de finir dans le même lit, et puis c'est tout.

Par exemple, disons, quand un professeur couche avec son élève, il peut être puni par la loi française.

Sauf que comme me l'a rappelé maintes fois Maman, elle avait vingt-cinq ans. À vingt-cinq ans, on est responsable de ses actes. *Ce n'est pas éthique de sortir avec ses élèves*, je lui ai dit. – *Certes, mais ce n'est pas illégal, Mademoiselle je-sais-tout.* – *C'est pas éthique, c'est pathétique*, je lui ai répondu. – *C'est peut-être pas éthique, c'est peut-être pathétique, mais tu ne serais pas née, Mireille, si je n'avais pas pris la décision d'oublier l'éthique à ce moment-là.*

En choisissant de devenir une petite prof en province, Maman n'a pas perdu son temps, je le sais maintenant : elle a *pris* son temps. Elle a pris son temps pour composer une réponse à Klaus.

*L'Être et l'étonnement : Pour une philosophie de l'inattendu.* Je l'ai lu. Il y est question de s'opposer à Klaus. Klaus affirme que le propre de l'être humain, c'est de planifier et de cartographier.

L'être humain fait des programmes, des plannings, des cartes, des prévisions. L'être humain, c'est celui qui sait qu'il y aura un demain et qu'il faut le prévoir, le préparer, le prophétiser.

Patricia Laplanche, ma mère, pense le contraire. Elle pense que le propre de l'être humain, c'est qu'il se délecte de l'étonnement, de l'imprévu, du nouveau. L'être humain planifie et cartographie, certes – mais ce n'est pas ce qui le rend humain. Au contraire, ça, c'est son côté animal. L'animal aussi planifie. L'abeille sculpte des alvéoles hexagonales, le chat calcule la trajectoire de sa patte vers le papillon qu'il veut attraper (sauf Babyboule, qui est nul en chasse aux papillons). Mais l'être humain, lui, est proprement humain au contraire parce qu'il tire de la nouveauté et de l'inattendu de tout cet ordre. L'art, les émotions et la vie sont ce qui arrive quand les prévisions, les programmes et les prédictions échouent.

Un préservatif de Klaus qui pète, et l'inattendu arrive : un inattendu petit boudin ; moi.

Est-ce que Maman est partie pour Bourg-en-Bresse pour fuir le monde réel ? Elle n'a jamais révélé à Klaus qu'elle était enceinte de lui. Ils avaient déjà « arrêté de se voir » quand elle s'en est rendu compte. C'était presque trop tard pour avorter : elle avait cru pendant plusieurs semaines qu'elle était juste un peu malade, avant d'apprendre qu'elle m'attendait. Elle a décidé de me garder... pourquoi ? En souvenir ? Non : parce qu'elle se sentait d'attaque. C'est la seule explication qu'elle m'ait jamais donnée : *Je sais pas,*

*Mireille, écoute, arrête de me harceler. Je me sentais d'attaque, c'est tout.*

— À mon avis, t'as fait le mauvais choix. Rétrospectivement, je veux dire. Vu le résultat, franchement, moi, je me serais avortée.

— Mon Dieu, ma fille, comme il me tarde que tu cesses de te complaire systématiquement dans des pensées morbides. Ou au moins que tu assumes et que tu t'habilles en gothique.

— Mais tu te rends compte, quand même ? J'aurais pu, j'aurais *dû* ne pas exister ! Ça me donne le vertige.

— Et à moi donc. Tous ces après-midi de calme et de tranquillité que j'aurais pu avoir…

— Ne l'écoute pas, Mireille, interjette Philippe Dumont, on se serait ennuyés sans toi.

## Extrait du *Progrès* de l'Ain, 10 juillet 20XX

### Les « Trois Boudins » seront ce soir à Nevers

En exclusivité pour *Le Progrès*, Mireille Laplanche, porte-parole des « Trois Boudins », a annoncé que les trois jeunes filles et leur désormais célèbre camion ambulant de boudins seront ce midi dans la petite commune de Cercy-la-Tour dans la Nièvre, et en début de soirée à Nevers.

Attendues hier soir à Gueugnon, Mireille Laplanche, Astrid Blomvall et Hakima Idriss n'avaient finalement pas pu s'y rendre et ont passé la nuit aux abords du château de Longuemort. « Nous sommes un peu en retard sur notre itinéraire prévu, a confié Laplanche, mais nous comptons toujours être à Paris le 14 juillet au matin. » Le périple des trois jeunes filles fait l'objet d'un engouement inattendu de la part des blogueurs et utilisateurs de réseaux sociaux, tandis que les trois amies, qui se revendiquent comme « Boudins », restent évasives quant à ce qu'elles souhaitent accomplir une fois à Paris le jour de la fête nationale, alimentant les spéculations des internautes.

H.V.

Les « Trois Boudins » cherchent-elles seulement à attirer l'attention, ou ont-elles une bonne raison de « monter sur Paris » ? Entrez dans le débat sur Le Progrès.fr

*Jeunesse narcissique ! Jeunesse reality TV ! Jeunesse moi-je moi-je ! Ne donnons pas à ces pauvres jeunes filles l'attention qu'elles recherchent. C'est un faux idole que la célébrité !*
**GillesCoeurclos**

*Je m'étonne que personne ne remette en question : (1) le fait que ces très jeunes demoiselles vendent du boudin, en d'autres termes travaillent ; ont-elles une licence et la formation nécessaire ? et (2) que personne ne s'interroge sur les potentiels risques que constitue un voyage si long et ardu. Étant toutes trois très obèses il est possible que le cœur lâche. En laissant tout faire aux enfants on finit par les mettre en danger et nous aussi !*
**UnParentInquiet**

Moi je dis elle veulent mettre une bombe au Champs-Elysées !!! Elles disent qu'elles ont du boudins dans leur picup mais qui est aller vérifier. ? Les terroristes utilise des enfants de cette âge-là depuis longtemps. La naiveté des pouvoirs publiques est touchante de naiveté !!! *MarieFrance75*

Trop cheum *igor2005*

# 18

— Bon, les boudinettes – et Kader –, on ne traîne pas, aujourd'hui. On s'est mis en retard. Il faut absolument qu'on arrive sur les quais de la Loire ce soir. Ça va être une dure journée. Plus dure que prévu.

Non, pas « plus dure que prévu » : pire.

— Vous avez entendu qu'il va y avoir des intempéries ? nous a prévenus Adrienne après le petit déjeuner pris sur l'herbe, devant nos tentes piquées dans le jardin du domaine.

— Oh, la météo ne nous ferait pas ce coup-là ! ai-je répondu en mordant gaiement dans ma tartine. Il a fait tellement beau !

— Oui, mais c'est toujours comme ça que ça se passe, est intervenue Astrid pleine d'une assurance toute managériale. Tu crois qu'il fait beau, tu plantes tes graines, tu arroses, les pousses commencent à émerger de la terre, et hop ! tempête de grêle. La moitié de ta récolte est fusillée. Ça arrive tout le temps dans *Farmer IV*.

— Oui, pour les détraqués comme toi qui aiment se prendre la tête. Dans la vraie vie, quand un ciel est bleu canard comme ça dès 7 heures du matin, il va faire beau toute la journée.

Flash-forward une heure et dix minutes plus tard...

... et on se noie.

Pas sous un rideau de pluie agaçant qui blanchit un peu le paysage et clapote sous les roues du vélo, oh non. L'impression a été celle, abasourdissante au détour d'un virage, de crever soudain la surface d'une gigantesque bulle d'eau. *Tout* au sol est gris-vert, et le plafond de nuages, couleur charbon, pelucheux comme le ventre de Babyboule, est si bas que la cime des plus grands arbres a l'air de le chatouiller. Entre ciel et terre, il est difficile de savoir si l'eau chute ou s'élève – de temps à autre, des nids-de-poule se transforment en mares boueuses, qu'il faut contourner. Le crâne, les épaules et les bras du Soleil, devant moi, ruissellent d'une eau qui paraît huileuse. *Son tee-shirt doit être totalement collé à son torse musclé*, me dis-je, bien que cette idée ne m'intéresse certes pas le moins du monde.

Nous sommes trempées ; des éponges de mer. Les cheveux d'Hakima, d'ordinaire si moussus, sont aplatis sur son front.

— On avance à deux à l'heure, se plaint-elle.
— Au moins on avance.

Et finalement, on sort de la bulle d'eau. Le paysage réapparaît, l'énorme plafond noir se transforme en un morcellement de nuages gris sombre comme des chatons chartreux, qui s'écartent dédaigneusement les uns des autres. Le soleil un peu pâlot s'affiche à nouveau derrière des nuages fuligineux. On continue bravement – on ne s'arrête qu'une seule fois, dans un petit village, pour aller rapidement aux toilettes...

(Les toilettes du village sont à la turque, le système est cassé, il y a un gigantesque cône de merde entre les deux emplacements pour les pieds, autour duquel le bruit des mouches est tel qu'on dirait qu'elles aboient. On décide plutôt d'aller dans la nature.)

(Comme prévu, le tee-shirt du Soleil colle à son torse. C'est ballot.)

(Zut, mon tee-shirt colle aussi à mon torse, et à mon ventre, et à tous les replis que comporte ce dernier.)

On repart.

À 13 heures, quarante-cinq minutes plus tard que prévu, on arrive dans la petite commune de Cercy-la-Tour, sur le pont fleuri qui traverse, nous annonce une plaque noire, l'Aron.

— Tiens, dit Astrid, je pensais que c'était un tout petit bled mais il doit y avoir un truc genre fête foraine. Regardez le monde qu'il y a sur le pont...

Beaucoup de monde, en effet. Des forains ? Des pèlerins sur la route de Compostelle ? Une rave-party locale ? Ah, ils portent une bannière. C'est pratique. Elle est bleue, blanche et rouge et elle dit :

*BIENVENUE AUX TROIS BOUDINS !*

*
**

On nous installe sur le bord de l'Aron, on nous apporte...

— Oh non, pas encore du champagne !?

Et du Coca et de la limonade et des jus de fruits, des boîtes de chocolats, du pain, des fleurs et des frites. Il y a là le maire de la commune et ceux d'une demi-douzaine de communes voisines, il y a là les enfants de l'école qui ne sont pas encore partis en vacances, il y a là tous les habitants de Cercy et aussi plein des alentours...

... mais aussi, évidemment, des journalistes, qui ont fait le déplacement depuis...

— Montceau-les-Mines ! On vous attendait hier soir, mesdemoiselles !

— Nevers. Je suis reporter radio pour la chaîne locale...

— Un petit entretien pour *Ouest-France* ? Je suis venue de Nantes ce matin...

— Et nous de Paris, alors vous vous rendez compte ! Quelques questions, mademoiselle Laplanche...

— Avez-vous contracté une clause d'exclusivité avec *Le Progrès* ?

— Qu'allez-vous faire dans la capitale le 14 juillet ?

— Excellent, votre boudin !

— Que disent vos parents de cet étrange périple ?

— MESSIEURS, MESDAMES ! tonne brusquement le maire. Laissez ces jeunes filles un peu tranquilles !

À vrai dire, ces jeunes filles se délectent de l'attention qu'on leur octroie. Astrid sert des cuillerées de sauce comme une cantinière professionnelle ; Hakima prend les commandes, sautille de-ci, de-là pour attraper les assiettes en carton et les couverts en plastique – et moi, je surveille les boudins qui crépitent gentiment.

Puis on se donne l'autorisation de manger, nous aussi, sur le bord de la rivière.

On veut nous faire goûter de tout, et tout est délicieux. Même ce Coca dans un gobelet en plastique, il est délicieux. Cette tranche de pain beurrée est délicieuse. Ce saucisson sec aux noisettes, ces petits poissons de rivière passés au barbecue, ces gigantesques salades de lentilles, tomates, carottes râpées, graines de tournesol, énergiquement remuées ; cette huile d'olive – oh mon Dieu, à la truffe ! – servie juste comme ça, là, sur une déchirure de pain complet, et ces étincelants yaourts ensanglantés de jus de framboise, des baquets de chocolats et de pralines qui scintillent, commençant déjà à fondre...

— Vous êtes sûre que vous ne voulez pas une coupe de champagne ?

— Non merci, vous savez, on a encore de la route...

— C'est nous qui étions censés vous nourrir, pas l'inverse ! proteste Astrid, la bouche pleine de tartine de tapenade.

— Ça nous fait tellement plaisir !

Autour de nous, il y a aussi les geeks – un petit groupe de nos nouveaux fans. L'un d'entre eux dit connaître le créateur de la page Facebook

« *Mais où sont donc les Trois Boudins ?* », qui cherche à cartographier notre parcours. Les autres participent ardemment à la Quête, et décortiquent le comment du pourquoi de notre si fascinant périple. Ils sont une grosse douzaine, regroupés dans un coin, entre vingt et quarante ans, pas très à leur aise.

— Je ne vous cache pas qu'on se pose des questions, nous annonce un jeune mec au regard fuyant. Moi, je me demande si vous allez prévenir la présidente de la République au sujet des poulets de Bresse.

— Au sujet des poulets de Bresse ?

— Oui. *(Il baisse le ton.)* Dès que j'ai su que vous étiez de Bourg-en-Bresse, j'ai compris. Les rayons gamma dans les poulets de Bresse. Danger sanitaire. Les poulets irradiés. Cancers du consommateur. Vous êtes au courant et vous voulez aller le dire à la Présidente.

— Quels rayons gamma ? Quels cancers ?

— On se comprend, dit le mec bizarre. On se comprend.

Il nous tapote le dos en nous murmurant qu'on est courageuses.

Ensuite, on signe des autographes.

Je répète : on *signe des autographes*.

— Mais j'ai pas de signature, moi ! panique Hakima. J'ai jamais eu de signature !

Ils nous font signer, surtout, des articles de journaux – c'est là qu'on se rend compte de la démesure. Huit journaux différents, au moins, parlent de nous. *Aujourd'hui en France* nous consacre sa une.

— Berk, c'est la photo la plus hideuse du monde ! commente Astrid. Toi, encore, ça va, Mireille, tu regardes vers le bas.

Nous quatre, vus de face, sur la route : d'abord le Soleil, divinement beau, en plein élan, un Ben-Hur contemporain ; les Trois Boudins derrière, dont les efforts ne sont pas aussi gracieux.

— Mais qui a pris cette photo ? Comment ça se fait qu'on ne les ait pas vus ?

D'après le crédit, c'est un certain René Latruy. Quant à l'article, il est... étonnamment précis. Ils savent que ma mère est prof de philo à Bourg. Ils savent qu'Astrid est à moitié suédoise. Ils savent – oh, tiens, intéressant – que Kader Idriss est au cœur d'une enquête menée sur l'Armée française...

D'ailleurs, le Soleil attire l'attention, aujourd'hui, des journalistes les plus perspicaces.

— Monsieur Idriss, il y a beaucoup de spéculations vous concernant. Certaines personnes avancent l'idée que les « Trois Boudins » ne seraient qu'une diversion, et que vous seriez réellement au centre de cette épopée. Avez-vous pour but de semer le désordre dans le défilé militaire du 14-Juillet afin de faire valoir vos droits ?

Le Soleil, hautain et lumineux :

— Je suis ici pour accompagner ma petite sœur et veiller sur elle et ses amies. C'est aussi l'occasion pour moi de me lancer un défi physique afin de m'adapter à mon nouveau corps. Je n'ai pas du tout l'intention de faire quoi que ce soit qui entache l'honneur de l'Armée française, dont je ferais encore partie si cela ne tenait qu'à moi. C'est tout, merci.

On se remet en selle repues, avec une forte envie de sieste.

— On se concentre. Il nous reste de la route. Beaucoup de route.

Les motos de journalistes nous collent. Une voiture de geeks nous suit à distance (je prie pour que ce ne soit pas le fanatique de l'irradiation du poulet de Bresse). Il fait encore beau mais la pluie menace...

— J'ai mal au ventre, dit Hakima. C'est comme s'il y avait des cailloux qui descendaient en bas de mon ventre. Et qui griffent et qui rayent mon ventre à l'intérieur.

— C'est des caillots, j'explique. Des gros bouts de sang coagulé.

— J'ai envie de pleurer, dit Hakima.

— Ça fait très mal, dit Astrid, je sais que ça fait très mal, on compatit, Hakima... ça fait très mal. Tu as repris un Advil ?

— Non, parce que je ne veux pas m'habituer sinon ça ne marchera plus.

— Mais si, voyons, c'est pas comme les antibiotiques !

— T'es sûre ?

— Sûre, moi j'en prends depuis des années, j'ai eu la puberté précoce.

— T'as eu la puberté précoce, Astrid ?

— Oui, à huit ans et demi.

— Putain huit ans et demi !

— Oui, j'avais déjà des seins des hanches des règles... c'était horrible, je pouvais pas aller à la piscine.

— Ouh là, mais c'est horrible, ma pauvre Astrid !

— Oui, c'était horrible, j'écoutais Indochine en boucle, je m'enfermais dans ma chambre. Tu sais, Hakima, tu devrais prendre de l'Advil, toute ta vie tu prendras de l'Advil à cause des règles, des maux de tête, on a presque toujours mal quelque part, c'est très chiant d'être une meuf.

Et le Soleil, gentleman, fait semblant de ne pas écouter.

La route est tellement, tellement, tellement longue...

... mais on arrive enfin à Nevers, sous une pluie fraîche et fine, éreintées, épuisées, drainées, et on a, évidemment, un comité d'accueil qui nous attend, je vais vomir, je vais mourir, bonjour messieurs-dames, qu'est-ce que vous voulez comme boudin ? Non, non, les interviews, on y répondra plus tard, madame. Laissez-nous vendre nos boudins d'abord.

# 19

À Nevers, la nuit est froide et Astrid ronfle.

Malgré l'épuisement, je ne dors pas. Je fixe, au-dessus de moi, le toit de la tente et son sommet d'où pendouillent deux bouts de ficelle (à quoi ça sert, ce truc ?), juste à l'entrecroisement du X des baleines. La lueur de la lune, ou plus vraisemblablement d'un lampadaire, diapre le tissu d'un voile blanchâtre. Des dizaines de petits moustiques et, de temps à autre, un papillon de nuit maladroit culbutent en ombres chinoises sur la toile.

Silencieusement, je me glisse hors de la tente. Le camping est plongé dans l'obscurité, mais il n'est que minuit et certaines tentes sont toujours allumées, grosses lanternes orientales posées sur la pelouse noire. On distingue les silhouettes de ceux qui n'y dorment pas, dont un couple qui me semble en pleins ébats, il faut être un peu exhibitionniste pour faire ça, ou alors vraiment ne pas se rendre compte qu'on voit tout à travers, le nez retroussé et la bouche à moitié ouverte de la fille qui est assise sur le mec. Je me demande avec curiosité si ça ne fait pas mal aux genoux, quand même, cette position ? Évidemment, ça doit dépendre du temps que ça dure, mais imagine, franchement, l'état des rotules, c'est pas hyper agré...

— Ça va, Mireille ?

Je me retourne en sursaut, et le Soleil est là, dans son char, sur le chemin de graviers qui mène au bâtiment central du camping, le visage illuminé d'en bas par la lumière blanche de son iPhone. Cet audacieux éclairage en contre-plongée lui donne un air épuisé, presque moribond.

— Tiens, salut, Kader, oui, nickel, parfait, absolument bien !

— Tu as l'air... perplexe.

— Non, non, je me demandais juste un truc au sujet d'une chose...

— Je peux t'aider ?

— Oh là ! Non, certainement pas. Ce n'est absolument pas du tout important. Ça concerne... *(SOS. Dire quelque chose qui ne concerne aucune position sexuelle.)* Ça concerne la petite ficelle qui pendouille en haut de la tente. Ça sert à quoi, en fait, ce truc-là ?

— À suspendre une lampe tempête, par exemple.

— Ah mais oui ! Bien sûr ! *(Je me frappe le front avec force.)* Ça me travaillait. Tu dors pas ?

— Non, j'allais juste faire un tour.

Je m'approche de lui (il fait noir, je peux donc risquer des rougissements inopinés ; du moment qu'il ne détecte pas la température de cuisson de mes oreilles, tout va bien). Furtivement, je note que sa respiration est courte, encombrée.

— Et, euh, tu vas faire un tour en plein milieu de la nuit ?

Il amorce une marche avant, et je remarque qu'il pousse une sorte de geignement.

— Oui, pourquoi ? Quel est le problème ?
— Rien.
— À demain alors. Bonne nuit.

Il redémarre, soupire profondément, s'essuie le front. Son téléphone illumine, autour de son cou, un collier de gouttes de transpiration. Je m'accroupis en face de lui pour mieux voir son visage, qui se révèle cireux et creusé comme la lune.

— Ça va, Kader ?
— Ça va. Mais toi, tu vas... attraper froid. Bonne nuit.

Il me grattouille la tête, comme si j'étais son chat ou sa fille (je me rappelle subitement que je ne me suis pas lavé les cheveux depuis deux jours et songe avec horreur au gras de mon cuir chevelu s'empilant en ce moment même sous ses ongles). Son fauteuil roulant s'éloigne de quelques mètres, quelque chose en tombe, il ne l'a pas remarqué – il continue à se traîner le long du chemin. Je l'appelle :

— Eh, Kader, t'as laissé tomber ta... ta trousse de toilette.

Il se retourne vers moi et son regard – deux disques blancs dans une véritable mare de transpiration – me fait un peu chanceler. Je balbutie :

— Tu vas prendre une douche ? Je viens avec toi, si ça te dit.

Oui. Bien. Alors donc je viens de proposer au Soleil de prendre une douche avec lui. J'éclate d'un large rire :

— Enfin, pas pour prendre une douche aussi, hein ! J'ai déjà pris ma douche. Je vais pas en prendre deux dans la même soirée ! Ça serait totalement ridicule et un gâchis d'eau alors que pendant ce temps-là, les ours polaires meurent par milliers.

*(Ma vieille, si tu continues à parler de cette voix de stentor, il est fort possible que tout le camping se réveille.)*

— Seulement, je pourrais... t'aider, si besoin. Je me boucherai les yeux et les oreilles.

Ça le fait marrer, et grincer des dents, et grogner un peu, et je me demande si le Soleil sous la lune ne va pas brusquement se changer en loup-garou musclé, jusqu'à ce qu'il réponde enfin :

— OK. Merci.

Et là vous savez, c'est l'un de ces moments où notre existence, qu'on a jusque-là un peu laissée vagabonder, se télescope brutalement à l'intérieur d'elle-même en un claquement élastique. La réalité me hurle aux oreilles : *Il veut que je l'aide*. Il veut que je pousse son fauteuil le long du chemin vers le bâtiment principal du camping, énorme pavé moche enrubanné de moucherons.

Les néons de la salle des douches s'allument dans un grésillement quand on entre, et la lumière fauve éveille la faune qui s'y abrite. De petites limaces escaladent les murs. De gigantesques moustiques, maladroits comme des pantins, se heurtent aux robinets et vont mourir dans des flaques de savon. Il y a un hérisson dans une des douches. Un *hérisson*.

Règle n° 1 du camping : personne ne se douche en plein milieu de la nuit. Ce n'est pas l'heure des humains.

Dans la lumière glissante reflétée par d'immenses miroirs sales, j'observe mon reflet en train de pousser le char du Soleil. On a l'air tous les deux flétris, pâteux.

— Tu aurais dû y aller plus tôt, non ?

— Je préfère quand il n'y a – *gnn* – pas de gens – autour.

— Tain, Kader, t'es sûr que ça va ?

— Oui-oui – tu peux me garer dans la douche du fond, s'il te plaît ?

C'est la douche pour handicapés. J'ouvre la porte et pousse le fauteuil juste à côté du mur blanchâtre, strié de savonneux dégueulis. D'un seul élan brusque, le Soleil se déboîte de son char – attrape la rampe – s'assied sur le petit tabouret, et retire son tee-shirt. J'ai tout de même eu le temps de remarquer ses triceps qui se contractent, ses abdos qui jouent aux dominos et ses pectoraux en carapace de tortue, mais dans ce décor, entre ces carreaux blêmes et au-dessus de cette bonde pelucheuse de cheveux, il n'y a finalement rien de grisant dans cet étalage de muscles.

En une seconde, il a retiré son pantalon. Non, pas retiré – arraché. Pas la peine de fermer les yeux, Mireille, il porte un slip. Tu as déjà vu des mecs en slip à la piscine. Pas la peine de fermer les yeux.

Les mecs à la piscine, en revanche, avaient des jambes et pas des moignons.

La tête baissée, Kader émet des sifflements hachés de jurons contenus, comme quelqu'un qui vient de se brûler.

— Ça va, Kader ?

Je suis officiellement la machine à dire *Ça va Kader. Savakader ? Savakader ?* Les bras ballants, je le regarde souffler et geindre. Il me vient à l'esprit toutes sortes de choses qui n'ont pas leur place dans cette salle de douches, comme un remake de la chanson bien connue *Cadet Rousselle a trois maisons*, ce qui donne ça : « *Kaderousselle a deux moignons, Kaderousselle a deux moignons ; Qui sont tout rouges et tout marron, qui sont tout rouges et tout marron.* »

Car c'est la vérité. Sa jambe gauche a été amputée bien au-dessus du genou, la droite juste au-dessus, et les deux extrémités rondes, couleur de bois et de flamme, semblent brûler de l'intérieur.

— Ça va, Kader ? *(Bordel.)* Qu'est-ce qui t'arrive ?

— C'est normal. Passe-moi ma trousse de toilette, s'il te plaît.

Je lui passe sa trousse. Puis, machinalement, je prends la pomme de douche et j'allume le robinet. Je la teste pour qu'elle soit juste tiède, et je commence à arroser le Soleil pendant qu'il se savonne. Kader est pâle et tremblant. Avec la concentration disciplinée d'une petite fille qui s'applique sur ses devoirs, je m'efforce d'éteindre les flammes. Le tuyau qui serpente jusqu'à la pomme de douche pisse des petits jets aux deux jointures.

— C'est bon, tu peux arrêter, siffle Kader entre ses dents. Passe... la serviette.

Il s'essuie longuement, gardant pour la fin ses deux moignons incandescents, qu'il tamponne avec beaucoup de douceur. Enfin il se redresse, ébroue sa tête encore mouillée, et sort de sa trousse un tube de crème.

— C'est la transpiration, dit-il d'une voix presque revenue à la normale. Et les frottements. La peau n'est pas pareille qu'ailleurs, à ce niveau-là, ça fait souvent des inflammations. Des trucs, des eczémas, des merdes comme ça. Idéalement, il faut – *(Là, il se tait pour se passer de la crème sur la jambe gauche)* – il faut faire ça tous les jours, mais ces jours-ci c'est pire, à cause de la transpiration.

Une fois la crème étalée, laissant ses moignons roses et luisants comme des jambonneaux, il les saupoudre avec une boîte de poudre blanche qui vient docilement neiger sur sa peau tendue. C'est alors que je trouve une nouvelle réplique révolutionnaire pour remplacer le *Ça va, Kader ?* :

— Ça va mieux, Kader ?

— Hmm. Il y a un tee-shirt propre dans mon sac et mon bas de pyjama.

Je les lui tends, je l'aide à enfiler la tête et les bras. Voilà, il est propre et chaud et sent le savon doux, comme un grand bébé costaud. Il retrouve son fauteuil roulant, et j'enroule les doigts autour des poignées.

— T'aurais pu, enfin, t'aurais pu nous le dire, on aurait pu t'aider.

— C'est bon, je le fais tout seul normalement. C'est juste qu'au camping, je préfère quand y a personne autour.

— Oh, je comprends. Comme moi quand je me baigne, je préfère qu'il n'y ait personne autour. Sauf que toi ça va, c'est pas choquant.

— Mais... toi non plus ! s'esclaffe-t-il.

Il fait parfaitement bien semblant de ne pas comprendre ce que j'ai voulu dire, et cela me confirme ce que je savais déjà : c'est un très gentil garçon.

— T'as fait ça tout seul jusqu'à maintenant ?

— Ben non, pas le premier soir, vu qu'on n'était pas au camping. Hier, la salle de bains d'Adrienne était galère, il y avait des espèces de boîtes de pot-pourri sur les bords de la baignoire.

— Ah oui, j'ai vu ça ! C'était chelou, ces trucs. Et l'éponge de mer fossilisée, là, sur le côté gauche, t'as vu ?

— Aaaah, c'était une éponge de mer, ce truc qui m'a piqué le cul ? J'ai cru que c'était un coussin et en fait c'était putain de dur.

— Tu m'étonnes : c'était un squelette !

— Ils sont fous, ces vieux.

Sur ce joyeux bavardage, on repart vers notre tente.

— Merci, hein, dit le Soleil.

— Oh, ben je t'en prie.

— Je sais que c'est glauque.

— C'est pas glauque, c'est la nature.

— Non. C'est la médecine. Si c'était la nature, je serais mort.

Il n'y a pas de place dans la nature pour un amputé.

À mon tour de lui ébouriffer les cheveux – ce soir, j'ose tout. Ils sont fins, mouillés et collants comme de petites algues. *T'inquiète pas, Soleil*, pensé-je, *il y a de la place dans mon cœur pour un amputé*. Au lieu de ça, je lui dis :

— Quand même, t'as de beaux restes.

Et ça le fait rire.

On s'approche de nos tentes... et je remarque au loin, à peine visible dans l'obscurité du camping, une silhouette qui s'approche de nos affaires.

— Regarde, quelqu'un s'intéresse à notre pick-up.

— Ça doit être un fan, il veut le prendre en photo.

— Au milieu de la nuit ? Il est un peu con, le mec.

Petit carré de lumière : *le mec* se penche sur nos vélos.

— Ah, non, il regarde la marque de nos vélos. Il va être déçu, le pauvre, s'il s'attend à des trucs chers...

*Le pauvre* reste là un bout de temps. Il est loin, et on ne voit pas bien ce qu'il fabrique. Dans le ciel brun sombre, des chauves-souris piaillent, se chamaillent.

— Je vais lui demander ce qu'il veut, lance le Soleil.

On se rapproche lentement.

— Tu sais, Kader, à mon avis, il a dû entendre dire qu'on était dans ce camping, et...

C'est quoi, ce bruit ?

Pas les chauves-souris, ni les cigales, ni les ronflements qui s'échappent des tentes, non. Plutôt le bruit d'un ballon qui se dégonfle lentement.

Ou d'un pneu.

— Merde, qu'est-ce que... ?

Le mec nous a repérés – il se relève, part en courant. Panique au camping ! Comme dans un film d'horreur, je vois – promis, juré – l'éclat de la lune se réfléchir dans sa lame de couteau.

Le Soleil est déjà à plusieurs mètres devant moi, son fauteuil roulant bondissant sur les bosses du terrain, zigzaguant entre les tentes, à la poursuite de l'ombre qui sprinte vers la sortie du camping.

En attendant, je me penche sur les vélos...

Oh, merde.

Ce connard nous a crevé cinq pneus sur six, et il a coupé tous les câbles des freins.

Ce connard, m'apprend le Soleil quand il revient enfin, furibard, a sauté par-dessus la barrière du camping, et si seulement il avait eu des jambes, putain, si seulement il avait pu le suivre...

— Mais c'était qui ?

— À ton avis ? Je l'ai clairement vu dans la lumière du lampadaire près de l'entrée. Facile à reconnaître, avec sa coupe de cheveux à la con. C'était le mec qui a organisé votre concours de Boudins.

### Extrait du *Progrès*,
### 11 juillet 20XX

#### Exclusif : Les « Trois Boudins »
#### victimes d'un sabotage

Mireille Laplanche, porte-parole du groupe des désormais célèbres « Trois Boudins », confie en exclusivité au *Progrès* que leur équipée risque de prendre un peu de retard. Ce matin, les trois jeunes filles ont en effet retrouvé leurs vélos crevés et les câbles de freins sectionnés, dans ce qui semble être un acte de vandalisme. Trois réparateurs de cycles à Nevers se sont portés volontaires pour aider gracieusement les jeunes filles. Le camping où les adolescentes dormaient est en train d'analyser les films de leurs caméras de surveillance.

« Nous serons à Paris le 14 juillet », affirme cependant Mireille, qui avait prévu une marge de temps suffisante pour que ce genre d'avarie puisse être prise en compte.

H.V.

**@simonedegouges**
Soutien aux #3boudins victimes d'un sabotage cette nuit au camping de Nevers !
Retweeté par 291 personnes

**@zarabelle**
Faut être bien con pour faire ça à ces jeunes filles #pauvre-france #justice

**@campingnevers**
Excuses les plus profondes aux #3boudins. Intrusion rarissime ! sécurité du camping exemplaire 1/2

**@campingnevers**
La nuit des #3boudins leur a été offerte et l'enquête aura lieu au plus vite 2/2

**@mairiedeparis**
La mairesse de Paris Élise Michon exprime son soutien aux #3boudins et leur souhaite bon vent vers #Paris.
Retweeté par 3 021 personnes

# 20

*« Ode à Gaston, Zoltan et Philou,
réparateurs de cycles à Nevers. »*

Par Mireille Laplanche
(poète d'urgence).

Vous n'avez pas juste changé nos pneus,
Doux et gentils réparateurs !
Vous les avez remplacés par des mieux,
Pour que l'on file à 100 à l'heure.
Vous n'avez pas juste changé nos freins,
Avec amour du bel ouvrage ;
Vous avez créé à partir de rien
Un beau système d'accrochage
Et vous avez aussi changé nos selles,
Hommes bons et pleins de vertu,
Et la route sera beaucoup plus belle,
Nous aurons bien moins mal au –


— Non, là, Mireille, c'est pas très fin. Déjà que ce poème est d'une débilité profonde...

— Dis donc, j'aimerais t'y voir, mademoiselle *Kitchen Rush* ! J'ai pas entendu dire que t'étais la reine du management de l'alexandrin.

— Je sais même pas pourquoi tu leur envoies un poème, c'est con comme idée.

— C'est le seul moyen de les remercier du fond du cœur.

— On leur a déjà offert plein de boudins !

— Ma chère Astrid, contrairement à toi peut-être, je n'ai pas un boudin dans le fond du cœur. Bon, alors dis-moi ce que tu penses de ça :

Voilà, le cœur et le pick-up légers
Nous vous avons quitté à grand regret,
Et jamais, non, au grand jamais, *never*,
Nous n'oublierons nos amis de Nevers.

— « Never », ça ne rime pas avec « Nevers ».

— Tu ne comprends rien à l'art poétique, ce qui est normal quand on est fan d'Indochine. Tiens, hop ! un timbre et dans la boîte.

— Ça y est, c'est fini ? s'impatiente Hakima, restée sur le vélo.

— Oui, oui, on arrive !

À présent nos fesses rebondissent joyeusement sur des selles remplies d'un molleton de gel. Nos pneus, crantés et épais, hurlent de rire quand ils rencontrent cailloux, nids-de-poule ou dénivelés. Joie !

Et surtout, le nouveau système d'accrochage du pick-up donne l'impression, rétrospectivement, qu'on s'était coltiné jusque-là un camion de livraison. Gaston, Zoltan et Philou nous ont conçu de toutes pièces un harnais sur mesure, qui (nous ont-ils expliqué) distribue de manière égale nos forces de traction sur l'ensemble du pick-up. L'engin répond donc à nos moindres mouvements. En outre, coup de génie de Zoltan, j'ai également accès à un frein relié au pick-up – il sera donc dorénavant possible de ne pas risquer l'écrasement total à chaque fois qu'on décide de s'arrêter.

— Allô, Hélène ? C'est Mireille... Vous ne m'entendez pas bien ? Normal, je suis en kit mains-libres sur le vélo, là... C'était juste pour vous donner des nouvelles. Tout va bien, on est mille fois mieux comme ça. Vous pouvez le mettre en gros sur le site du *Progrès* : l'individu qui nous a fait ce coup a raté son attentat terroriste. Oui, oui, on va beaucoup plus vite. On pense arriver à Sancerre vers 14 heures. *A priori*, on va rattraper notre retard. Écrivez bien ça, hein ? *Le malveillant personnage ne brûlera pas seulement en enfer, il peut aussi se dire qu'il est un naze de la malveillance.* Oui, oui, citez-moi, pas de problème ! Hé, les boudinettes, c'est Hélène – dites bonjour !

— Bonjour !

La route, sur les quais de la Loire, est un ébahissement de blancheur, de calme et de joggeurs. Hakima et Astrid comptent les oiseaux. Des hérons à houppette et aux cous incurvés se baladent sur les triangles de sable au milieu du fleuve ; des canards, pour certains suivis de canetons grands comme des kiwis, barbotent près des pêcheurs ; des moineaux ridicules se jettent sous nos roues pour se faire peur, des corbeaux chipent des restes de sandwichs dans des poubelles. Beaucoup de gens nous reconnaissent, mais le temps qu'ils sortent leur portable pour nous prendre en photo, on est déjà parties.

— C'est comme si on était de plus en plus célèbres, fait remarquer Hakima.

Ce matin, le Soleil, Astrid et moi avons eu une grande conversation d'adultes où on a décidé de cacher à Hakima l'ampleur du phénomène. On ne lui a pas dit que la Mairie de Paris, relayée par des députés et des sénateurs et des journalistes influents, a tweeté qu'on nous attendait *avec impatience*. On ne lui a pas dit que SIMONE DE GOUGES a écrit une tribune dans *Libération* à notre sujet. On ne lui a pas dit que les voitures et motos qui nous suivent de loin sont probablement en train de nous filmer à distance pour l'info en continu de BFM ou d'iTélé.

On ne lui a pas dit tout ça, non parce qu'on redoute qu'elle prenne la grosse tête, mais parce que pour chaque fois où une personne dit qu'on est géniales, fortes, intelligentes et combatives, il y en a une autre sur un réseau social quelque part qui s'applique à écrire qu'on est des grosses connes moches, des laiderons, des putes, des pouffiasses et des salopes, des sales connasses, moches comme des culs, moches comme des truies. Qui sont ces gens ? Le mystère reste entier. Y a-t-il des personnes qui existent, qui vivent, qui mangent, qui rient et qui dansent, derrière ces ahurissantes insultes ?

Astrid, ça va, elle commence à le prendre avec philosophie. Moi, j'ai depuis longtemps atteint la sagesse ultime qui consiste à ne plus être blessée. Cependant, une fois de temps en temps, un commentaire particulièrement acide, particulièrement bien ciblé, particulièrement cruel, vient concasser en petits morceaux ma si forte confiance en moi. Par exemple, sur le site du *Monde* : « *Ces trois jeunes filles me font pitié. La pauvre Mireille en particulier, qui semble convaincue qu'elle est très intelligente, alors qu'elle est idiote en plus d'être laide. Pitoyable de laisser ces enfants se donner en spectacle sur toutes les grandes chaînes.* » Un autre, anonyme, sur le site du *Progrès* : « *Je suis en classe avec Mireille Laplanche. C'est une manipulatrice et la chouchoute des profs.* »

Hé oui, ce ne sont pas toujours les « *grosses truies* » et autres « *t'es putain de moche lol* » qui poinçonnent l'œsophage.

Le Soleil :

— Arrête de lire les commentaires, Mireille, ou je te reprends le portable.

Voilà exactement pourquoi on a décidé de cacher la vérité à Hakima : si même moi j'ai du mal à m'en détacher – et à m'en remettre – alors Hakima, Hakima... on ne peut pas lui faire ça.

On pédale alors. Ce matin, j'ai demandé au Soleil *Savakader ?*, il a dit *Oui savamireille*. De fait, il ne paraît pas grincer de douleur en poussant son fauteuil.

Les quais de la Loire sont bien aménagés pour les vélos, on ne voit pas toujours le fleuve mais on le devine, comateux, derrière les arbres. Comme on est sur les pistes cyclables, les journalistes nous laissent tranquilles. Peu de montées et de descentes, et un ciel qui a arrêté de nous faire des blagues : pour la première fois, on a la sensation d'avaler les kilomètres aisément, posément. Les courbatures des deux premiers jours ont laissé place à une sorte d'entente cordiale entre muscles et système nerveux – la douleur s'estompe en échange d'une paralysie des sensations. Nos mollets sont durs comme des balles en caoutchouc, et quasiment insensibles au toucher. Bref, on se transforme peu à peu en cyclistes, c'est-à-dire en machines à patience, froides et stoïques.

— Quand même, me lance le Soleil, si je tenais ce petit salaud de... comment tu l'appelles, déjà ?

— Malo, je murmure entre mes dents.

— Salopard. Tu crois qu'il nous suit ?

— Je sais pas. Je comprends pas pourquoi il nous fait ça. Qu'est-ce que ça peut lui foutre ? C'est pas ses affaires.

— C'est psychologique, explique Astrid. Il veut qu'on soit humiliées et il déteste nous voir populaires.

Elle a sans doute raison, mais... au point de venir nous saboter notre matériel ? Et comment est-il venu, d'abord, ce petit salaud de Malo ? En mobylette ? Depuis Bourg ? Je ne cherche même pas à comprendre ; c'est ce qu'il voudrait que je fasse. Il veut qu'on soit distraites, confuses, stressées. Au lieu de ça, on se concentre.

Tiens, un *gling gling !* de sonnette de vélo : des cyclistes nous ont reconnues...

— Salut, les Boudins !

— Bravo, les Boudins !

— Bon courage, les Boudins !

— Ça va, les Boudins ?
— Vous êtes les meilleures ! Oui, les vrais gens qui existent semblent tous nous aimer.

Il y a un tel gouffre entre les mots sur Internet et ceux des gens qu'on rencontre ! Et c'est bizarre, cette popularité. Je n'ai pas l'habitude qu'on me sourie comme ça. Je n'ai pas l'habitude qu'on me demande comment je vais. C'est peut-être ça que ça fait d'être beau ; j'ai toujours remarqué que les gens beaux attiraient les sourires et les « ça va ? » On n'aime pas voir des gens beaux aller mal. Les moches, eux, évidemment qu'ils vont mal, ils sont moches.

Mais là, enfin, on a gagné le droit qu'on nous demande comment ça va, et qu'on nous sourie.

*
**

— Mesdemoiselles mes boudinettes, Monsieur notre chaperon, on arrive à Sancerre !
— Où ça ?
— Mais là !
— Là ? *Là-haut ?* Sur la colline ?
— Oui oui. C'est beau, hein ? Magnifique. J'avais fait un repérage sur Google Earth. Vous verrez, ça vaut bien un petit détour. Le château au sommet est dû aux fortifications de l'époque de...
— Mireille, c'est hyper loin ! Et hyper haut !!!
— Astrid, Astrid, tu exagères toujours tout. Une micro-bosselure de rien du tout !
— Mais pourquoi tu tiens absolument à aller là-bas ?
— Tu verras, Hakima, tu verras...

\*
\*\*

— Bienvenue dans notre chère ville de Sancerre, mesdemoiselles ! Capitale du vin de Sancerre internationalement reconnu, et du...

— Crottin de Chavignol !!!

— Exact, mademoiselle, euh, Laplanche. J'en vois qui ont bien appris leur leçon de géographie des fromages ! déclare la mairesse en me serrant la main.

— Mireille... tu nous as fait monter jusqu'en haut de cette colline juste pour visiter le village qui est spécialiste de ton fromage préféré ?!

— Boudinette scandinave, on ne pouvait *pas* rater ça. Impossible !

— Mais enfin, il y a plein de crottins de Chavignol en vente partout dans ce pays ! Qu'est-ce que ça peut te faire d'en manger ici ?

— C'est comme un pèlerinage, Astrid. Respecte un peu ma religion.

Tandis qu'Astrid et Hakima bougonnent dans un coin en me jetant des regards noirs (les filles, décidément, ça fait rien que dire des trucs méchants sur les autres filles), j'attends qu'on apporte aux trois reines leur myrrhe et leur encens. Ah ! Comme je m'y attendais, voilà un jeune homme qui arrive avec un grand plat sur lequel s'étage une pyramide de blancs crottins... suivi d'un autre avec du pain... Et pendant qu'Astrid et Hakima vendent des boudins à tous les habitants de la région, et que le Soleil dit *Non merci, c'est très gentil mais je ne bois pas d'alcool* à une jolie jeune femme qui essaie de lui remplir son verre de vin blanc, je discute, ravie, avec la mairesse de la commune, sous l'œil attentif de deux caméras (nos indéscotchables crampons de chez BFM TV, et deux petits nouveaux de France 3).

— Il faut que je vous dise, Madame le maire, que je suis fan de crottin de Chavignol depuis mon plus jeune âge. C'est bien simple, à deux mois et demi, j'ai repoussé le sein de ma mère pour n'accepter mon lait que sous forme de crottin de Chavignol.

— Hé bien, vous êtes au bon endroit. Si vous voulez, on peut vous faire visiter les lieux de fabrication du fromage, et vous présenter aux...

— Par pitié, ne me tentez pas ! On doit atteindre Briare ce soir. Il faut qu'on reparte illico presto. Mais si jamais je repasse par ici, vous m'emmènerez ?

— Avec plaisir !

— Même quand je ne serai plus célèbre ?

— Je doute que vous retombiez longtemps dans l'anonymat, mademoiselle Laplanche...

Je rougis, et je me goinfre, je me goinfre de crottins de Chavignol à tous les niveaux de mollesse et de dureté (ô la poudreuse amertume du crottin vieux, ô l'acidité moelleuse du tout jeune !) Les journalistes me posent des questions auxquelles je ne réponds qu'à moitié. *Qui soupçonnez-vous d'avoir saboté votre matériel hier ?* Un malotru. *Qu'allez-vous faire à Paris le 14 juillet ? Cela a-t-il un rapport avec le défilé ? Avec le feu d'artifice ? Avec la prise de la Bastille ? Mireille, vous êtes d'une maturité surprenante pour votre âge ; pourquoi ?*

— Je sais pas. Peut-être que la mocheté, ça fait mûrir.

### @bfm_tv
Porte-parole des #3boudins, Mireille Laplanche, 15 ans : « La mocheté, ça fait mûrir »
Retweeté par 4 910 personnes

### @madmoizelle
« La mocheté, ça fait mûrir »... #3boudins – oui – nous libérer du culte de la beauté !

### @Genre !
Je propose le hashtag #MochetéFaitMûrir... Racontez vos histoires ! #3boudins
Retweeté par 249 personnes

### @alexalaurentin
Ado moche, j'ai appris à ne pas juger les gens trop vite #MochetéFaitMûrir #3boudins

### @yannick1993
Être séduit par un visage OK, par un esprit encore mieux ! #MochetéFaitMûrir #3boudins

### @leonardo19
Ouais c'est ça, la mocheté fait surtout rire !! lol #3boudins

Et comme il faut une première fois à tout, on nous propose de porter des tee-shirts sponsorisés.

Par un fabricant de cochonnaille en plastique pour supermarchés.

— Nous nous lançons justement dans le boudin, explique la chargée de communication, très Parisienne, en talons, avec ses tee-shirts sur les bras.

— Ben, peut-être, mais nous on vend le boudin de Raymond du marché de Bourg-en-Bresse, pas celui de Justin Bridoux !

— Il y a une compensation financière, évidemment, dont on peut discuter à l'abri des caméras...

Grand juge, le Soleil interpose sa puissante main entre moi et la représentante de saucissons :

— Désolé, madame. En tant que responsable de ces jeunes filles, je m'oppose à leur utilisation comme femmes-sandwichs.

Cette prise de position, j'en suis sûre, sera remarquée et commentée. Nous lirons ce soir les derniers commentaires en date sur ce superbe NON aux marques industrielles en faveur du Terroir (« *Mesdemoiselles, votre aventure à vélo est-elle une manière de mettre en valeur les produits de nos régions ?* »)

— Je suis fatiguée, Mireille, j'ai chaud. On peut partir ?

— Oui, Hakima, on va partir très bientôt.

— Ça... Ça coule beaucoup aujourd'hui.

— Ça va passer.

Je la serre dans mes bras, nouille que je suis.

On repart, sous une pluie bipolaire : elle n'arrive pas à décider si elle sera une grosse averse ou une petite bruine. Elle semble aussi tomber de nulle part, dans ce ciel sans nuage ; je soupçonne un certain malotru de se balader derrière la rangée d'arbres en nous visant à l'aide d'un pommeau de douche géant. Cependant, toutes les dix minutes, quand les grosses gouttes laissent place à un tout petit crachin, on roule sous des arcs-en-ciel aveuglants et complètement psychédéliques, d'un mauvais goût hallucinant.

*Allô Mireille, c'est Maman. On vous a vus à la télé. Réponds à mes textos plus d'une fois par jour, s'il te plaît. J'espère que tu n'as pas bu de Sancerre ? Rappelle-moi.*

*Mamounette chérie, je n'ai bu aucun sincère. Gros bisous, et mes vœux les plus Sancerre.*

*Coucou Mireille. Ta mère est furieuse mais tu me fais bien rire ! Philippe.*

En pédalant, je pense à Philippe Dumont, qui est décidément gentil comme un poulet rôti. Bon, ne nous faisons pas d'illusions, il essaie probablement de me soutirer ma grande chambre du premier étage pour l'attribuer à son fiston officiel quand celui-ci sera né… Son fils, sa bataille, son légitime bébé d'une spectaculaire beauté. *Mireille, tu veux bien dormir dans le placard sous l'escalier, pour que Jacques-Aurélien ait ta chambre ?* Ça serait trop drôle, comme dans *Harry Potter* ! S'il me fait ce coup-là, je…

Mais en vérité, je n'ai pas l'impression qu'il va me faire ce coup-là. Ça fait des années qu'il est gentil pour rien. Ça fait des années qu'il s'évertue à me faire des cadeaux que je casse et que je jette. Pourquoi fait-il tout ça, alors que je suis un œuf de coucou, une espèce de troll, la fille indésirée et indésirable qui lui gâche son bonheur à l'américaine, un nain de jardin dans son jardin d'Éden ? Philippe Dumont est décidément... un homme étrange.

Je ne sais pas si c'est enfin l'euphorie des endorphines, mais on est toutes les trois en pleine forme, cet après-midi. Astrid bavarde avec Hakima par-dessus mon épaule – elle lui raconte ses anecdotes de bonnes sœurs, quand elle était en Suisse...

— ... donc on l'a suivie deux heures dans les rues, et là on l'a vue entrer dans le château du capitaine ! Elle avait une... une *relation* avec lui ! Tu te rends compte, un homme veuf, avec sept enfants !

Hakima lâche le guidon pour se coller les deux mains sur la bouche, effarée.

— Mais qu'est-ce qui s'est passé ensuite ?
— Elle a quitté les Ordres. On est toutes venues au mariage.
— Ah, ouf, ça se finit bien.

Hakima aime les histoires qui se finissent bien. Et ça tombe à pic, Astrid en connaît d'autres. Celle du petit chiot qu'elle devait garder et qui s'était égaré dans les montagnes mais qu'elle avait retrouvé le soir même. Celle du jour où son ennemie jurée lui avait volé son journal intime mais n'avait pas réussi à l'ouvrir. Celle du jour où son père est reparti en Suède en l'abandonnant mais elle avait découvert Indochine la semaine d'après et écouté cinquante fois les chansons jusqu'à pouvoir se les passer en replay dans sa tête avant de s'endormir.

— C'est pas la même chose, objecte doucement Hakima, Indochine et un père.

— La plupart du temps, c'est mieux d'avoir Indochine, répond Astrid, catégorique. Indochine, au moins, ils me parlent.

Ouf, Hakima est rassurée : Astrid est plus heureuse avec Indochine qu'avec son père, tout est bien qui finit bien. Encore une fois.

Et toi, hypocrite lecteur ?

Quel dénouement préférerais-tu à notre aventure ? Voudrais-tu que Malo nous brûle notre pick-up, qu'on n'arrive jamais à Paris, et qu'on soit punies d'être moches et grosses ? Ou bien es-tu un cœur tendre, un petit sensible ? Peut-être t'attends-tu à ce que mon vrai papa s'agenouille devant moi et dise, *Pardonne-moi, Mireille, adorable boudin ! Je n'ai pas répondu à tes lettres mais je pense toujours à toi – voici tes demi-frères, Joël, Noël et Citroën, embrasse-les comme du bon pain !*

Que préférerais-tu, au fond, lecteur ?

En parlant de Joël, il a émis un tweet de soutien à notre encontre, le gentleman. À vingt-trois ans, il soutient sa demi-sœur secrète... enfin, sans le savoir. S'il savait ! S'il savait ! J'ai vu sa trombine dans le petit carré à côté de son pseudo. Il n'a pas hérité de la laideur paternelle ; il ressemble plutôt à sa mère, avec ses cheveux noirs et bouclés. Lunettes écaille de tortue, grand lycée parisien, Sciences Po.

Je crois bien que je n'aimerais pas beaucoup aller dans un grand lycée parisien et faire Sciences Po. Je n'aurais pas le temps de caresser Babyboule et d'écrire des poèmes nuls ; et puis, il faudrait toujours être en train de travailler ou de sortir avec les enfants d'autres gens importants. Non... comme on est là, ça me va mieux. La route sous mes yeux a quelque chose d'hypnotique et de tranquillisant. Ma roue avant, confiante, la tranche en deux.

Quand je te verrai, Klaus, te demanderai-je si je peux squatter l'Élysée et aller dans un grand lycée parisien, moi aussi, juste pour voir ? Je suis la première de ma classe, après tout ! « *Mireille ira loin.* »

Oui mais, et Babyboule ? Et Maman, et Jacques-Aurélien ? Et Philippe Dumont ? Klaus, Klaus, ne me demande pas de les laisser tout seuls à Bourg-en-Bresse. Et le GEORGES & GEORGETTE, et le filet Pierre qui est un gros coussin de viande ?

Et Astrid et Hakima, et le Soleil ? Oui au fait, qui va éteindre l'incendie des moignons du Soleil, si je ne suis pas là ? Il ne pourra pas passer sa vie à le faire tout seul !

Je ne sais pas très bien ce que j'attends de ma rencontre avec Klaus.

Tiens, Hakima raconte sa vie à Astrid. Elle ne me la raconte jamais, à moi. Elle a peur de Mireille. Mireille tend l'oreille :

— ... parce que j'étais très timide. Mais timide horriblement, tu vois, pas normalement timide. Genre, je pouvais pas dire bonjour, ni merci, ni au revoir, je ne pouvais même pas entrer à la boulangerie avec ma mère ! Je pleurais si on me regardait. Une fois, quelqu'un dans le bus m'a dit que mon lacet était défait, j'ai sangloté pendant des heures.

— C'est terrible, dis donc. C'était jusqu'à quand ?

— Jusqu'à il y a deux ans, par là.

— Mais comment t'as fait pour ne plus être aussi timide ?

Hakima hésite, peut-être parce que le Soleil s'est brièvement retourné. Puis elle se lance :

— Je suis allée chez la psychologue pour enfants.

— Ah bon ? Et ça a bien marché ?

— Oui, mais ça a pris du temps. Déjà, au début, je pouvais pas prononcer un mot, tu vois. J'étais sur ma chaise comme ça, je bougeais pas, j'avais tellement peur. Elle a attendu plusieurs semaines que je commence à parler. Papa disait, *On paie la psychologue 100 euros de l'heure pour qu'Hakima reste assise sur une chaise à rien dire !* Il comprenait pas pourquoi Maman voulait que j'y aille. Ensuite, ça a commencé à se débloquer.

— Et alors ? Elle t'a demandé de te souvenir de trucs très très lointains ? Un gros traumatisme ? T'avais assisté à un meurtre, peut-être ?

— Non. J'étais juste comme ça, c'est tout. Elle m'a fait faire des exercices. D'abord on allait ensemble au supermarché, et je devais dire bonjour à la caissière. Ensuite on se promenait dans la rue, et je devais demander l'heure à quelqu'un. Ensuite j'ai dû appeler les renseignements au téléphone. À chaque fois, je pleurais, c'était la panique, et au bout de plusieurs fois ça se débloquait. J'ai même dû sonner chez la voisine pour lui emprunter du beurre – ça, c'était atroce.

— Mais ça a marché. Maintenant, tout va très bien.

— Oui, oui... Enfin, non. J'aime pas quand y a trop de monde. J'aime pas parler aux gens que je connais pas. Pour m'aider, j'ai des stratégies que la psychologue m'a données, comme d'imaginer que je parle à Maman ou Kader au lieu de la personne devant moi. Mais j'aime pas quand y a du monde, j'aime pas, j'aime pas du tout quand y a du monde, et quand des gens que je connais pas viennent me parler.

— Pourtant, Hakima, s'étonne Astrid, ça fait trois jours que plein de gens qu'on ne connaît pas viennent nous parler !

— Je sais, dit tristement Hakima. J'aime pas ça du tout. Là, ça va, on fait du vélo, mais comme je sais qu'on va bientôt arriver à Paris, j'ai comme un nœud, là, dans le ventre, tellement j'ai peur...

— Hein ? Mais pourquoi tu nous as rien dit ?

— Oh, ben, je veux pas déranger...

— Tu t'en sors très bien, ma chérie, interrompt le Soleil. Je vois bien que ça va beaucoup mieux, maintenant. Ça n'a rien à voir avec la psychologue : c'est parce que tu deviens une vraie jeune fille.

Hum, il est clair que le Soleil n'aime pas les psychologues. Comme son père, il pense que les problèmes comme ça se règlent si on arrête d'être une fillette et qu'on devient une vraie jeune fille. Et lui, est-ce qu'il a vu un psychologue ? Ça m'étonnerait. Un soldat, ça va pas chez le psychologue. Ça peut avoir les moignons en feu, à la rigueur, mais ça garde l'esprit froid ; éteint.

Nous arrivons à Briare alors que le soir commence déjà à tomber. Peu importe, les gens nous attendent. Je ne sais même pas qui ils sont, sans doute encore un maire ou une mairesse, et peut-être le député, ce mec-là en costard. On vend notre boudin à des gens absolument ravis, *Nous sommes absolument ravis, jeunes filles, de vous rencontrer, Vous m'en voyez ravie, madame, c'est moi qui suis ravie, mademoiselle*. Notre boudin les ravit, le pick-up est ravissant. *Et vous aussi, jeunes filles, vous êtes ravissantes !*
Il ne faut pas exagérer, mais il faut admettre qu'on a bien caramélisé, sous le soleil. Les cheveux d'Astrid ont la couleur du pastis. Elle a un peu brûlé sur le nez, mais le reste de son corps est châtain clair, et les taches de rousseur cachent un peu ses boutons. La peau d'Hakima est presque plus brune que ses cheveux, qui ont viré au sablonneux. Quant au Soleil, plus beau que jamais, il étincelle dans son fauteuil roulant. Et moi aussi, j'ai pris des couleurs – c'est drôle comme ça affine, ce léger hâle. C'est également vrai qu'on s'est affinées. J'ai moins de graisse sous les bras, et on voit le muscle de mes mollets. Avec ces centaines de kilomètres à vélo, on allait forcément perdre du poids.

— Mademoiselle Laplanche, vous êtes un modèle pour toutes les lectrices du blog *Régime Jeune*. Ce sont des adolescentes comme vous, qui, comme vous, ne se trouvent pas à leur goût et veulent perdre du poids. Je peux vous interviewer ? Elles rêvent d'entendre votre histoire et de découvrir comment elles aussi pourraient, si elles le souhaitaient, se débarrasser des kilos en trop… C'est d'accord ?

— Absolument pas.

*Et je vous emmerde* (murmuré-je en croquant dans ma glace au chocolat).

La mairie nous offre une nuit d'hôtel. On leur dit que non, on ne peut pas accepter, c'est trop gentil mais non, on n'en revient pas, ils nous font dormir dans un *hôtel* !

— Regarde, Mireille ! Il y a même de l'après-shampooing !

La douche est chaude, il n'y a pas de traînées de savon sur les murs. Un bonheur : dix siècles de poussière, de transpiration et de crème solaire dégringolent de ma peau. Je me débarrasse des poils de mes aisselles à coups de rasoir jetable. Le shampooing sent le laurier, l'après-shampooing le romarin. Je me rince les cheveux jusqu'à ce qu'ils crissent.

J'émerge de la salle de bains, et Astrid, couchée sur le grand lit, la télé allumée, boit une tasse de thé qu'elle s'est préparée avec la bouilloire de la chambre.

— Y a un truc bien à la télé ?

— Non, juste une émission de gags.

— Ben c'est parfait, ça, une émission de gags. Exactement ce dont on a besoin.

On s'endort devant l'émission de gags. Un chien mord les fesses d'une dame pendant qu'elle lave devant chez elle ; elle lâche son balai, qui va taper la tête d'un mec qui passe. Hilarant !

Je me réveille à minuit, tirée du sommeil par le jingle du JT de la nuit. Oh, Astrid, Hakima, Soleil, vous devez avoir les oreilles qui sifflent dans vos rêves : on parle de nous dès la première seconde. Les Trois Boudins sont à Briare, elles iront demain à Montargis. Une interview de ma grosse face de citrouille. Des aperçus de comptes Twitter ou Facebook de gens qui nous soutiennent. Une capture d'écran de la vidéo de surveillance du camping de Nevers, où l'on distingue Malo sautant par-dessus une tente. Nos boudins en train de cuire, des gens qui se délectent. Cette sauce à la moutarde est délicieuse ! Un sociologue qui explique pourquoi nous fascinons autant la populace. Élise Michon, mairesse de Paris : « *Nous serons ravis d'accueillir ces trois jeunes filles à Paris.* » Mais à Paris, justement, que viennent-elles y faire ? Mystère...

**Extrait du *Progrès*,
12 juillet 20XX**

### Les « Trois Boudins »
#### risquent de pédaler sous les orages

Mireille Laplanche, Hakima Idriss et Astrid Blomvall quittaient ce matin Briare, dans le département du Loiret, pour une journée qui risque d'être longue. Elles sont attendues à midi à Montargis pour leur vente de boudins de midi, et devraient atteindre ce soir la forêt de Fontainebleau. L'annonce par Météo France d'une dépression orageuse au sud de l'Île-de-France ne ternit pas l'enthousiasme de nos héroïnes. « Qu'il pleuve ou qu'il vente, nous serons aux portes de Paris le 13 juillet au soir, et au cœur de la capitale le 14 à midi », a affirmé Mireille Laplanche. Les jeunes filles ont répété, en réponse aux spéculations des internautes, qu'elles ne cherchent aucunement à perturber les cérémonies militaires de la fête nationale. Par ailleurs, à Nevers, le commissaire Tristan, en charge de l'enquête sur le sabotage des vélos des « Trois Boudins », affirme que la police a identifié le suspect, filmé par les caméras de surveillance du camping.

H.V.

(— Oui, allô ?

— Allô, Mireille ? Bonjour... c'est Denis, le papa de Malo.

— Ah, bonjour.

— Mireille... Il y a quelques jours, Malo est parti de Bourg-en-Bresse en voiture avec son cousin Félix. Ils nous ont dit qu'ils allaient faire de la planche à voile dans le Sud... mais il nous semble bien avoir reconnu Malo sur les vidéos du camping de Nevers.

— Ah, vous aussi, la ressemblance vous a frappé ?

— Mireille, écoute, je suis vraiment désolé de ce qui s'est passé, je... Tu sais que Malo a perdu sa maman quand il était petit. Tu te souviens ? Il est un peu instable. Il ne s'entend pas très bien avec ma nouvelle compagne et... Voilà, on s'inquiète un peu, et on espérait que si la police te posait des questions à son sujet, tu pourrais peut-être... je ne sais pas, l'épargner un peu. Mireille ?... Tu m'entends ?

— Oui, je vous entends. Vous vous souvenez quand ma mère est venue vous voir après l'organisation du premier concours de Boudins ?

— Oui, on a fait ce qu'on a pu, on a expliqué à Malo...

— Et quand elle est revenue vous voir après le deuxième concours de Boudins ?

— Oui, Mireille, vraiment, on regrette...

— Et quand votre femme est morte – quand on était en CM1 – et que je suis venue voir Malo tous les jours avec un gâteau différent ? Tous les jours ?

— Oui, Mireille, je me souviens. Oui, je ne vois pas de raison pour laquelle tu l'épargnerais... Mais...)

# 21

Et toi, lecteur, que ferais-tu à ma place ? Que ferais-tu si ton meilleur ami de maternelle, avec qui tu faisais des gros zizis en pâte à sel, après t'avoir reniée, élue Boudin d'Or deux ans de suite (puis Boudin de Bronze), après avoir voulu saboter ton voyage à vélo entrepris dans l'espoir de regagner un peu de dignité, que ferais-tu si cet ex-meilleur-ami, tout blanc et tout tremblant comme un lapereau, pourchassé par la police, émergeait soudain d'un coin de rue juste devant toi alors que tu te rendais aux toilettes, à la pause déjeuner ? S'il émergeait, mettons, en brandissant un canif minable, des larmes huileuses lui laissant deux traînées grises sur les joues jusqu'au menton ?

Montargis, 13 h 15. Les toilettes publiques d'une rue déserte. Sur la place au bout de la rue, les deux autres Boudins et le Soleil parlent à nos fans tout en les bourrant de boudins. J'ai demandé *Savakader* et il a dit que oui, ça allait. Et Hakima ça va ? Hakima a moins mal au ventre, Astrid lui donne de l'Advil comme des bonbons.

Astrid a fait *Dis donc Mireille, depuis quand t'es aussi attentionnée ? Avant, tu t'en foutais que ça aille ou pas*. J'ai dit *Attention Astrid, je demande juste parce que je ne voudrais pas qu'on prenne du retard*. Ensuite j'ai glissé qu'il fallait que j'aille aux toilettes.

Donc je suis là, dans cette ruelle déserte, une odeur de pisse émane des taches noirâtres sur le bitume ; des cartons empilés près du sens interdit ; fenêtres grillagées ; Malo qui me toise.

— Malo. Qu'est-ce que tu fiches ici ?

— Je t'ai prévenue, il hoquette, je t'ai prévenue que j'allais te trouer la peau si tu te foutais de ma gueule.

Il sanglote, comme secoué de décharges électriques ; ses épaules tressautent.

Une perle de morve descend de sa narine.

— Je vois pas en quoi je me fous de ta gueule.

J'ai écarté les bras, comme pour dire *Du calme, je ne suis pas armée*. Instinct de survie zéro, car s'il me troue la peau (comme il semble vouloir le faire), je risque fort de perdre mon foie. Sauf si ma couche de graisse est assez épaisse. Son canif est petit, après tout.

— Tu te *[hoquet]* fous de ma gueule, parce que...

Là, il pleure pour de bon, il s'éponge le nez et les yeux avec le coin de sa manche, il renifle, la morve remonte puis redescend.

Il lâche très vite, entre deux sanglots :

— Toi et tes autres connes de Boudins, vous voulez me foutre l'affiche *[hoquet]*, je sais que c'est ça, votre mystère de merde à la con *[hoquet]*, vous allez arriver à Paris et dire des trucs sur moi, me dénoncer, dire des trucs horribles sur moi, me dénoncer...

Disque rayé. Moi, la voix un peu tremblotante :

— Malo, sérieux : ça n'a rien à voir avec toi. On penserait même pas à toi dans cette histoire, si t'étais pas venu nous crever nos vélos.

Il s'avance vers moi, nouvelle crise de pleurs. Il a tellement moins de seize ans, quand il pleure, à peine douze ou treize, il reprend sa voix d'avant la mue, la voix du petit Malo qui venait chez moi manger les crêpes au sucre de Philippe Dumont.

— La police... Ils me... cherchent...

— Oui, je sais, mais t'as fait le con, aussi ! Pourquoi t'es venu nous faire chier ? T'avais qu'à rester à Bourg.

— Tout le monde *[hoquet]* se moque *[long triple hoquet]* de moi, parce que vous avez... *[fin de l'attaque de larmes]* repris le mot « boudin »...

— Ah bon, t'avais fait breveter l'appellation ? On n'avait pas le droit de l'utiliser ?

Il s'avance encore, je recule, et tout à coup il... il cherche, vaguement, à me trouer la peau. C'est un peu comme dans un cauchemar, sombre et bleuté – je fais beaucoup de cauchemars de ce genre, où quelqu'un veut me tuer. Il se passe la même chose : cette impression, subite, de me séparer de mon corps, de n'être plus qu'un pur esprit, entièrement terrifié, tentant vainement de protéger la grosse enveloppe charnelle qui lui a été conférée par la génétique et les tartes au sucre.

— Putain, Malo, arrête !

Heureusement, je réussis sans peine à le repousser. Il n'est pas du tout aussi motivé pour me trouer la peau que son discours pourrait porter à le croire ; il m'a juste donné un petit coup dans le bras, qui m'a à peine éraflée. Et puis il a réessayé de me poignarder l'épaule, mais je l'ai arrêté.

Sanglotant, titubant comme un poulain qui vient de naître, sur ses grandes jambes de marionnette, Malo recule, serrant son canif entre ses doigts.

— Malo, il est où ton cousin Félix ?
— Félix, il est parti... Il a eu peur... Il m'a... laissé... tout seul...
— Bon, écoute : rends-toi à la police, c'est ce qu'il y a de plus simple. Toute façon, t'es trop jeune pour aller en prison.
— J'ai peur...
— Allez, va : je témoignerai en ta faveur. Si tu veux, je dirai même que c'était pas de ta faute, que je t'avais poussé à bout. On n'a qu'à dire que... je sais pas, tiens, par exemple, que je t'avais volé un truc quand on était en sixième, un truc important, et que tu m'en veux terriblement ? Tu vois, donc d'un côté, c'est aussi de ma faute. On dira ça à la police et ils seront plus compréhensifs.

Il me dévisage, la face mousseuse de larmes et de morve, les traits déformés, assez hideux en fait, et il s'affale par terre, en tailleur.

— No-on, non, Mireille, arrête, putain, arrête...
— Arrête quoi ?

Il a lâché son canif, que je récupère vite fait – pas folle non plus –, et je m'accroupis à côté de lui. Il sanglote très fort, la tête entre les mains, me reprochant, en gros, d'être trop gentille avec lui alors que ça fait des années qu'il est un sacré connard, et de ne pas lui foutre un coup de poing dans la gueule tout de suite maintenant pour le punir (comme si j'avais envie d'abîmer mes phalanges !)

Je lui dis, sous le coup de l'inspiration divine et d'une très forte envie d'aller faire pipi :

— Je suis pas psy, Malo, mais j'ai l'impression que tu déplaces sur moi ta propre culpabilité d'être devenu un petit caïd macho con comme ses pieds qui n'a rien trouvé de mieux pour marquer la rupture avec l'enfance que d'humilier publiquement sa meilleure copine de maternelle et qui est maintenant pris dans un engrenage infernal où il est obligé de garder la face, alors que les meufs qu'il a essayé de détruire n'en ont totalement rien à foutre de lui, et qu'au lieu de le craindre, elles l'ignorent et vont se balader à travers la France en devenant populaires sans lui demander son autorisation. C'est ça ?

Il hoche la tête, toujours assis, la tête entre les mains, son polo trempé de liquides lacrymaux, ressasse un refrain du genre :

— Je te déteste, sale pute, espèce de grosse mocheté.

— Je sais.

— Tu devrais pas dire ça, merde. Tu devrais dire : « *Comment tu peux me faire ça alors que je t'ai soutenu dans* [hoquet] *des moments difficiles ?* »

— Pourquoi tu voudrais que je te dise un truc pareil ?

— Ça serait *[hoquet]* LOGIQUE, putain ! Pourquoi tu dis pas ça ?

— Mais parce que, Malo, j'ai dû... Je sais pas, j'ai dû dépasser le stade. Je m'en fous, maintenant, qu'on ait été proches avant. Je m'en fous d'avoir passé des heures à te consoler après la mort de ta maman. Je m'en fous même de t'avoir donné mon Action Man avec le parachute que t'as perdu ensuite en le larguant de la falaise en Bretagne comme un con.

— Mais tu trouves pas *[hoquet]*, que c'est pas juste, ce que je t'ai fait ?

— Si. Mais ça sera pas moi qui te punirai. Ça te ferait trop plaisir.

Je le laisse assis là, et je vais pisser. Quand je ressors, il est parti. Tout le monde me cherche, autour du pick-up. *Où est passée Mireille ? Ah, la voilà enfin ! Mais Mireille, tu étais où ? Ça va ?* Sourires. *Mireille, on peut vous poser quelques questions, c'est pour* Le Petit Journal...

J'apprends dans l'après-midi, par un coup de fil surexcité d'Hélène Veyrat, que Malo s'est rendu tout seul à la police.

*
**

On dirait que Météo France n'avait pas entièrement tort.

— Ça les amuse, de nous filmer dans cet état ?! hurle Astrid.

Apparemment, oui, ça amuse beaucoup les journalistes. On est encadrées par trois bagnoles et quelques motos, bruyantes et puantes, toutes caméras dehors, et il n'y a bien que l'orgueil qui nous fasse encore tenir. La pluie, horizontale, nous griffe les joues, le vent nous pousse vers l'arrière, quand il ne nous déporte pas brusquement sur les côtés. Mais c'est surtout le tonnerre, spectaculaire, et les éclairs qui éclatent tout autour de nous qui achèvent de rendre le voyage apocalyptique.

— On arrive bientôt, Mireille ?
— Non, Hakima, pas bientôt…

Sur le GPS, notre « localisation actuelle » reste fermement en place, car on roule trois fois moins vite que d'habitude. Quant au petit drapeau à carrés noirs et blancs de la destination, en forêt de Fontainebleau, il n'est même pas encore visible sur l'écran. Mes jambes, mes bras ne sont que des sacs d'aiguilles.

Je sais, je sens, je ressens aussi la douleur d'Astrid et d'Hakima. Je les connais si bien, maintenant – je connais si bien leur rythme, leur respiration, leurs coups de fatigue –, que c'est comme si cette courbature au mollet gauche d'Hakima, c'était la mienne ; c'est comme si cette cheville ankylosée d'Astrid, qui l'oblige à ne pas plier le pied quand elle abaisse la jambe droite, c'était la mienne ; c'est comme si leurs inspirations saccadées et leurs quintes de toux causées par l'effort, c'étaient les miennes.

Et le Soleil, comment peut-il continuer à se propulser, comme ça, dans le déluge, à la seule force de ses bras ? L'humidité et la transpiration doivent lui enflammer le corps.

— On va se faire foudroyer ! gémit Hakima.

Et le pire, c'est qu'elle a raison.

*On se fait foudroyer.*

Ça fera une bonne vidéo sur le site de BFM, ça, la foudre renversant le pick-up des Trois Boudins ! Combien tu paries que le chargeur solaire est niqué, maintenant ?! Et le frigo, merde, j'espère que le frigo fonctionne toujours !... Nous, ça va, merci. Les pneus sont en caoutchouc, on était isolées du sol. Isolées, saines et sauves. On n'a pas conduit l'électricité, non madame. Rien ne nous arrêtera.

Il est presque minuit quand on arrive en forêt de Fontainebleau, beaucoup trop tard pour vendre des boudins, beaucoup trop tard pour répondre aux journalistes ; je tombe de mon vélo, en nage, je me traîne jusqu'à la tente à peine dépliée, et là...

... je ne peux pas dormir.

Je ne peux pas dormir, parce que mes jambes répètent à l'infini le pédalage qu'elles ont subi toute la journée, et je pédale, je pédale, je pédale sans bouger toute la nuit, je m'endors deux minutes pour rêver que je pédale, m'éveille en sursaut, me tourne vers Astrid...

— Toi aussi, tu rêves que tu pédales ?

— Oh, si tu savais, j'arrive pas, j'arrive pas à m'arrêter de pédaler dans ma tête.

## Extrait du *Progrès*, 13 juillet 20XX

### Dernière ligne (pas si) droite pour les « Trois Boudins »

Après une après-midi sous les orages qualifiée de « cauchemardesque » par Mireille Laplanche, et qui a valu à leur convoi d'être frappé par la foudre, les trois adolescentes et leur accompagnateur Kader Idriss repartiront dans la matinée de la forêt de Fontainebleau pour atteindre ce soir Choisy-le-Roi, où elles s'arrêteront à nouveau pour la nuit. Les jeunes cyclistes et leur désormais célèbre pick-up suivront les méandres de la Seine et n'ont pas spécifié où elles s'arrêteront pour le déjeuner. La maire de Choisy-le-Roi a d'ores et déjà annoncé que Laplanche, Blomvall et les deux Idriss seraient gracieusement logés dans un hôtel de la ville. Les spéculations vont bon train sur les raisons qui ont poussé les trois adolescentes à entreprendre ce voyage – raisons qui devraient enfin être révélées demain, 14 juillet, lors de leur arrivée dans le centre de Paris.

H.V.

**@lepoint**
Exclusif : Saboteur de Nevers des #3boudins identifié comme étant l'organisateur du concours de Boudins http://...

**@lexpress**
« Je pensais qu'elles voulaient se moquer de moi » : Malo, 14 ans, se rend à la police dans l'affaire des #3boudins http://...

**@lefigaro**
Les #3boudins symptôme de l'échec du système scolaire : analyse de Nathalie Polonais http://...

**@metro**
Inspirées par le courage des #3boudins, d'autres ados « moches » sortent du silence http://...

**@grazia**
12 conseils #beauté de l'été pour ne pas être élue #boudin du lycée http://...

# 22

Astrid, ce matin, a un rhume.
— Ça doit être à cause de l'orage hier, geint-elle avec un visage tout triste. Ça ressemble à une angide.
— Une angine ! Et pourquoi pas la lèpre, tant que tu y es ? C'est juste un rhume.
Elle a les oreilles et la gorge en feu ; sa gorge, quand elle fait *aaaahhh*, est rouge vif, avec une luette qui ressemble à une grosse fraise des bois. Je prends sur moi pour me montrer extrêmement compréhensive et pleine d'empathie, mais je n'y peux rien, je déteste les reniflements.
— Astrid, je t'en conjure, mouche-toi au lieu de renifler.
— J'aiberais bien t'y voir, se boucher en faisant du vélo !
— Essaie de te moucher avec une seule main alors ! Là c'est l'horreur, à chaque fois que tu renifles, j'ai la vision d'une limace de morve qui escalade l'intérieur de ton nez pour couler dans ton estomac.

— C'est pas ba faute si ton ibagidation est aussi développée !

Le Soleil intervient :

— On n'est pas en retard, Mireille. On pourrait prendre une journée de pause et on serait largement à temps demain pour le 14 juillet.

— *Out of the question*. On va déjà à deux à l'heure à cause du système immunitaire défectueux d'Astrid. Je vous rappelle que des *lits d'hôtel* nous attendent à Choisy ! Et il faut qu'on garde la face – si on ramollit maintenant, on nous accusera d'être de grosses nazes.

— En tout cas, Astrid ne pourra pas vendre des boudins dans cet état, dit Hakima. Elle refilerait son angine à tout le monde.

— C'est pas une angine, c'est un rhume. Allez, on se concentre.

Les quais de la Seine sont moins sauvages que ceux de la Loire. Les champs ont laissé place à des promenades plantées, les hérons à des pigeons, les cyclistes à des parents à poussettes. On passe de ville de banlieue en ville de banlieue, et pour moi c'est une terre inconnue, ce fleuve gris pierre bordé de barres d'immeubles, de petits commerces, de mecs assis par terre qui fument et nous alpaguent quand on passe. J'ai l'habitude des bleds et des villages, pas des étendues de ciment octroyant quelques menus espaces aux arbres.

Ça ne sent plus rien, ici. Je sais qu'il y a des gens qui disent que Paris pue la clope ou la pisse ou la pollution, mais ce qui me frappe tandis qu'on se rapproche de la capitale, ce n'est pas l'odeur, c'est le manque d'odeur. Je ferme les yeux sur mon vélo, et il n'y a plus dans l'air les parfums poussiéreux des champs de céréales, ni ceux, âcres, d'eau stagnante, ni ceux, frais et forts, des arbres aux grosses racines. Surtout, il n'y a plus de superposition d'odeurs – les odeurs ici se succèdent comme dans un loto des parfums : merde de chien ; pizzeria ; poubelle ; parfum de femme ; pot d'échappement. Elles ne se mêlent pas entre elles, elles restent bien séparées.

Hakima :

— Pourquoi tant de gens vivent ici alors qu'il y a tellement de place dans la forêt de Fontainebleau ? En plus, c'est plus joli.

— Oui, mais c'est plus loin...

— Loin de quoi ?

*(Souvenir de ce matin, en sortant de la forêt de Fontainebleau : on a dû rester sans bouger pendant dix minutes à attendre qu'un grand cerf décide de se relever du milieu de la route où il s'était assis.*

*— C'est cobbe dans* SAFARI PARK, *a murmuré Astrid en reniflant. Il faut tout le temps s'arrêter pour laisser passer les adibaux, ils se bettent en travers du chebin en perbadence.*

*Je n'avais jamais vu un cerf d'aussi près. Épais comme un cheval, avec le même ventre gonflé, mais des jambes immenses et minces, et une peau veloutée, tendue comme un collant sur chaque muscle, chaque os. Il s'est relevé gauchement, en balançant la tête, et il est parti tranquille ronger des lichens sur un arbre.)*

— Loin de Paris, a répondu le Soleil à Hakima.

— Mais y a quoi à Paris qui intéresse tout le monde ?

— Oh, tu verras... Paris, c'est magnifique.

— Comment tu le sais, Mireille ? Je croyais que t'y étais seulement allée quand t'avais sept ans.

— Oui, mais j'ai quasiment tout visité sur Google Street View.

— Ah, d'accord.

Merdouille : voilà que mon GPS ne veut plus se rallumer. La foudre ayant flingué mon chargeur solaire hier, je n'ai pas pu recharger notre précieux compagnon de voyage.

— Les boudinettes, on n'a plus de boussole. On continue à suivre le fleuve, c'est la seule chose à faire.

L'atmosphère est lourde dans notre brave équipage. Le Soleil commence sérieusement à fatiguer. Ce matin, j'ai dit *Savakader* et il a dit *Moui, à part les maux de bras et d'épaules*, et comme je le connais, il doit minimiser la chose. Forcément, je doute qu'il ait pu se mettre de la crème à Fontainebleau... Moi, j'aurais volontiers passé ma nuit à éteindre l'incendie, mais il ne m'a rien demandé et je ne peux pas m'auto-décréter pompier volontaire. De son côté, l'abominable Astrid continue à renifler et à éternuer, et Hakima pédale en gâchant beaucoup d'énergie à plaindre Astrid et à chouiner qu'on devrait s'arrêter Mireille, quand même la pauvre Astrid. Je suis la seule à faire encore coucou aux gens qui nous reconnaissent.

Pont après pont, quai après quai, sous un ciel de la couleur de l'aluminium, près du fleuve torturé, on ne peut pas dire qu'on passe la meilleure journée du voyage.

Et quand on décide finalement de s'arrêter, les clients sont rares, personne ne nous a préparé de petits plateaux de fromages et de chocolats. Hélène Veyrat m'avait bien prévenue : *Il faudra s'attendre à ce qu'il y ait moins de journalistes, aujourd'hui. Ils sont tous en train de préparer des reportages sur le 14-Juillet pour les JT de demain. Tous les stagiaires qui vous suivaient dans l'espoir d'une histoire un peu originale, ils sont dans des casernes, des porte-avions ou en compagnie des organisateurs du grand feu d'artifice de la tour Eiffel.*

Tiens, il y a quand même une moto ou deux qui nous suivent quand on repart.

— Allô, Mireille, c'est Maman. Je viens de lire le journal. Vous avez été *frappés par la foudre*, hier ?!

— Ah oui, j'ai oublié de te le dire dans mon texto du matin.

— Mais, rassure-moi, vous n'avez rien eu ?

— Si, on est des mutantes maintenant. Notre QI a bondi de 100 points chacune, et on peut se téléporter d'un bout à l'autre de la galaxie.

— *[Soupir.]* Mireille, la police est passée ce matin. Ils ont pris notre déposition concernant Malo. Et... ils ont dit que tu leur avais parlé ?

— Mmhhhoui, on a vu des policiers ce matin.

— Apparemment, tu leur as raconté qu'il y a quelques années, tu avais volé à Malo un cadeau offert par sa mère avant qu'elle meure, un album photo ou je ne sais quoi, et que tu l'avais brûlé ?

— Ah oui, quel acte ignoble. Méchante Mireille.

— Mireille, tu as menti à la police ?

— Il fallait bien qu'ils croient que Malo avait ses raisons de m'en vouloir, tu vois. Sinon, ils risquaient d'être vraiment durs avec lui.

— Tu es beaucoup trop gentille avec ce petit con.

— Oui. Parce que j'ai compris que c'était à mon avantage.

Il était temps qu'on arrive à Choisy-le-Roi ; chaque coup de pédale est une corvée, chaque virage un supplice. Plus personne ne dit rien. Hakima, je le sens, se crispe de plus en plus, comme si la Seine était une rivière de bave la charriant tout droit vers le ventre d'un animal. Le Soleil roule derrière désormais, loin derrière ; on s'arrête pour l'attendre presque toutes les dix minutes.

— Ça va, Kader ?

— Hmm...

— Bon ! On s'arrête.

— Tu décoddes ? s'écrie Astrid. Quand c'est boi ou Hakiba qui ont des gros problèbes, on s'arrête pas, bais si Kader a bal a l'épaule, alors là...

— Qui *avons* des gros problèmes.

Elle grognasse mais en fait, je vois bien qu'elle est ravie de prendre une pause – d'ailleurs, elle s'échappe avec Hakima pour trouver une boulangerie.

En attendant, je m'assieds à côté du Soleil, au cas où il me demanderait encore de l'aider. Son portable cliquette ; il a dû recevoir quelque chose, un e-mail, un texto. Il compose son code. Il a reçu un SnapChat. Je regarde du coin de l'œil – ça dure trois secondes. C'est la copine de Jamal, Anissa. Enfin, c'est elle dans le miroir de sa salle de bains. À poil.

Il éteint son portable et le repose à côté de lui. Moi, en flammes, une bille de charbon en travers de la gorge :

— Si tu veux je te laisse tranquille, enfin si t'as des trucs à regarder.

Il se marre :

— Non, ça va, merci. J'ai pas de trucs à regarder.

— Tu, euh, sors avec Anissa, ou bien ?

— Non, pas du tout. Elle arrête pas de m'envoyer des trucs. Je réponds pas. Jamal, c'est mon meilleur pote depuis la primaire, je vais pas sortir avec sa copine.

— Tu sors avec quelqu'un ?

— Non, Mireille... Enfin, franchement ? Tu m'as vu ?

— Ben oui, justement.

Il a un petit rire triste. Je relance, pleine d'énergie :

— Mais tu pourrais, non ? Enfin, je veux dire... Déjà, il y a pas que ça qui compte. Mais même si y avait que ça qui comptait, tu pourrais, non ?

— Qu'est-ce que tu es curieuse ! Oui, je *pourrais*, si ça t'intéresse.

Moi, hurlant d'un rire 0 % naturel :

— Ah non, pas du tout ! Je disais pas du tout ça pour moi !

Le mec se marre, évidemment, et moi je suis prête à me jeter dans la Seine. Il reprend :

— Tu sais, je ne rencontre pas beaucoup de monde. Je sors pas beaucoup. J'ai downloadé Tinder, j'ai essayé mais ça m'a soûlé. À un moment j'ai vu défiler ma prof de français de collège, ça m'a trop foutu le cafard.

— Sors, alors. Va en boîte.

Il hausse les épaules.

— Rien n'est accessible, c'est un peu la merde quand t'es en fauteuil roulant.

— Attends, tu viens de faire des centaines de kilomètres sur la route, t'es allé dans des jardins, dans des campings ! Tu te démerdes assez pour que ça soit accessible. Tu dansais, l'autre soir, avec la fille *(gros effort sur ma voix pour ne pas sembler m'en irriter)* blonde. Tu pourrais totalement aller en boîte et danser.

— Ouais. Un jour, j'irai, murmure-t-il. J'irai danser. Quand j'aurai les résultats de l'enquête, j'irai danser. Quand on m'aura confirmé que je suis la victime, là d'accord, j'irai en boîte. Je m'achèterai des prothèses aussi et je marcherai. D'ici là, je reste en prison. Une fois qu'on m'aura annoncé que je suis pas coupable, je me trouverai une copine.

— Coupable de quoi ?

— De la mort de mes potes. D'avoir rejoint l'armée alors que mes parents m'avaient dit qu'ils ne voulaient pas. C'était cette Journée d'Appel à la Défense... J'avais seize ans, ils nous ont fait miroiter un truc génial, des opérations humanitaires – pas de *vrais* combats. J'étais premier de ma classe, tu sais ? Mais j'ai tout quitté pour l'armée. Je voulais être le mec trop content dans la vidéo de la Journée d'Appel, qui serre dans ses bras un petit bébé somalien qu'il vient de sauver, ou une connerie du genre. Je m'engage, et les premières années, c'est bien ça – et puis *boum*, guerre. On repassera pour les opérations humanitaires... Résultat, dès la première fois que je suis envoyé là-bas, je foire tout.

— C'est la faute de Sassin, pas la tienne.

— C'est ce que j'ai dit à mes parents. Le général... il aurait dû prévoir qu'on allait tout droit dans une embuscade. En même temps, une fois qu'ils se sont mis à tirer, j'aurais pu réagir différemment. J'aurais pu... Chépa. Tu vois, je me repasse le truc dix mille fois dans ma tête, je me dis que j'aurais pu donner d'autres ordres, trouver une autre solution. Réagir autrement.

— Tu ne t'y attendais pas.

— Ouais, mais ça, c'est le lot du soldat. Savoir suivre les ordres, tout le monde peut le faire, mais réagir aux trucs qu'on peut pas prévoir, c'est ça qui te distingue de la masse.

On reste assis en silence, réchauffés l'un par l'autre. On échange des banalités, maintenant. Il se livre aussi ; il apprécie vraiment « ce qu'on a fait pour Hakima ». Pourquoi, qu'est-ce qu'on a fait ? L'avoir prise sous son aile, être devenues ses amies. Elle aussi, tu sais, elle est devenue mon amie et c'est gentil de sa part. T'avais pas d'amies avant ? demande Kader. Non. Enfin, aucune qui vaille la peine de faire du vélo à côté pendant une semaine.

— You-houuu ! On est là ! nous crie Astrid, qui revient avec des pains au chocolat et les *Inrocks*. Kader va bieux, Bireille ? Tu lui as fait un bassage de l'épaule ?

*Les Inrockuptibles* font leur une sur Indochine. Elle nous lit tout l'article à voix haute afin qu'on comprenne bien pourquoi c'est un monument, ce groupe, un monument ! (Enfin, un *bodubent !*)
Et puis on repart.
Il y a un aéroport quelque part dans le coin, à en juger par les avions qui nous flinguent les oreilles. Puisque mon fidèle GPS est endormi, je décide qu'il s'agit de l'aéroport Charles-de-Gaulle. Le Soleil n'est pas d'accord : c'est Orly.
(Astrid :) Bais franchebent, qu'est-ce que ça peut faire ? On s'en fout comblètebent de quel aéroport c'est !
(Hakima :) C'est vrai, ça, on s'en fout, le seul truc c'est qu'il nous trucide les oreilles.
Et enfin, vers 20 h 30, alors que le fleuve est déjà noir et que les arbres ont mangé tous les oiseaux :
— Souriez, tout le monde. On arrive à Choisy.
Et on dirait qu'il y a quand même quelques personnes qui s'intéressent à nous ici.

*
**

— Venez donc, vous allez pouvoir vendre vos boudins dans les jardins de la mairie !

La mairie est un bel édifice qui ressemble un peu à la grande maison Playmobil. Les jardins ont des pelouses, une fontaine et aussi – ce soir et rien que pour nous – une fanfare, une scène, et des tas de Choisyens et de Choisyennes.

— Oh non, maugrée Hakima, encore un plan à la Mireille où on va devoir visiter toute la ville et se faire expliquer les monuments historiques...

Mais non, la mairesse de Choisy a en tête une soirée plutôt relax. Après la vente de boudins, on écoute la fanfare en plein air, on bavarde avec les gens. Des jeunes de la ville montent sur scène et font du slam, et je suis un peu déprimée parce que je voudrais bien pouvoir écrire des trucs comme ça, durs et intelligents et intéressants sur ma vie, des textes politiques et sérieux, mais moi, ma vie à Bourg-en-Bresse, c'est juste Maman et Philippe Dumont et le chat Babyboule.

Je le dis à l'un des slameurs, un grand mec qui s'appelle Zimo et qui a slamé sur sa vie qui gravite autour des tours en verre où il travaille pour laver les vitres, une vie rythmée de gare en gare par le train qui part de Choisy à Paris et vice-versa le soir, un train plein de sueur, plein de gens normaux aux regards de tueurs, parce qu'il fait chaud et qu'ils sortent du boulot et qu'on en meurt, de ces wagons trop étroits et jamais clean, où on s'incline quand on est trop haut pour le plafond trop bas et lui, chaque jour pendant le voyage, il pense au paysage qu'il voit depuis les tours, aux nuages qui s'ennuient dans les fenêtres où ils se mirent et tout en bas aux gens comme des fourmis vues par un vautour, ça donne le tournis toutes ces vies qui s'enfuient entre les tours de la Défense, c'est ça la France ? Dans les salles de réunion qu'il voit en transparence y a des écrans pleins de chiffres ronds avec des tas de zéros, il regarde ça derrière ses fenêtres en pleurs, lui pour 20 euros il doit déjà trimer deux heures...

— Ben tu vois, Zimo, moi je pourrais pas dire des trucs comme ça parce que ça serait une grosse arnaque, vu que ma vie est facile et cool et qu'il se passe rien, à part caresser mon chat Babyboule.

Ça le fait rire :

— Mais attends, t'as quoi, quinze ans ? Même si t'avais des choses à dire, tu les dirais mal. On peut pas dire des trucs intéressants si tôt, on n'a pas la maturité. J'en vois, des mecs de ton âge, ils veulent slamer, mais tout ce qu'ils racontent c'est des conneries sur le sexe alors qu'ils ont jamais couché ou la prison alors qu'ils ont jamais touché à un pétard.

Le Soleil prend la parole :

— T'écriras des trucs comiques, Mireille. T'écriras des trucs qui feront marrer les gens. C'est ça, ton domaine.

— J'aimerais bien, mais je peux pas, réponds-je tristement. Je veux le prix Nobel de littérature, et on le donne pas aux écrivains marrants.

— Pourquoi tu veux le prix Nobel de littérature ?

— Pour pouvoir oublier de citer mon père biologique pendant mon discours.

— Ah d'accord, disent le Soleil et Zimo, qui comprennent et respectent mon ambition.

Soudain, une femme d'une quarantaine d'années vient se présenter à nous :

— Salut, moi c'est Valérie... mais vous me connaissez peut-être plutôt sous le nom de Simone de Gouges ? La blogueuse féministe ?

— Hein !? s'écrie Astrid. C'est vous, Sibode de Gouges ?

— Ben oui, pourquoi ?

— Bais vous avez pas de, euh...

— De quoi ?

— Bah, vous avez pas les cheveux courts à la garçodde !

— Bonne observation, sourit Valérie/Simone de Gouges.

— Vous êtes pas lesbiedde ?

— Euh, vous savez, on n'est pas obligée d'être lesbienne pour être féministe. Ni d'avoir les cheveux courts pour être lesbienne, d'ailleurs...

— Oui bais ça aide, quand bêbe, juge Astrid.

Simone de Gouges rigole :

— Écoutez, les filles, je tenais absolument à vous rencontrer. Je vous suis depuis que j'ai entendu parler de vous sur Internet. Vous savez peut-être que j'ai deux combats centraux. D'abord, je milite pour que les adolescentes ne soient pas systématiquement jugées et commentées sur leur physique, notamment par les garçons de leur âge. Ensuite, je milite pour qu'elles considèrent le sport non pas comme un moyen de maigrir, mais comme un moyen de se dépasser. L'idée, c'est de mettre en place des politiques concrètes incitatives à la pratique d'une éducation physique, qui...

*(Ça y est, ces deux nouilles d'Hakima et d'Astrid ont décroché. Je vois leurs regards intensément vides et non-féministes se balader du côté du buffet.)*

— ... Donc, voilà – vous, votre action vous place au cœur de ces deux questions. C'est pour ça que vous m'intéressez tellement.

— Est-ce que vous êtes une Femen ? demande Hakima. Vous savez, les dames qui montrent leurs seins partout à cause du féminisme ?

— Euh, non... Vous... *(Simone de Gouges est un peu troublée, là.)* Vous savez ce que c'est que le féminisme, hein ?

— Demandez à Mireille plutôt, dit Hakima. Elle connaît tous les trucs comme ça.

Je m'exécute :

— Le féminisme, chère Hakima, c'est l'idée qu'on ne naît pas femme, on le devient. Et que c'est un peu la merde de le devenir dans un monde où les mecs en sont encore à faire des concours de Boudins.

— Oui, enfin, boi, tout ce que je sais, dit Astrid d'un ton pincé, c'est que les fébidistes sont *très* excessives. Ba bère, par exemple, elle est pas fébidiste, parce qu'elle dit que les fébidistes voudraient un bonde sans les hobbes, avec seulebent des clodes.

— Des Claude ?

— Des *clo-des*.

— Ah, OK, des clones... murmure Simone de Gouges en faisant claquer sa langue.

Je sens qu'elle élabore dans sa tête un billet de blog sur l'échec de l'école à enseigner aux élèves ce qu'est vraiment le féminisme. Et celles qui savent de quoi il retourne ne s'en vantent pas. Même moi, j'ai lu son blog, et ceux d'autres féministes importants, et des tas d'autres livres... et pourtant, c'est pas demain la veille que je me revendiquerai comme féministe. S'autoproclamer boudin, c'est une chose. Se dire féministe, c'est la mort.

(Quand même, juste au cas où, je lui demande comment adhérer à son assoc'.

— C'est vrai, ça vous intéresserait ? Ça serait génial de vous compter parmi nos membres, Mireille.

— Chut, tout le monde va nous entendre !

— Et alors ? C'est pas interdit !

— Non, c'est pire.)

Un peu plus tard, alors qu'il fait entièrement nuit et que les moustiques nous mordent de partout :

— Excusez-moi, mesdemoiselles ?

C'est un grand homme en forme de parapluie qui vient nous alpaguer, très bien habillé, de petites lunettes en titane sur le nez.

— Très bon, votre boudin. Permettez-moi de me présenter – Jules de l'Auge, conseiller de la présidente de la République.

On lui serre la main, qu'il a longue, osseuse et moite.

— Madame la présidente de la République souhaiterait savoir si vous et M. Idriss lui ferez l'honneur de votre compagnie demain, lors des célébrations annuelles de la fête nationale dans les jardins du palais présidentiel.

— De quoi ? bafouille Hakima.

Je traduis :

— Il dit que [Barack Obamette] nous invite à la garden-party de l'Élysée.

— Mais oui mais on mais… s'emmêle Astrid, je croyais qu'on était censées…

— J'ai ici quatre invitations officielles en votre nom, reprend Jules de l'Auge sans réagir. Sauf si vous avez autre chose de prévu.

— Non, réponds-je, on n'a rien d'autre de prévu. Littéralement rien d'autre.

Il me tend les quatre invitations officielles.

— La garden-party est à midi. Vous avez de quoi vous habiller ? La Présidente et sa famille vous accueilleront sur le perron avant de passer au jardin. Il y aura une courte allocution. Vous pourrez ensuite rencontrer la Présidente, qui vous accordera quelques minutes de conversation. Il y aura plus de quatre mille personnes, surtout des milieux sportifs ou associatifs. Un cocktail dînatoire vous sera servi.

— Où est-ce qu'on pourra garer notre pick-up ?

Il fait la grimace en lorgnant notre clinquant véhicule.

— Je ne sais pas. Dans la rue, j'imagine, du moment qu'il ne gêne pas…

*
**

— Mais Mireille, on était censés gate-crasher, demain !

— C'était l'idée, oui.
— Mais là, si on est invitées... on peut pas gate-crasher !
— Ben... non.
— Alors comment on fait ?
— On fait face à l'imprévu. On se laisse inviter. Et une fois dans la place, on mène notre plan à exécution.
— Quel plan ? J'y comprends plus rien. C'est toujours le même plan ?
— Oui. Trois Boudins, trois étapes : humilier Klaus Von Strudel, arracher la médaille du général Sassin, et, pour Astrid, rencontrer Indochine.

Astrid, pensive :
— Vu comme ça... il paraît con, ce plan.
Le Soleil hoche la tête. Hakima aussi. Moi, non. Même si, c'est vrai, il paraît un peu con, ce plan, vu comme ça, après toutes ces journées d'efforts.

**Extrait du *Progrès*,
14 juillet 20XX**

Exclusif : Les « Trois Boudins »
pique-niqueront avec la Présidente

Les « Trois Boudins » ne boudent pas leur plaisir : elles ont été invitées à la prestigieuse garden-party de l'Élysée par la présidente de la République. Astrid Blomvall, Hakima Idriss, Mireille Laplanche et Kader Idriss franchiront aujourd'hui le périphérique pour se rendre au palais présidentiel. On attend toujours de la part des adolescentes l'explication promise quant à leur périple ; Mireille Laplanche assure qu'elle sera donnée dans l'après-midi. Plusieurs grands coiffeurs-visagistes et stylistes de mode parisiens ont déjà fait savoir qu'ils proposeraient leurs services gratuitement aux adolescentes en amont de la garden-party.

H.V.

**@jpgaultier_officiel**
Jean-Paul Gaultier rêve d'habiller les #3boudins pour la garden-party – ITV @lepoint http://...

**@top_model_news**
Comment s'habiller chic quand on est un #boudin ? Les conseils de Clarissa http://...

**@simonedegouges**
Triste de voir tous ces gens qui voudraient transformer les #3boudins en princesses.

**@palaisdelelysee**
Rappel des personnalités qui seront décorées à l'occasion de la garden-party http://...

— On n'a plus de boudins.
— Plus un seul ?
— Plus un seul, on a tout vendu. Et plus de GPS, non plus.
— On a combien d'argent ?
— Beaucoup.
— On va vraiment aller à la garden-party de l'Élysée ? On pourrait visiter Paris, à la place !
— Ou retourner à Bourg.
— Non. Ça a toujours été le but, d'aller à la garden-party. On va à la garden-party.

— On pourrait au moins s'acheter des belles chaussures.
— Non, on reste en baskets.
— Mais pourquoi ?
— Au cas où il faudrait courir.

# Troisième partie

# PARIS

# 23

Il est 9 heures quand on franchit le périphérique, 9 h 30 quand on entre dans le 6e arrondissement, juste en face de la Sorbonne. Pourquoi on passe par la Sorbonne, Mireille ? Oh, juste comme ça. C'est là où ma mère...

Ouais ; mais en fait, c'est juste un vieux bâtiment tout blanc, quoi. Il paraît que c'est beau à l'intérieur. Sauf que c'est fermé, à cause de la fête nationale.

Alors on va se balader, dans la lumière fracassée par les branches des arbres sur les trottoirs.

— Et là Mireille, tu y es déjà allée, sur Google Street View ? demande incessamment Hakima.

— C'est possible. Tu sais, c'était pas pareil. Sur Google Street View, les voitures te klaxonnent pas toutes les cinq minutes, et les gens te bousculent pas, ils sont immobiles et ont les visages floutés.

— Comme lui ! dit Hakima, montrant un mec qui fume sous un porche.

Astrid pousse tranquillement le Soleil dans sa chaise roulante. Le Soleil m'a chuchoté ce matin qu'il pense s'être fait un claquage à l'épaule. Il m'a demandé de lui masser l'épaule. J'ai massé l'épaule du Soleil. J'ai massé l'épaule du Soleil (une deuxième fois, pour le plaisir de le redire). Je lui ai dit *Sinonsavakader, t'as bien mis de la crème ?* Il a dit *Oui merci Mireille* et m'a fait un sourire.

Je ne sais pas si le massage a fonctionné. En tout cas, on a dû s'arrêter dans une pharmacie pour qu'il achète un patch chauffant.

— C'est marrant, s'étonne Hakima, les gens ne nous reconnaissent pas beaucoup, ici.

Il faut dire que les gens, la plupart du temps, ne nous regardent pas. Ils marchent, dans la chaleur et la tranquillité de ce jour férié, le nez en l'air ou bien fixé par terre, le regard flottant. Les familles sur le grand boulevard qu'on descend – Saint-Michel, annoncent les plaques un peu taguées – portent souvent les mêmes chaussures, père, mère et enfants.

— C'est magnifique ! s'extasie Astrid. Tu ne trouves pas, Mireille, que c'est magnifique ? Regarde ces immeubles, on dirait des bateaux. Oh, là ! Un Space Invader !!!

Son angine est passée vite, à Astrid, et elle a l'énergie de la grande malade qui a subitement refait surface.

Appuyés aux balcons des immeubles-bateaux, des gens téléphonent ou fument, ou contemplent l'horizon. Le long du boulevard, les seuls magasins ouverts sont deux bouquinistes de livres et BD d'occasion, que des clients feuillettent. Il y a tellement de chiens dans cette ville. Près d'un distributeur de billets, une petite fille rom fait la manche. Des voitures passent au feu rouge. Un couple nous frôle, elle lui fait de toute évidence la gueule mais il a l'air de s'en foutre à un point...

— Regarde, Mireille, regarde, c'est splendide, c'est quoi ? On dirait Notre-Dame !
— C'est Notre-Dame.
— T'y es allée sur Google Street View ?
— Oui, Hakima.
— Regarde, Mireille, c'est incroyable ces vitraux, regarde les couleurs...

Je ne sais pas pourquoi Astrid est si excitée, et si peu angoissée. C'est vrai qu'elle va juste voir un concert d'Indochine, pas révéler à la foule que Klaus Von Strudel est son père, ou que le général Sassin est un assassin. Hakima et le Soleil, comme moi, sont silencieux. Il n'y a rien à faire jusqu'à midi, sauf errer dans les rues.

— Autant aller voir le défilé, alors.

Le défilé nous ennuie vite, on n'y comprend rien, et la marche hypnotique des soldats nous épuise. Le Soleil, lui, comprend tout, et les plis amers autour de sa bouche montrent qu'il préférerait encore être sous l'orage, entre Montargis et Fontainebleau, plutôt que de contempler ses anciens collègues en train de faire ce qu'il ne pourra plus jamais faire.

— Regarde, Mireille, regarde les chevaux, comme ils sont bien décorés...

Certaines personnes nous reconnaissent quand même et viennent faire des selfies à nos côtés. Une équipe de télé, qui tombe sur nous par hasard, nous demande nos impressions sur le défilé. On laisse Astrid répondre, puisqu'elle dit exactement ce qu'ils veulent entendre : c'est magique, monumental, surtout sous ce soleil éclatant... Oh ! Des avions ! Qui font des traînées bleu-blanc-rouge ! C'est extraordinaire ! Les journalistes sourient.

L'heure approche. Préambule : doit-on ou non, accepter les propositions des coiffeurs et des stylistes qui veulent nous relooker ? Mon moi boudinesque hurle non – il faut qu'on y aille telles quelles, comme à Cluny, en robe longue et les cheveux détachés, avec tous nos bourrelets qui ressortent et nos boutons bien visibles. Simone de Gouges a raison : c'est une honte qu'on veuille nous transformer en princesses.

Oui, bien sûr... mais il y a Klaus, il y aura Klaus à qui je vais dire : *Je suis ta fille*. Le genre d'occasion qui pourrait justifier un léger relooking, non ? Évidemment qu'au fond, tout au fond, je voudrais bien pouvoir y aller naturelle et qu'on s'écrie *On dirait une princesse, juste comme ça ; c'est pas sa faute, c'est sans effort, elle est très belle naturellement donc c'est féministe comme beauté*. Évidemment que ça m'arrangerait, là tout de suite.

— Regarde, Mireille, c'est fou – ils sont super en rythme ! Ça doit être dur d'apprendre à faire ça.

Les bottes des soldats se succèdent, parfaitement synchronisées, et leurs jambes se croisent en lignes parfaitement égales, comme un métier à tisser, *clac, clac, clac*. Le Soleil ne pourra plus jamais être l'une des branches du métier à tisser, il ne lui reste plus que ses bras pour applaudir – mais il n'applaudit pas ; il suit du regard les hélicoptères de la télévision.

— C'est pas si dur, Astrid. Nous, on l'a fait toute la semaine, être en rythme.

— Oui, mais bon, pas à ce point-là... Tiens, c'est qui, eux ?

— Les polytechniciens, murmure le Soleil.

Les polytechniciens sont en bleu marine. Leur uniforme est un peu comme celui de Gab. Ils sont tout fiers, mais veillent à ne pas sourire. On continue à applaudir. Une dame à côté de nous dit à une autre que sa nièce Léopoldine, qui est à Polytechnique, compte bien participer au défilé dans sa dernière année.

— Bon, on se tire ? propose le Soleil.

On se tire, alors. La plupart des rues sont bloquées ; des CRS derrière les grillages, comme des gros insectes en cage, vérifient qu'on n'a pas l'intention de provoquer un attentat. On déambule comme ça, entre les immeubles-bateaux, pendant une heure ou deux, on bute sur des squares, sur des fontaines vert sombre dont on boit l'eau glaciale et vaguement sucrée. Même Astrid a fini par se taire, après avoir râlé que vraiment, on n'était pas drôles, qu'on était à Paris et qu'il faudrait en profiter au lieu de faire des têtes d'enterrement.

— T'es pas stressée, toi ? lui demande Hakima. Tu vas rencontrer Indochine !

— Si, bien sûr, je suis stressée... Mais je suis aussi... Comment dire... Tu vois, comme du lait qu'on fouette pour un cappuccino. Hyper stressé, mais aussi léger léger et plein de bulles. Tu vois ce que je veux dire ?

Mademoiselle Lait-pour-cappuccino est finalement la première à se changer, dans des toilettes publiques. Les toilettes publiques à Paris ne sont pas comme celles, à la turque et ornées de merde conique, des aires de repos provinciales : elles se nettoient intégralement toutes seules à l'aide d'un canon à eau une fois qu'on en est sorti. Or, vu qu'on n'était pas au courant, Astrid a laissé nos deux autres robes dans la cabine. Qui sont donc trempées et sentent l'eau de javel.

On les tord sous le séchoir à mains pendant une demi-heure.

— Tu es vraiment vraiment sûre que tu ne veux pas appeler le mec qui a dit qu'il nous filerait des robes gratuitement, Mireille ?

— Sûre.

On se change. On a l'air tout aussi idiotes qu'à Cluny, et encore plus froissées, mais on est plus bronzées et – oui – un peu plus minces. *Régime Jeune* en parlera sans doute.

Pendant que le Soleil se change, aidé par Hakima (*Kader ? Je peux t'aider si Hakima n'est pas assez forte – Non, ça ira, Mireille*, avec un sourire), on se maquille et on se coiffe, assises sous de grandes arcades près d'un hôtel très chic, dont le portier nous toise avec un certain dégoût.

En même temps, on peut le comprendre. Astrid m'a fait un « maquillage léger, promis » qui est en réalité un peinturlurage de clown pour cirque itinérant. Hakima s'est convaincue qu'il lui fallait un chignon alors que ses cheveux sont parfaitement inchignonnables.

Finalement le Soleil reparaît, poussé par sa sœur, avec ses deux jambes de costard vides, et on s'achemine très lentement vers l'Élysée.

En toute franchise, je ne sais pas ce qu'on fout là.

Mais on y est.

Et il y a devant nous une file de gens bien habillés, et aussi des journalistes, donc il va bien falloir entrer.

— Bon, ben on entre.

# 24

À la télé, on voit souvent le perron de l'Élysée, avec son tapis rouge sur le gravier et ses gardes immobiles comme des soldats de plomb de part et d'autre de l'escalier. On voit souvent Barack Obamette se tenir là, dans ses robes strictes et bien coupées, les cheveux noirs éclaboussés de gris, bien brushingués, pour accueillir les autres présidents du monde et leur serrer la main avant qu'ils n'entrent.

Cette fois, en haut de l'escalier, Barack Obamette, en rouge, est accompagnée des quatre hommes de sa vie. À sa droite, Joël, Noël et le petit Citroën, en costards noirs presque identiques ; trois pingouins de tailles différentes. À sa gauche, Klaus Von Strudel – alias mon père –, en costume gris clair, comme ses cheveux, comme ses yeux. Comme mes yeux.

Devant eux, devant nous, une file d'invités attendent. On se croirait dans *Peau d'âne*, quand toutes les princesses font la queue pour essayer la bague du prince rouge en collants de danseuse.

— Ta révélation, tu vas la faire là, maintenant ? me chuchote Hakima.

Mon cœur palpite dans ma lèvre inférieure, sous ma langue, dans mes oreilles.

— Je sais pas, faut quand même que vous puissiez entrer…

La file avance vite, car le serrage de mains est rapide ; bonjour, présentations, on serre la main, on passe. Klaus et les trois garçons s'inclinent juste pour dire bonjour (on voit très bien que Citroën s'en fout totalement, mais après tout, il n'a que huit ans).

— Il a l'air plutôt en forme, tu ne trouves pas ? murmure la grosse dame devant nous à son mari. Il est moins maigre. La rémission doit bien se passer.

— Mouais – enfin tu sais, ça peut toujours revenir n'importe quand, ces merdes-là, répond le mari. Surtout qu'il l'a eu jeune.

— Jeune, jeune… à quoi, cinquante-cinq ans ? Et toi d'ailleurs, tu n'es pas censé avoir ton premier examen de la prostate, bientôt ?

— Anne-Cécile, écoute, baisse le ton…

Mais de qui ils parlent ? Ça m'échappe, alors je dis :

— De qui vous parlez ?

Anne-Cécile et son mari (qui la fusille du regard) se retournent.

— Le mari de la Présidente, chuchote Anne-Cécile. Il sort d'un cancer de la prostate.

Le Soleil prend la relève, voyant que je n'arrive pas à articuler un mot :

— C'est étonnant... On n'en a pas du tout entendu parler.

— Et c'est bien pour ça que mon épouse ne devrait absolument pas le crier sur tous les toits. Pour peu que vous soyez les éditrices en chef de *Closer*...

— Euh, vous trouvez qu'on a l'air de sortir d'une salle de rédaction parisienne ? coupe Astrid. On est juste trois Boudins.

— Oh ! Mais bien sûr ! Ça alors, c'est trop drôle ! s'anime Anne-Cécile. Les Trois Boudins dont on parle à la télévision !

— Un cancer grave ? je demande faiblement.

— Non non, un petit cancer bénin ! rigole Anne-Cécile (qui a l'air capable de rigoler de n'importe quoi). Évidemment que c'était grave. Il est resté en chimio pendant des mois. C'est pour ça qu'il n'a pas pu accueillir le roi et la reine d'Angleterre. Le pauvre, il devait être chauve et maigre comme un squelette, tout le temps en train de vomir.

— Anne-Cécile, enfin, tais-toi...

C'est leur tour, ils grimpent l'escalier, serrent la main à Barack Obamette, s'en vont.

C'est notre tour.

— C'est notre tour, Mireille, dit doucement Astrid.

Comme je n'avance pas, elle me prend la main droite, et Hakima me prend l'autre main. J'ai l'impression d'être l'une de ces petites demoiselles de papier, attachée pour la vie à ses copines une fois qu'on a déplié la guirlande. Un garde de l'Élysée s'est saisi de la chaise du Soleil pour le pousser sur la rampe pour les handicapés, à droite.

Les voilà. Le sourire blanc de Barack Obamette, qui ne s'accroche pas à ses yeux ; celui, tout aussi las, de Klaus ; les regards gélifiés des trois garçons.

Il va falloir monter les marches, maintenant.

Je me dessine, vite et mal, un air heureux.

**@lepoint**
#gardenparty Photo exclusive des #3boudins main dans la main sur le perron de l'#élysée...

— Mesdemoiselles Mireille Laplanche, Astrid Blomvall et Hakima Idriss.

La main de Barack Obamette, tiède de toutes les autres mains serrées avant nous.

— C'est un plaisir de vous avoir parmi nous aujourd'hui.

Combien de fois a-t-elle déjà dit ça, depuis une demi-heure ?

*Cétinplaizirdevouzavoirparminouhojordui.*

— Monsieur Kader Idriss.

— *Cétinplaizirdevouzavoirparminouhojordui.*

Désespérée, je me tourne à gauche, vers Klaus, Klaus s'incline, je m'incline, son regard est vide. Et pourtant il sait qui je suis, il le sait, il a reçu mes lettres, il a suivi l'épopée des Trois Boudins !

Notre ressemblance crève les yeux !...

... Mes yeux crèvent. Toute la fatigue du voyage. Toute l'angoisse de se trouver ici, sur le perron de l'Élysée. Les mains d'Astrid et d'Hakima retrouvent les miennes.

— Tout va bien, mademoiselle Laplanche ? demande (mon demi-frère) Joël.

Deux rubans de larmes déroulés sous mes yeux, je hoche la tête, je pars avec les autres. On nous emmène dans un jardin. Je voudrais dire, crier, qu'il faut absolument que je parle à la Présidente et à son mari, mais je reste muette comme une carpe et presque aussi trempée. Chaque inspiration charrie de l'eau dans mes poumons.

— On les reverra tout à l'heure, murmure Astrid qui me soutient maintenant par la taille. Tu leur diras tout à l'heure.

— Il ne m'a pas reconnue, j'articule – mais ça sonne comme un coassement.

Alors je m'assieds sur un coin de banc, dans le jardin, et j'attends qu'Hakima et Astrid aillent me chercher à manger et à boire.

Je mange : six saucisses cocktail ; quatre pruneaux entourés de tranches de jambon de Parme ; quatorze amandes ; trois canapés aux œufs de lump ; trois blinis au saumon ; six canapés à la tapenade ; cinq petits toasts au foie gras ; une verrine de crème d'avocat avec du piment ; deux petites brochettes de melon et de jambon cru ; trois petites brochettes de boules de mozzarella et de tomates cerise.

Je bois : un verre de Coca, un verre de jus d'ananas, un verre d'eau pétillante, un verre de kir royal, un verre de vin blanc.

Ça ne va toujours pas très bien.

— Pleure, Mireille, tu as le droit de pleurer, fait remarquer le Soleil.

— Je pleure pas !! sangloté-je.

— Ah bon… Tout va bien, alors.

Il fait soudain quelque chose qui devrait me pulvériser en mille bulles de savon : il m'entoure les épaules de son bras droit, et, d'une main gauche attentive (et recouverte de cloques), il se sert de sa serviette en papier pour m'essuyer les joues. Et me moucher le nez.

Super. Le Soleil me mouche le nez. C'est tellement sexy, ces remontées de liquide nasal du plus profond de mes bronches jusque dans sa serviette en papier.

Moi :

— J'ai dû attraper le rhume d'Astrid.

— Ça doit être ça.

— J'ai du mascara partout, là ?

— Partout. Mais c'est joli, on dirait un raton laveur.

— Ah, nickel. Je me disais justement, il n'y a pas assez de gens qui viennent à la garden-party de l'Élysée maquillés en animaux de la forêt.

— C'est un tort, confirme le Soleil.

— Si tu veux, je te prête mon khôl, tu te fais une tête de zèbre et on court partout en poussant des cris sauvages.

— Tu as de très jolis yeux, déclare le Soleil en poussant mes mèches sur le côté. J'avais pas remarqué, à cause de tes cheveux qui sont toujours devant.

D'accord. D'accord. Il m'a dit que j'avais de très jolis yeux, d'accord. Ma vie ne sera donc, à partir de maintenant, qu'une longue suite de déceptions. J'en conclus :

— Il faudrait que j'achète une barrette alors.

— Ce serait un bon investissement, approuve le Soleil.

— Mais si j'ai plus les cheveux qui cachent mon visage, on verra tout le temps que je rougis.

— Ah, c'est pour ça que tu le fais ?

— En partie. Et en partie parce que, bon ben, je suis moche comme un cul.

— Arrête avec ça. D'abord il y a des très beaux culs, et deuxièmement, il y a tes yeux... *tes yeux sont si profonds qu'en me penchant pour boire, j'ai vu tous les Soleil y venir se Mireille.*

— Euh, pardon ?

Il répète plus lentement :

— *Tes yeux sont si profonds qu'en me penchant pour boire, j'ai vu tous les Soleil y venir se Mireille.* Aragon. Je croyais que t'aimais les poèmes ? Moi, je me disais que ça allait te remonter le moral.

— *Y venir se Mireille ?*

— Se *mirer*. Tous les soleils y venir se *mirer*. Se regarder dedans, quoi... Tain, mais Mireille, joue le jeu, quoi ! Je te dis un poème, il faut que tu fasses un air ravi !

— Mais attends, ça veut dire que les soleils regardent mes yeux pour se regarder dedans ? Parce que c'est un bon miroir ou un truc du genre ?

— Voilà, tu as compris. Ensuite il dit :

*Le jour est plus poignant qui point entre les pleurs,*
*L'iris troué de noir plus bleu d'être endeuillé.*

— De quoi ?
— Ça veut dire que tes yeux sont d'autant plus beaux qu'ils pleurent.
— Ah, c'est con, ça. J'aime pas l'idée qu'on est juste beau quand on est triste.
— Oui, t'as raison, c'est con comme idée en fait.
Il se redresse sur sa chaise.
— Mais t'inquiète, murmure-t-il, ils sont jolis aussi quand t'es heureuse. Comme ceux de ma sœur et comme ceux d'Astrid. Six rayons de soleil. Regardez ce que vous avez fait, ces derniers jours… Vous avez tout illuminé sur votre passage. Vous avez réchauffé les cœurs des gens. Beau, moche, ça veut rien dire, à côté de ça.
— Ben, un peu quand même.
— Oui, quand même. Tiens, tes yeux coulent moins, là. Le rhume est passé vite.
— Oh, c'était un tout petit rhume. Mais je suis fatiguée. Je vais peut-être retourner à l'hôtel ou à Bourg-en-Bresse ou dans le ventre de ma mère. Ça hiberne, les ratons laveurs ?
— Prends un expresso, suggère le Soleil.
À quelques mètres de nous, un homme-pingouin muni d'une machine à expresso propose aux invités des myriades de dosettes colorées, tel un peintre attentif devant sa palette. Je choisis, au hasard, une dosette dorée.
Allez, cul sec.
Les canines du café dans ma gorge.
— Ça va mieux ? demande le Soleil.

— Oui. Ça va mieux.

En effet, ça va mieux. Mon cerveau se prépare gentiment un cocktail de tous les excitants que j'ai ingurgités pendant ces vingt dernières minutes, et ça va mieux.

— Elle est où, Astrid ?

— Là-bas, en pleine extase.

C'est sans conteste le meilleur jour de toute la vie d'Astrid. Debout dans sa robe longue, rouge comme un poivron, elle bavarde allègrement avec un bonhomme tout maigrelet, un peu vieillissant et coiffé comme Sonic.

— C'est le chanteur d'Indochine, précise le Soleil.

— J'aurais pu deviner. Elle a pris des photos avec lui ?

— Au moins douze. Elle lui a aussi fait signer son tee-shirt.

— Le pauvre...

Mais le pauvre n'a pas l'air tellement ennuyé qu'une fan hystérique de seize ans soit venue le coller pendant la garden-party de l'Élysée.

Au contraire, il lui parle, il lui sourit franchement. Il lui présente même d'autres gens, peut-être des musiciens du groupe. Et le plus étonnant est qu'elle ne meurt pas sur place, elle leur dit bonjour et continue à parler, le visage entièrement rouge comme une squaw, les cheveux jaune paille.

Si son Suédois de père réapparaissait soudain, je crois bien qu'elle s'en foutrait totalement.

— Au moins il y en a une qui passe un bon moment.

— Hmm, hmme le Soleil.
— Et toi ? T'as repéré...
— Oui.

Je devine qu'il l'a repéré depuis un bon moment. *Il* est là-bas, en uniforme militaire, avec sa femme, près d'un bosquet. Il mange, boit et papote avec d'autres militaires, et avec un mec que je reconnais, un ministre, peut-être. Il scintille de décorations.

— Qu'est-ce que tu vas faire ? je murmure au Soleil.
— Qu'est-ce que je vais faire... T'es marrante, toi.
— Tu vas lui parler ?
— Et qu'est-ce que tu veux que je lui dise ?
— Tu vas pas lui... lui arracher sa médaille, ou... ?

Il lève les yeux au ciel.

— Lui arracher sa médaille ! Conneries, tout ça. C'est des trucs de gamins. Ça tient quand t'es à Bourg-en-Bresse à te morfondre sur ton sort, pas dans les jardins de l'Élysée.

Au moment de répondre, un éperon dans la gorge : Klaus vient d'arriver. Il se mêle à la foule, salue les invités. Il s'incruste dans le petit groupe du général Sassin. Ils rigolent. Ils *rigolent ensemble*. Klaus fait mine de lui enlever sa légion d'honneur et Sassin fait mine de lui pointer un fusil sur la tempe. Ils se marrent, ils se marrent tellement !

— Elle est où, Hakima ? murmure le Soleil, hypnotisé.

On regarde autour de nous : pas d'Hakima.

Et soudain, la voilà qui apparaît.

Elle apparaît – en vérité – pour s'incruster dans le groupe de Sassin.

— Mais qu'est-ce qu'elle fout ?! éructe le Soleil.

On contemple, fascinés, comme dans un film muet, la petite Hakima en train de se présenter à Klaus, puis à Sassin, puis à la femme de Sassin, puis au ministre et aux autres gens du groupe.

— Mais qu'est-ce qu'elle fout, répète le Soleil...

— Elle finit sa thérapie, je murmure.

Alors on voit Hakima se tourner vers nous, et nous pointer du doigt, et Klaus et Sassin nous découvrir, hocher la tête, sourire – et s'excuser auprès des autres gens du groupe avant de se diriger vers nous à grands pas.

— Je vais vomir, chuchoté-je obligeamment au Soleil.

— Moi d'abord, répond-il.

Mais le vomi promis ne vient pas. Au lieu de ça, j'attrape la main du Soleil, et on s'écrabouille allègrement les phalanges tandis qu'Hakima, Sassin et Klaus continuent à marcher, pendant quarante jours et quarante nuits, jusqu'à nous.

Les premiers mots de Sassin :

— Kader ! Comme je suis heureux de vous voir.

— Mon général, salue le Soleil.

— Appelez-moi Auguste. Mademoiselle, dit poliment Sassin.

Hochant vaguement la tête, je me concentre sur la Légion d'honneur du général Sassin, glacée à l'idée de croiser le regard de Klaus.

— Mon cher Kader, dit Sassin. J'ai suivi votre périple à travers la France dans les médias, vous savez. Je suis heureux de constater que vous vous êtes... comment dirais-je ? Vous vous êtes *relevé.*

Je fixe le Soleil, le cœur au bout de la langue. C'est maintenant ! Il faut qu'il dise : *Je m'en fous de vos éloges. Vous avez tué mes amis et vous m'avez coupé les jambes. Où étiez-vous quand. Pourquoi n'avez-vous pas. Vous saviez forcément. Comment n'auriez-vous pas pu prévoir. C'est presque un meurtre. Où étiez-vous, Sassin, où étiez-vous quand.*

Finalement, le Soleil hoche la tête :

— Ces jeunes filles m'ont aidé.

— Dois-je en déduire, demande Sassin avec empressement, que vous allez enfin accepter ma proposition, et celle de Madame la Présidente ?

Le Soleil baisse la tête. Klaus intervient en se tournant vers Sassin :

— Quelle proposition ?

— Hé bien, cela fait un an que ce jeune homme refuse la Légion d'honneur. Personne ne la mérite plus que lui. J'imagine que vous allez pouvoir, aujourd'hui, parler à Madame la...

— Non, s'étouffe le Soleil. Non ; ce n'est pas pour ça que je suis ici. J'accompagne seulement ma sœur. J'accompagne Hakima.

Hakima, comme moi, est immobile, figée dans une expression de stupéfaction qui lui disloque la mâchoire.

— Mais voyons, Kader ! s'écrie le général. Il est temps d'accepter ce qui s'est passé. Vous avez été héroïque ce jour-là et tout le monde vous l'a dit. *(S'adressant à Klaus :)* Avec des rafales de balles dans les jambes, il a envoyé des messages radio à toutes les autres troupes en mission, pour leur dire qu'ils fonçaient dans une embuscade. Sans lui, on aurait perdu des dizaines d'hommes.

— On en a perdu dix, rappelle sourdement le Soleil.

— Oui, dit Sassin. Et ils ont tous reçu les honneurs posthumes qu'ils méritaient. Mais vous, Kader ? Au début, j'ai compris qu'il vous ait fallu du temps, mais...

— J'attends la fin de l'enquête, croasse le Soleil, comme vidé de son sang.

— La fin de l'enquête montrera que vous avez agi impeccablement. La faute venait de plus haut. À dire vrai, c'est en très grande partie la mienne, et comme vous le savez, il ne se passe pas un jour sans que j'y repense.

— Ce n'était pas de votre faute, mon général, articule Kader en relevant sa tête exsangue, les yeux brillants. Vous ne pouviez pas savoir.

— J'aurais dû anticiper. Kader, vous le savez, je ne demande qu'à vous voir accepter les insignes qui vous sont dus. Vous avez reçu mes lettres. Vous connaissez ma position. Ce jour-là, ce tragique jour-là, vous avez fait exactement ce que vous deviez faire.

Constatant que le Soleil reste de marbre, il lui prend le bras :

— Venez, discutons-en ensemble.

Ils s'éloignent. Hakima, hébétée, reste avec Klaus et moi pendant quelques secondes.

Et puis elle s'aperçoit qu'elle est de trop dans le duel père-fille, lâche : *Oh, pardon je vous laisse*, et file comme une petite souris.

Le mari de la Présidente, une main dans la poche, l'autre pincée autour d'une coupe de champagne, m'adresse un sourire gentil.

— Mademoiselle Laplanche. Mireille, c'est bien ça ?

Je hoche la tête.

— Vous êtes pensive.

— Non, je... je suis surprise, parce que... parce qu'on pensait tous que le Soleil, je veux dire Kader, avait été victime d'un... Enfin, on ne savait pas du tout que Barack Ob... – que votre femme lui avait proposé la Légion d'honneur. On pensait que le général était un sal... enfin, un... Je suis juste surprise.

Il hoche la tête et sirote son champagne, regardant vaguement autour de lui comme s'il essayait de trouver une excuse pour ne pas me parler.

— Laplanche, répète-t-il. Une parente du philosophe, peut-être ?

Moi, sonnée :

— Quel philosophe ?

— Jean Laplanche. Grand penseur français, psychanalyste, écrivain. Il n'est pas de votre famille ?

— Non.

— Dommage.

Mon cerveau hurle à ma bouche de s'ouvrir un peu, *Allez, allez, on se motive, c'est quoi cette grande bouche qui sert à rien*, et voilà Klaus qui détourne un peu la tête, il va partir si ça continue, *allez, vas-y, putain mais parle !*

— Il paraît, je m'écrie avec désespoir, que je ressemble à un philosophe...

— Ah ? Qui donc ? Il me dévisage.

*À TOI, gros con.*

— À Jean-Paul Sartre.

Ça, ça fait beaucoup rire Klaus.

— Jean-Paul Sartre ! Et pourquoi pas Socrate, pendant qu'on y est ? Qui vous a dit une horreur pareille ?

— Des amis.

— Il faut que vous changiez d'amis, jeune fille. J'ai entendu dire que vous vous faisiez appeler un, euh... un boudin, alors que vous êtes fort gracieuse et charmante, et...

— Vous connaissez ma mère. Excusez-moi de vous interrompre. Vous connaissez ma mère.

— Ah ? C'est possible. Qui est votre mère ?

— Patricia Laplanche.

Tiens, un petit signe. Ses yeux s'écarquillent, presque imperceptiblement – les rides autour s'étoilent, sa joue tressaute.

Il reste silencieux un moment, et puis il boit une goutte de champagne.

— Patricia, oui, chuchote-t-il. Je n'avais pas fait le rapprochement. J'ai dirigé son excellente thèse sur le concept du temps dans la philosophie de Nicolas Grimaldi. C'était il y a longtemps, au moins...

— Quinze ans et demi.

— Oui, quelque chose comme ça. Patricia, oui, bien sûr.

Il finit sa flûte de champagne.

— Et que devient-elle, votre... votre maman ? Il ne me semble pas l'avoir recroisée depuis sa soutenance. On s'était écrit deux ou trois fois, et puis nous nous sommes perdus de vue.

— Elle est prof de philo à Bourg-en-Bresse.

— En prépa ?

— Non, en terminale.

— Ah ? Très bien, murmure-t-il, l'air de penser que ce n'est pas très bien. C'était quelqu'un de très doué, de très créatif et rigoureux. Elle avait un avenir dans la philosophie. Vous avez des... des frères et sœurs ?

— Pas pour l'instant, mais elle attend un autre enfant. Un petit garçon.

— Ah. Très bien.

Il se gratte le trou de l'oreille, d'où émerge un petit bouquet de poils gris.

— Il y aura une sacrée différence entre vous deux, dites donc ! Ça vous fait quel âge ?

— Quinze ans et demi, je réponds comme une imploration.

— Ah, très bien.

Peine perdue, il ne calcule pas ; ce n'est pas un calculateur, c'est un philosophe. Justement, il est lancé sur son sujet favori :

— Et vous, jeune fille, ça vous intéresse, la philosophie ?

Mon cerveau sous expresso me supplie de lui dire que oui ça m'intéresse, que ça doit être de famille, *avec vous deux comme parents*, mais au lieu de ça je réponds :

— Oui, ça m'intéresse. J'ai lu tous vos livres.

— Pardon ? il lève un sourcil étonné. Comment ça, vous les avez lus ? En entier ?

— Oui. Ma mère les achète et je les lis.

— Hé bien, dites donc ! Et vous y comprenez quelque chose ?

— Il y a des références qui m'échappent, mais j'ai pas lu tout Kant et tout Hegel, c'est pour ça.

Il rigole et se passe la main dans ce qu'il lui reste de cheveux.

— Vous n'êtes pas banale, vous ! J'aimerais bien que mes garçons lisent mes bouquins, mais ils préfèrent les BD.

— J'aime aussi les BD.

— Très bien. Très bien.

— Je vous ai écrit, je lâche dans un souffle. Plusieurs fois. Trois fois. Je vous ai écrit trois fois. Vous n'avez pas reçu mes lettres ?

— Non, il ne me semble pas. Vous les avez envoyées où ?

— D'abord à la Sorbonne, il y a des années. Ensuite à l'Élysée.

— Je suis désolé, je n'en ai pas le souvenir. Ici, à l'Élysée, le courrier est filtré par des secrétaires, on n'en voit quasiment jamais la couleur. Il y a tellement de gens qui nous écrivent. Qu'est-ce que vous m'avez dit dans vos lettres ?

— Je vous disais...

Oh, cette tête qui tourne !

— Je vous disais que j'aimais bien vos livres.
— Ah oui ? C'est gentil. J'aurais aimé recevoir ces lettres.

Il renverse sa flûte à champagne pour boire une ultime goutte imaginaire.

— Et votre... enfin, votre père, donc. Votre père, qu'est-ce qu'il fait ?

Je le scrute. Est-ce qu'il n'a *vraiment* pas fait le rapprochement ? Son regard gris, impassible, s'ancre calmement dans le mien. Est-ce qu'il n'a *vraiment* pas reçu mes lettres ? Voyant que je traîne à répondre, il se reprend :

— Je suis désolé, c'était peut-être une question indiscrète.

— Non, pas du tout. Mon père est... Mon père est notaire. Il s'appelle Philippe. Il est notaire à Bourg-en-Bresse.

— Ah, notaire ? Tiens. D'accord. Et il s'intéresse aussi à la philosophie ?

— Non, dis-je avec une balle de ping-pong dans la gorge. La philosophie, c'est pas son truc.

— Il a d'autres qualités, répond Klaus.

— Oui, il... Il fait de très bonnes crêpes au sucre.

Klaus sourit :

— C'est important, de faire de bonnes crêpes au sucre.

Je souris aussi, une ébauche de vrai sourire.

— Oui, c'est important. Et puis il m'aide pour faire mes devoirs, sans s'énerver, pas comme ma mère. Il m'emmène voir des expos et se balader en forêt. Il m'apprend comment goûter les vins. C'est lui qui m'a montré comment cuisiner les lasagnes. Et comme les horaires de travail de Maman ne sont pas très flexibles, c'est toujours lui qui me gardait les fois où j'étais malade en primaire. Il fait exprès de perdre au tennis alors qu'il est meilleur que moi. Il m'emmène au cinéma. Il m'a repeint ma chambre l'année dernière. On est allés chez Ikea et il m'a laissée prendre la lampe avec des tas de boules de toutes les couleurs. Il m'a offert un chaton quand j'avais six ans, le chaton est maintenant un gros chat qui s'appelle Babyboule. Il m'a emmenée à la piscine tous les samedis pendant un an pour m'apprendre à nager la brasse et le crawl et le dos et le papillon. Il ne m'a pas engueulée la fois où j'ai fait tomber ma glace au chocolat sur les sièges tout neufs de sa BMW quand j'avais neuf ans.

Klaus opine :

— Hé bien, vous avez de la chance. Il a l'air très bien, votre papa.

— Oui, j'ai de la chance.

Il hoche toujours la tête, pensif.

— Bon, jeune fille, je vais peut-être rejoindre ma...

— Attendez...

Ma main s'est resserrée autour de son bras.

— Attendez, s'il vous plaît. J'ai quelque chose à vous dire.

— Oh, allez-y, je vous en prie. Dites-moi donc !

Son sourire est franc, accueillant. *Il ne sait pas.* Il n'a *vraiment* rien compris. J'en suis sûre, maintenant, il ne sait pas. Il n'a pas l'ombre d'un soupçon.

— Je... je suis...

— Oui ? Ne soyez pas timide.
— Je suis... Je suis venue avec le manuscrit d'un essai de philosophie que ma mère a écrit.
— Ah bon ?
— Je sais que je ne suis pas philosophe comme vous, mais elle, elle l'est. Je l'ai ici. Je l'ai lu, franchement, il est cool. Enfin, pas cool, mais j'ai pas les mots philosophiques pour le décrire. Je peux vous le laisser ? Je vous en prie, lisez-le.
— Mais évidemment que je vais le lire ! Je suis certain qu'il est excellent. Montrez-moi donc. *L'Être et l'étonnement : Pour une philosophie de l'inat...*

Il ouvre un sourire immense et aussitôt après, je crois bien que ses yeux s'embuent un peu.
— Je crois savoir ce qu'il y a là-dedans, dit-il d'un ton affectueux. Oui, je me souviens... On en parlait souvent.

Il feuillette le livre, s'arrête à la dédicace. *À ma fille Mireille*. Klaus me regarde :
— J'étais très, enfin, comment dirais-je ? J'étais très proche de votre maman.
— Il paraît.

Il toussote dans un mouchoir en tissu. Son visage contracté semble plus vieux, plus fatigué.
— C'est rare, vous savez, quand... quand on trouve une étudiante qui est véritablement capable, pas seulement d'être d'accord avec vous, mais aussi de vous défier intelligemment, de...

Il entrouvre les premières pages.
— C'est ça. Tout change, de manière imprévisible, et il faut réagir à l'inattendu.

Il hoche la tête, souriant toujours un peu bêtement, perdu dans des souvenirs tristes.

— J'ai hâte de le lire. J'ai hâte de le lire.

Il me dévisage alors, et derrière lui j'aperçois Barack Obamette qui s'approche, protocolaire, d'un groupe d'invités. Citroën est assis par terre, l'air très morose. Joël et Noël ont trouvé deux grandes blondes à frange, des jumelles, qu'ils draguent ouvertement.

Klaus pose sa main ridée sur mon épaule.

— C'est drôle, la vie... Je ne m'attendais pas du tout à ce que toute cette partie de mon existence resurgisse, là, dans cette réunion mondaine si ennuyeuse. Mais il est vrai que Patricia avait toujours su me surprendre. C'est agréable, parfois, d'être surpris.

Il hoche la tête en direction de son épouse, qui vient de l'appeler d'un signe de la main. Il me jette un dernier regard.

— Elle a raison, vous savez, votre maman – tout ceci est si inattendu. Et brusquement, je me sens... Oui, elle a raison. Je me sens un peu plus humain.

Alors, perplexe et maladroit, il me tapote l'épaule.

Et puis il s'en va de son côté et moi du mien.

*
**

**Extrait du *Progrès*, 15 juillet 20XX**

### Les « Trois Boudins » s'expliquent…
### … et s'impliquent !

Mireille Laplanche, Astrid Blomvall et Hakima Idriss se sont enfin expliquées, comme elles l'avaient promis, sur les raisons qui les avaient poussées à entreprendre leur fameux voyage à travers la France en vendant du boudin. « L'objectif, a affirmé Laplanche, était de collecter de l'argent pour des associations qui nous tenaient à cœur. »

Tout l'argent amassé par la vente de boudins sera reversé à une association d'anciens combattants et à une association de lutte contre le harcèlement à l'école et en faveur du sport féminin. Le célèbre pick-up de vente de boudins sera lui aussi vendu sur ebay, où l'on estime qu'il atteindra une somme supérieure à 1 000 euros. Les Trois Boudins, en outre, ont lancé hier soir un appel aux dons en faveur de ces associations, qui ont déjà enregistré une hausse de leurs donations.

Cette annonce n'a pas manqué de créer l'étonnement – voire la déception – chez les internautes, qui semblaient s'attendre à un événement plus spectaculaire. La blogueuse féministe Simone de Gouges, qui soutient les « Trois Boudins » depuis le 8 juillet, a cependant salué cette initiative en soulignant que l'attente créée par les trois adolescentes avait « réussi, dans une société obsédée par l'individualisme et le grand spectacle, à donner des allures de bouquet final aux valeurs du partage, de la générosité et de l'espoir en un monde meilleur ». Pas mal, pour trois Boudins.

H.V.

*
**

Le 14 juillet au soir, on a regardé le feu d'artifice jusqu'à la toute fin, depuis la grande place du Trocadéro qui donne sur la tour Eiffel. Quand la dernière plume de flammes blanches, rouges et bleues, monumentale, s'est dissoute dans la nuit en une neige d'étincelles, on a applaudi avec tous les autres fêtards qui s'embrassaient.

Ensuite, on est rentrés à l'hôtel. Astrid n'arrêtait pas de caresser son tee-shirt dédicacé. Kader et Hakima parlaient à leurs parents au téléphone – ils parlaient de la Légion d'honneur de Kader. Moi j'avais juste sommeil, alors j'ai dormi.

Et j'ai rêvé. J'ai rêvé que je pédalais.

Le lendemain, on a pris le TGV. Tout le long, on a parlé du prochain voyage à vélo. Ce sera de Bourg-en-Bresse à Bordeaux, sans vente de boudins, cette fois.

Quand on s'est séparés, Hakima a pleuré (alors qu'on savait qu'on allait se revoir le lendemain). Astrid aussi avait les yeux tout embués. Les nouilles ! Moi j'ai fait un grand sourire et j'ai gardé mes émotions à l'intérieur, ce qui est leur place légitime.

Ensuite, Kader m'a serrée dans ses bras, m'a embrassé la joue et m'a murmuré un *merci* qui a dégringolé en spirale le long des circonvolutions de mon oreille petite et compliquée, et j'ai dû vite rentrer chez moi parce que tous ces tintements me rendaient soûle.

De toute façon, on retournera à Paris.

On retournera à Paris, pour la remise de Légion d'honneur à Kader. C'est un peu pour faire plaisir à Sassin, beaucoup pour faire plaisir aux parents de Kader, passionnément pour l'honneur de la nation, et à la folie pour que Kader puisse enfin (dans l'ordre) : s'acheter des prothèses, aller en boîte, danser et sortir avec des filles, juste être heureux.

On retournera à Paris, pour le prochain concert d'Indochine au Stade de France – Astrid a réussi à nous avoir quatre invitations.

On retournera à Paris, pour la publication de *L'Être et l'étonnement : Pour une philosophie de l'inattendu*, de Patricia Laplanche. Il y aura une soirée de lancement intello dans une librairie intello avec des interventions intellos.

(Et devinez QUI devra donner son biberon à ce morveux de Jacques-Aurélien pendant que la grande dame fait son discours, boit son champ' et signe ses bouquins ? Mireille la baby-sitter gratuite, évidemment. Faire des enfants à quinze ans d'intervalle, c'est le bon plan.)

# Épilogue

À la fin de l'été, on a grimpé la roche de Solutré, Hakima, Astrid et moi. Une petite pente de rien du tout, pour nos mollets surentraînés ! Nous nous sommes ri des gros cailloux qui croustillaient sous nos pieds, des mottes d'herbe traîtresses qui s'effondraient à notre passage. Nous nous sommes ri des autres marcheurs qui soufflaient comme des machines à vapeur. Nous avons respiré l'air lourd et chaud, chargé de poussière, qu'exhale la terre tous les soirs au mois d'août.

Au sommet, on s'est assises sur un rocher plat et on a déballé le pique-nique. Toute la campagne alentour était noire et orange, liquide, dans le coucher de soleil. On a mangé des cuisses de poulet froides avec des tomates cerise, des crottins de Chavignol et des raisins, des fougasses aux olives boursouflées, des fondants à la pistache lisses comme des pierres de lave, et on a bu du jus de pomme à même la bouteille.

En mangeant, en papotant, on a regardé le monde se figer, gris-bleu, avec la tombée de la nuit, et puis on s'est allongées sur le sol dur pour compter les étoiles.

— C'était là, a dit Hakima. C'était juste là que les chevaux s'agglutinaient quand les hommes préhistoriques les poursuivaient, avant. Ils étaient forcés de sauter, ça leur mettait trop la pression.

— Le tas d'os que ça devait faire en bas ! a soupiré Astrid.

— Il en reste, a précisé Hakima. Il en reste plein, des os de chevaux, là-dessous.

— Regardez, j'ai dit, la Grande Ourse.

J'ai tracé la Grande Ourse du bout des doigts. Une belle casserole, où pourraient rissoler tout un tas de petits gésiers de canard avant d'être ajoutés à la salade. Pas des boudins – pitié, plus de boudins !

Hakima :

— Et les autres, c'est lesquelles ?

— Aucune idée. Je connais que la Grande Ourse.

— Vous êtes vraiment incultes, a grogné Astrid. Ça se voit que vous avez pas été élevées dans les montagnes. Là c'est Orion, avec sa ceinture. Et là-bas, c'est Pégase.

— Pégase ?

— Le cheval volant, là, avec les ailes.

— Le cheval volant ?

Hakima s'est redressée, comme pour voir de plus près la constellation (ambition parfaitement absurde) :

— C'est ça en fait, le truc le plus horrible dans l'histoire des chevaux. Ils arrivaient en haut, ils avaient les hommes qui les poussaient derrière avec des lances, et ils devaient se dire, *Mais pourquoi on n'a pas d'ailes ? Pourquoi on peut pas se sauver juste en volant, au lieu d'aller s'écraser tout en bas ?*

— Parce que ça, ai-je fait remarquer, c'est *Mon petit poney*, pas la préhistoire.

Astrid a bâillé :

— Peut-être que certains l'ont quand même fait. Comment on le saurait ? C'est presque comme la mythologie, la préhistoire ! Les gens n'écrivaient pas à l'époque, ils ne racontaient pas tout le temps à leurs potes ce qui se passait dans leur vie, ils n'auraient pas pu écrire à tout le monde, « *Hé, les mecs, vous savez quoi, y a un cheval qui s'est envolé au lieu de tomber, le con* ». Ça n'aurait pas fait le buzz.

Hakima s'est rallongée, un sourire aux lèvres.

— Cool, alors, on n'a qu'à dire ça. On n'a qu'à dire que certains seraient arrivés au bord, avec les hommes qui les poursuivaient derrière, et qu'ils se seraient envolés au lieu de s'écraser. Ça aurait trop dégoûté les chasseurs.

À ce moment-là, j'ai bâillé aussi – je commençais à somnoler. Mais de grands moustiques maladroits m'en ont empêchée, battant l'air autour de mon visage ; ils ressemblaient un peu à de petits Pégase en fil de fer.

— Je les imagine dans ma tête, a murmuré Hakima. Je vois dans ma tête ceux qui arrivaient au bord et qui étaient obligés de sauter…

J'ai fermé les yeux pour les voir aussi.

— Et dans le tas, a continué Hakima d'une voix qui n'était plus qu'un chuchotement, je vois ceux qui tombaient en pédalant, et qui pédalaient, pédalaient, pédalaient, avec leurs grosses pattes, jusqu'à ce qu'ils s'aperçoivent qu'il leur avait poussé des ailes, et qu'ils pouvaient se sauver.

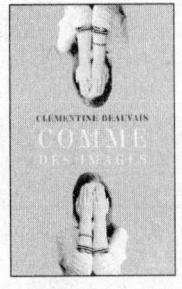

**Comme des images**   **Songe à la douceur**   **Brexit romance**

# DÉCOUVREZ TOUT L'UNIVERS DE
# CLÉMENTINE BEAUVAIS
## AUX ÉDITIONS SARBACANE

editions sarbacane
editionssarbacane

**EXPRIM' SARBACANE**
éditeur de création

12684

Composition
FACOMPO

*Achevé d'imprimer en Espagne
par BLACK PRINT
le 31 octobre 2023.*

Dépôt légal : août 2019.
EAN 9782290212233
OTP L21EPLN002632-626288-R7

ÉDITIONS J'AI LU
82, rue Saint-Lazare, 75009 Paris

Diffusion France et étranger : Flammarion